2017 中国首个“文学之乡”典藏

博客里的郭文斌

郭文斌 等著

黄河出版传媒集团
宁夏人民出版社

图书在版编目(CIP)数据

博客里的郭文斌/郭文斌等著. —银川：宁夏人民出版社,2017.10

(中国首个"文学之乡"典藏)

ISBN 978-7-227-06766-5

Ⅰ.①博… Ⅱ.①郭… Ⅲ.①中国文学—当代文学—作品综合集 Ⅳ.①I217.1

中国版本图书馆CIP数据核字(2017)第280307号

中国首个"文学之乡"典藏

博客里的郭文斌 郭文斌 等 著

责任编辑 陈 浪
责任校对 李彦斌
封面设计 马春辉
责任印制 肖 艳

黄河出版传媒集团
宁夏人民出版社 出版发行

出 版 人 王杨宝
地 址 宁夏银川市北京东路139号出版大厦(750001)
网 址 http://www.nxpph.com http://www.yrpubm.com
网上书店 http://shop126547358.taobao.com http://www.hh-book.com
电子信箱 nxrmcbs@126.com renminshe@yrpubm.com
邮购电话 0951-5019391 5052104
经 销 全国新华书店
印刷装订 宁夏精捷彩色印务有限公司
印刷委托书号 (宁)0007086

开本 720 mm×980 mm 1/16
印张 18.25 字数 260千字
版次 2017年10月第1版
印次 2017年10月第1次印刷
书号 ISBN 978-7-227-06766-5
定价 40.00元

吉祥西吉　文学花开

中共固原市委常委、西吉县委书记　马志宏
西 吉 县 人 民 政 府 县 长　武维东

一脉文心传万代，千古不绝是真魂。文脉不仅是一个地方精神的折射和文明的体现，而且在本质上更是一种认知的基石与发展的动力。

西吉历史悠久，文化源远流长。在月亮山下、葫芦河畔的这片吉祥之地上，回汉各族群众创造了灿烂的文化。农耕文化、游牧文化、红色文化等相互碰撞、相互交流、相互融合，形成了独具特色的民俗文化、丹霞胜景、红色圣地等四大文化名片，呈现出思想艺术俱佳、风格独特多样、雄浑典雅并存的艺术景象，有力地促进了全县经济社会各项事业的和谐发展。

改革开放以来，在县委、政府的正确领导下，西吉发生了翻天覆地的变化，全县经济繁荣、民族团结、社会稳定、群众生产生活水平不断提升，文学艺术蒸蒸日上、枝繁叶茂，结出了丰硕的果实。郭文斌、火仲舫、了一容、火会亮、古原、单永珍、牛学智、赵炳鑫等一大批有朝气、有才华、有创意的西吉作家相继亮相全国文坛，以讴歌时代、讴歌人民、讴歌家乡、凝聚力量、鼓舞人心为己任，辛勤实践，努力耕耘，创作出一大批优秀文艺作品，深情讴歌西吉改革、开放、发展的历程，生动描写西吉各族人民的生活，充分展示生活中源远流长的美好情愫，尽心阐扬“团结包容，奋进创新”的西吉精神，极大地激发了广大干部群众热爱西吉、建设西吉的热情，令人欣慰，让人振奋。尤其是 2011 年 10月 10 日，中国首个“文学之乡”

落户西吉，又一次向世人证明西吉文学的实绩和西吉作家的实力，文学成为西吉的“铁杆庄稼”。

党的十八大以来，西吉县委、政府认真贯彻“四个全面”战略布局和“五大发展理念”，全面落实《中共中央关于繁荣发展社会主义文艺的意见》和习近平总书记在全国文艺工作座谈会、中国文联十大、中国作协九大上的重要讲话精神，西吉文学艺术事业如雨后春笋，空前繁荣，强势崛起，涌现出了马金莲、刘汉斌、王西平、西野、刘岳、李兴民等一批新作家，他们以独具特色的文学创作再次步入宁夏、全国文坛，成为西吉文学的新亮点。更为可贵的是周彦虎、王雪怡、李义、李耀斌、李继林、樊文举、火霞、马强、袁志学、康鹏飞、单小花等一大批坚守故土的作家，在繁忙的工作和生活中，坚持笔耕不辍，作品屡屡跻身全国文学大刊，成为新时期西吉文学创作的骨干和生力军。尤其是近年来，县委、政府全面贯彻习总书记建设经济繁荣、民族团结、环境优美、人民富裕的新宁夏指示精神，认真落实自治区第十二次党代会精神，大力实施“文化振兴”工程，西吉作家捧回了鲁迅文学奖、“五个一工程”奖、茅盾文学新人奖、全国少数民族文学骏马奖、春天文学奖、民族文学奖、飞天文学奖等全国大奖，捧回了一大批全国书画、戏剧、摄影、民间文艺等艺术作品大奖，这不仅为西吉文学艺术事业赢得了荣誉，也为西吉文化大发展大繁荣做出了积极的贡献。同时，还进一步激发了全县人民立志打赢脱贫攻坚战，与全国一道全面建成小康社会的坚定信心和决心，为实现“两个一百年”的奋斗目标和中华民族伟大复兴的中国梦奠定了坚实的思想基础。

2016年5月，中国作协在西吉启动了“文学照亮生活”全民公益大讲堂，中共中央委员、中国作协主席铁凝做了题为《文学照亮生活，生活照亮文学》全民公益大讲堂第一讲。这不仅是对西吉各项事业发展的肯定，更是对西吉文学艺术的鼓励和鞭策。县委、政府审时度势，为秉承文化传统，服务基层作家，汇集优秀作品，树立学习典范，弘扬“爱国、为民、崇德、尚艺”的文艺界核心价值观，为建设开放西吉、富裕西吉、和谐西吉、美丽西吉增光添彩，深入推进“文化振兴”工程实施，决定启动《中国首个“文学之乡”典藏(2017年卷)》项目，为全县有一定影响的作家、诗人编辑出版代表性、经典性的作品选集，旨在展示中国首个“文学之乡”西吉文学创作成就，为西吉文学进一步繁荣发展注入强大活力。《中国首个“文学之乡”典藏(2017年卷)》项目由西吉县文联负责实施，他们始终坚持“二为”方向、“双百”方针和“三贴近”原则，充分发挥“培扶人才，编研作品”的职能，以流芳百世为目标，选取了思想艺术性上乘的佳作，高质量完成了这套“典藏”的资料搜集、编辑校对、设计印刷等各项工作。今后，我们要将此项工作形成长效机制，一以贯之，使该项目成为西吉，乃至宁夏文艺界的一个响亮品牌，成为外界了解西吉的一个重要窗口，成为西吉文艺事业大发展大繁荣的一个具体看点。

《中国首个“文学之乡”典藏(2017年卷)》从现有的西吉作家中选取了在小说、散文、诗歌创作中具有代表性的郭文斌、了一容、周彦虎、李义、李继林、马强、马越七位作家，他们的创作各具审美趣味，各有艺术追求，既有西吉文学传统的一面，又有超越地域影响而呈现出的大格局，一定程度上代表了西吉文学发展的普遍实力。

挖掘历史，留住记忆；复兴文化，普及新知。相信《中国首个“文学之乡”典藏(2017年卷)》的出版，定会对促进西吉文化体系建设，提升西吉文学发展起到积极的促进作用。也期望通过本套丛书的发行，能够引起社会各界对西吉的进一步关注，汇聚更大的社会力量来推动西吉发展。

是为序。

目录

小说

散文

诗歌

随笔

讲稿

他评

小说

点灯时分[①]

准备就绪，月亮恰好到当院。六月没有想到点灯会这么不容易。按照爹以前的做法，他先点着一个公捻，然后再点每个灯。不想一个公捻都快着完了，那些灯捻却无动于衷。六月突然想，这些灯捻为啥非要人点呢，为啥不自己着起来呢？问五月，五月说，就你问题多，快点灯，不然错过月亮了。但六月努力了半天，还是连一个灯都没点着，就去后院问爹。爹让他把灯捻顶头的棉花撕出几绺来，就能点着了。六月回到供桌前，按爹说的做了，果然一下子就点着了。六月心里不禁生出对爹的佩服来。原来这个世界上有这么多秘密爹知道，他却不知道。他仿佛看到有无数的秘密隐约在四面八方向他做鬼脸。

但很快，这些纷乱的想法就被一束束火苗代替。六月手里的公捻走过，一个个灯盏就睡醒似的，次第睁开眼睛。当供桌变成一个灯海时，六月说磕头吧，五月说磕头吧，二人就磕。天上的嫦娥就笑了，六月听见嫦娥在说，你看那个院子里有两个会磕头的灯盏。月神说，我早看见了，他们一个叫吉祥，一个叫如意，说着，从她身边的篮子里抓了一把桂花撒下来，只见那桂花在空中"呼"的一下变成五彩花雨，飘飘洒洒，落在他们头上、身上、屁股上，直给屋子、院子、村子苫了一个花被面儿。接着，吴刚又把他手中的酒坛倾了一下，又有无数酒香的彩注从天而降，直把他和姐的小身子浇透了，也把整个世界浇透了。

---

①节选自长篇小说《农历》之《元宵节》。

天有点冷，地有些凉，但姐弟二人没怎么觉得，静静地跪在桌前会供。没有风，一个个灯盏像婴儿一样偎在娘一样的月光里。恍惚间，六月发现有一种神秘的交往在灯和月之间进行。接着他又发现每个灯里都是怀着一个月亮的。六月想立即把这两大发现告诉五月，但五月专注的神情拒绝了他。六月就把刚才的问题忘了，六月发现了另一个问题——眼前的姐姐极像一盏灯，或者就是一盏灯，在一个他难以明确的地方也有那么一碗油，有那么一个灯捻，有那么一个灯花儿。那么我呢？六月看自己，却发现自己是看不见的。他被自己的发现吓了一跳，我怎么就看不见自己呢？六月要问姐姐，又被姐姐的专注拒绝了。姐姐的目光在灯花上。六月的心里荡漾了一下，他突然发现，这时的姐姐比任何时间都漂亮，都好看。一天，他从梦中醒来，看着面前熟睡的姐姐，觉得美极了，比醒着时美一百倍；他盯着她看了好长好长时间，直到把她看醒。不想今天的姐姐比那天梦里的还美，这是怎么回事呢？

五月说话了，六月你觉着了没有？六月问，觉着啥？五月说，你没有觉到每个灯上都有月神的牙印？六月心里一震，既意外又佩服，他没有想到姐姐会说出这么有水平的话来。但六月没有表达他的佩服。他淘气地说，我觉得你的身上才有月神的牙印呢。五月侧脸看了一眼六月，笑着说，那你身上更多。六月的心里就有一个满是牙印的自己。

所有的灯在月光下着出灯胎来时，两人起身按事先爹的授记往各个房间里端。每个人一盏，每个牲口一盏，包括猫、狗、鸡，每个房间一盏，包括牛圈、羊圈、鸡圈、蜂房、磨房、水房、粮食房；当院灯笼里要有天官的一盏，厨房里要有灶神的一盏，上房供桌上要有过世的爷爷奶奶的一盏，大门供台上要有游魂野鬼的一盏，后院梨树下要有树神的一盏，草垛旁要有草神的一盏。

往梨树下放灯盏时，六月看见树身里走出一个人来，从他手里接过灯，然后又回到树里去，影子一样。六月抬头看了一下，那人却再没有出来，倒是有一轮明月挂在树梢，就像一个大大的梨。六月盯着那梨看了一会儿，心里升起一种特别的温暖，觉得那梨不再是梨，而是他们家的一个亲戚，什么亲戚呢？丈人啊，那嫦娥就是我媳妇了，嗨，六月被自己的这个想法给惹笑了。往牛圈、羊圈和鸡圈放灯时，六月看见，它们个个都像早等着他似的，用水汪汪的目光迎接他。牛圈、羊圈和鸡圈被爹刚刚用新黄土铺了地，换了新干草，散发着黄土和干草混合的香味。当六月到牛圈把灯盏放在爹在半墙上挖出的灯龛上时，他好像能够听到大黄说了句什么话，他用手在大黄的鼻梁上抚了一下，大黄伸出舌头舔了一下他的手。六月说，明心灯一点，你就不迷了，这辈子好好劳动，下辈子争取做人吧。六月奇怪地发现，大黄的眼睛湿了。六月又在它的脖子里抚了抚，这次大黄没有像平时那样投桃报李地回过头来亲他，而是定定地站着，像是伤心，又像是举念。往出走时，六月的心一软，觉得把大黄一个人丢在这里有些孤单，有些可怜。但又惦着他的灯，不得不离开。六月就到屋里端了油碗回到牛圈，给大黄把油添满。这样做了时，又觉得不公平，就又到羊圈鸡圈给它们添油。但看着它们人多势众，显得没有大黄那么孤单，心里就平复一些，就以飞快的速度给它们说了一遍："莫道此生沉黑海，性中自有大光明。这辈子好好劳动，下辈子争取做人吧。"然后跑步回屋。

六月看见，姐姐已经把第二轮油添满。按照爹的说法，第一轮油是添给神的，第二轮是自己的。爹还说，今晚的灯要自己守着自己的，不能说话，不能走动，不能对着灯哈气，不能想乱七八糟的事情。六月问，能想发财吗？爹说，不能。六月问，能想当官吗？爹说，不能。六月说，那总该想个啥？爹说，只是守着灯花，看那灯胎是怎样一点点结起来的，最后看谁的灯胎最大。

一家人就进入那个"守"。守着守着，六月就听到灯的声音，像是心跳，又像是脚步。这一发现让他大吃一惊，他同样想问爹是咋回事，但爹的脸上是一个巨大的静。看娘，娘的脸上还是一个巨大的静。看姐，姐的目光纯粹蝴蝶一样坐在灯花上。六月突然觉得有些恐慌，又想刚才爹说只是守着灯花看，看那灯胎是怎样一点点结起来的，就又回到灯花上。看着看着，就看进去了。他仿佛能够感觉得到，那灯花不是别的，正是自己的心，心里有一个灯胎，正在一点点一点点变大，从一个芝麻那样的黑孩儿，变成一个豆大的黑孩儿，在灯花里伸胳膊展腿儿。六月第一次体会到了那种“看进去”的美和好，也第一次体会到了那种“守住”的美和妙。

突然，六月意识到灯碗里的油快要着完了。看爹，爹老僧入定一般。看娘，娘也老尼入定一般。看姐，姐正看他。姐用目光把他的目光带到她面前的灯眼里。没油了，怎么办？六月用目光让姐给爹说，姐用目光让六月给爹说。就在他们的目光争执之间，灯花迅速地下移，就像一个渴极了的人扑向泉水。六月终于忍无可忍了，他兀自离开板凳，迅速到炕台上拿油碗。不想还是被爹逮住了。爹一把抓住他的手腕说，再多的油都是要着完的。六月斩钉截铁地说，见死不救非君子！爹说天下没有不散的筵席，没有不灭的灯。六月更加斩钉截铁地说，见死不救非君子！爹说天下没有不死的东西。六月说天就不死，月亮就不死。爹说我说的是天下。眼看灯要灭了，六月急得哭起来。六月想这月神也不管灯一下，刚才灯也给你献了，头也给你磕了，你怎么就见死不救呢？六月急得跺起脚来了。娘说话了，让他们再添一次吧。爹说，就这些油了吧？还有一个二十三呢。娘说，二十三再说吧。爹看了看娘，极不情愿地松开了手。六月嗨的一声笑出声来，没有顾上擦去鼻涕眼泪，抢救伤员似的盛了一勺先倒在自己的灯眼里，又盛了一勺倒在姐姐的灯眼里。只见那奄奄一息的灯花深深地吸了一口气，然后身子一舒，一伸，开始往灯捻上爬。六月感激地看了一眼娘，要给她的灯里添油，被娘制止了。六月有点不想给爹添，但看那灯正在死亡线上挣扎，就拿出一股大人不记小人过的样子过去添，还是被爹制止了。娘说，我们想早点凉冰了打牙祭呢，快守着你们的灯吧。六月就无限怜惜地看了看爹和娘的灯，收了油碗。

两个灯活了过来，两个灯正在咽气。六月突然发现，姐姐的身子一拱一拱，原来她在哭。随着姐姐一个激灵，爹和娘的灯挣扎了一下，咽下了最后一口气。嫦娥的彩带就从天上掉下来了，那是五月和六月的眼泪。娘说，两个瓜蛋，忘了守灯时是不能不开心的？二人就止了哭声，泪汪汪地看了娘一眼，继续守灯。

不多时，六月的灯胎里就出现了一个人，六月奇怪，怎么这么面熟呢？

迎喜神

刚刚放下饭碗，金生和地生就来取锣鼓，不一会儿巷道里就是一阵猛烈的打闹台，五月六月知道，这是他们通知大家出行。

六月端了早就准备好的供盘，站在大门口，一边欣赏着锣鼓，一边等爹和五月到后院赶了大黄和咩咩过来。到了门口，五月朝院里喵地叫了一声，花花就跑了出来。头上绾着黄表花的大黄和咩咩喜气洋洋的，比平时一下子精神了许多，而花花则在他们面前扭起了秧歌。

一出巷道，只见一庄的人和牲畜正往西方涌。五月说，我说今年的喜神在西方，没错吧？六月就觉得五月还真有两下子，说，看来你能接班了。

接啥班？

爹的班啊，做大先生啊。

五月说，那你呢？

六月说，我嘛，就做喜神吧。

五月惊得睁大了眼睛，看爹，爹不但没有生气，还是一脸的开心。

爹注意到了五月的神情，宽慰她似的说，其实每个人都是喜神。

那为啥要迎喜神？

因为人们的心里已经没有欢喜。

人们的心里有了欢喜就能成为喜神吗？

当一个人的心中全是欢喜时，他就成了喜神了。

全是欢喜？一点烦恼都没有？

对，就是任何事情都不能影响他心里的欢喜。

任何事情？假如没饭吃没衣穿呢？

如果一个人心中全是欢喜，真的全是欢喜，他就不会没饭吃没衣穿，他走到哪儿哪儿就是吉地，他任何时候出行都是吉时，任何人见到他都会心生欢喜。

为啥任何人见到他都会心生欢喜？

因为他会随处结祥云。

那你教大家啊，让大家都成为喜神，我们就不用出行了，就可以省下时间在家里打牌了。

好啊，这个任务就交给六月吧。

六月没想到爹会让他去教，做喜神的老师，那该背多少经呢？

众人在一块名叫“大地”的地里停了下来，围成一圈，把香表统一交给爹。爹便撮土插香，供奉了食物，奠了酒茶，然后高声念道——

吉年吉月吉日吉时，全体乡亲，同声共祝：

新春元旦，迎喜接福；风调雨顺，国泰民安；一社吉庆，万户安康；五谷丰登，四季平顺；全村和合，四邻和睦；一籽下地，万石归仓；贼来迷路，狼来封口；大的无灾，小的无难；好人相逢，坏人远避；瘟疫消散，百病不生；空怀出门，满怀进门；东干东成，西干西成；千祥云集，百福并臻；骡马成群，牛羊满圈；祥光永照，大吉大利！

喜神已到，众人恭迎！

大家齐呼：

恭迎喜神！

向喜神行礼！

一叩头！

二叩头！

三叩头！

向四面行礼！

一叩头！

二叩头!

三叩头!

向八方行礼!

一叩头!

二叩头!

三叩头!

礼成,鸣炮!

“大地”里顿时一片炮声,让五月觉得这炮声早就埋伏在地里,就像种子一样,单等着这天出苗。牛羊不知是被炮惊了,还是因为欢畅,满山满洼地狂奔,又像是比赛谁更威风,直踏得黄土飞腾,喜气冲天。

接着,爹拿过各家供奉的酒水和泥,在每个小孩的额头上点了一点。轮到六月,他让爹多点一下,爹说,多了就成了贪了,喜神是不喜欢贪心的,但还是在他头上多点了一下。

接下来,大家相互拜年,互换年点。

最后,每人铲了半篮脚下的黄土,提着回家。六月知道,这些黄土大家会分成几份,撒在当院、灶前、炕角、牛圈、羊圈、鸡栏、麦田菜地、桃前李下。

吉祥如意

五月是被香醒来的。娘一把揭过捂在炕角瓦盆上的草锅盖，一股香气就向五月的鼻子里钻去。五月就醒了。五月一醒，六月也就醒了。五月和六月睁开眼睛，面前是一盆热气腾腾的甜醅子。娘的左手里是一个蓝花瓷碗，右手里是一把木锅铲。娘说，你看今年这甜醅发的，就像是好日子一样。六月看看五月，五月看看六月，用目光传递着这一喜讯。五月把舌头伸给娘，说，让我尝一下，看是真发还是假发。娘说，还没供呢，端午吃东西可是要供的。五月和六月就"呼"地一下子从被筒里翻出来。

到院里，天还没有大亮。爹正在往上房门框上插柳枝。五月和六月就后悔自己起得迟了。出大门一看，家家的大门上都插上了柳枝，让人觉得整个巷子是活的。五月和六月跑到巷道尽头，又飞快地跑回。长长的巷道里，散发着柳枝的清香味，还散发着一种让他们说不清的东西。雾很大，站在巷子的这头，可以勉强看到那头。但正是这种效果，让五月和六月觉得这端午有了神秘的味道。来回跑的时候，六月觉得有无数的秘密和自己擦肩而过，嚓嚓响。等他们停下来，他又分明看到那秘密就在交错的柳枝间大摇大摆。再次跑到巷道的尽头时，六月问，姐你觉到啥了吗？五月说，觉到啥？六月说，说不明白，但我觉到了。五月说，你是说雾？六月失望地摇了摇头，觉得姐姐和他感觉到的东西离得太远了。五月说，那就是柳枝嘛，再能有啥？六月还是摇了摇头。突然，五月说，我知道了，你是说美？这次轮到六月吃惊了，他没有想到姐姐说出了这么一个词，平时常挂在嘴上，但姐把它配在这个用场上时还是让他很意外，又十分地佩服。自己怎么就没有想到它呢？随之，他又觉得自己没有想到这个词是对的，因为它不能完全代表他感觉到的东西。或者说，这美，只是他感觉到的东西中的一小点儿。

等他们从大门上回来，爹和娘已经在院子里摆好了供桌。等他们洗完脸，娘已经把甜醅子和花馍馍端到桌子上了，还有干果和净水，在蒙蒙雾色里，有一种神秘的味道，仿佛真有无数的神仙在他们看不见的地方等着享用这眼前的美味呢。

爹向天点了一炷香，往地上奠了米酒，无比庄严地说：

艾叶香 / 香满堂 / 桃枝插在大门上 / 出门一望麦儿黄 / 这儿端阳 / 那儿端阳 / 处处都端阳 / 艾叶香 / 香满堂 / 桃枝插在大门上 / 出门一望麦儿黄 / 这儿吉祥 / 那儿吉祥 / 处处都吉祥……

接着说了些什么，五月和六月听不懂，也没有记住。爹念叨完，带领他们磕头。六月不知道这头是磕给谁的。想问爹，但看爹那虔诚的样子，又觉得现在打扰有些不妥。但六月觉得跪在地上磕头的这种感觉特别地美好。下过雨的地皮湿漉漉的，膝盖和额头挨到上面凉津津的，有种让人骨头过电的爽。

供完，娘一边往上房收供品，一边说，先垫点底，赶快上山采艾。说着给他们每人取了一碗底儿。然后拿过来花馍馍，先从中间的绿线上掰开，再从掰开的那半牙中间的红线上掰开，再从掰开的那小半牙上的黄线上掰开，给五月和六月每人一牙儿。他们拿在手上，却舍不得吃。这么好看的花馍馍，让人怎么忍心下口啊。可是娘说这是有讲究的，上山时必须吃一点供品。五月问为什么。娘说，讲究嘛，一定要问个子丑寅卯来。六月说，我就是想知道嘛。娘说，这供品是神度过的，能抵挡邪门歪道呢。六月说真的？娘说当然是真的。六月说，那我们每天吃饭都供啊。娘说，好啊，你奶奶活着时每天吃饭就是要先供的。

甜醅子是莜麦酵的，不用吃，光闻着就能让人醉。花馍馍当然不同于平常的馍馍了，是娘用干面打成的，里面放了鸡蛋和清油，父亲用面杖压了一百次，娘用手团了一百次，又在盆里饧了一夜，才放到锅里慢火烙的。

一年才能吃一次，嚼在口里面津津的，柔筋筋的，有些甜，又有些淡淡的咸，让人不忍心一下子咽到肚里去。

接着，娘给他们绑花绳，说这样蛇就绕着他们走了。六月问为什么。娘说蛇怕花绳。六月就觉得绑了花绳的胳膊腕上像是布下了百万雄兵，任你蛇多么厉害老子都不怕了。绑好花绳后，娘又给他们每人的口袋里插了一根柳枝。有点全面武装的味道，让六月心里生出一种使命感。

五月和六月在雾里走着。在端午的雾里走着。六月不停地把手腕上的花绳亮出来看。六月手腕上是一根三色花绳，在蒙蒙雾色里，若隐若现，让人觉得那手腕不再是一个手腕。是什么呢，他又一时想不清楚。六月想请教姐姐五月。可当他看见姐姐时，就把要问的问题给忘了。因为姐姐在把弄手里的香包。六月一下子就崩溃了。他把香包给忘在枕头下面了。六月看着姐姐五月手里的香包，眼里直放光。六月的手就出去了。五月发现手里的香包不见了，一看，在六月手上。六月看见姐姐的脸上起了烟。忙把香包举在鼻子上，狠命地闻。五月看见，香气成群结队地往六月的鼻孔里钻，心疼得要死，伸手去夺，不想就在她的手还没有变成一个“夺”时，六月把香包送到她手上。五月盯着六月的鼻孔，看见香气像蜜蜂一样在六月的鼻孔里嗡嗡嗡地飞。五月把香包举在鼻子前面闻，果然不像刚才那么香。再看六月，六月的鼻孔一张一张，蜂阵只剩下一个尾巴在外面了。五月想骂一句什么话，但看着弟弟可怜的样子，又忍住了。就在这时，香包再次到了六月手里。六月一边往后跳，一边把香包举在鼻子前面使劲地闻，鼻孔一下一下张得更大了，窑洞一样。五月被激怒了，一跃到了六月的面前，不想就在她的手刚刚触到六月的手时，香包又回到她手里。

嗨嗨。五月被六月惹笑了。这时的六月整个儿变成了一个大大的鼻子，贪在那里，一张一合。五月的心里又生起怜悯来。反正肥水没流外人田，要不就让他再闻闻吧。就把香包伸给弟弟。不想弟弟却摇头。五月说，生姐姐气了？六月说，没有，香气已经到我肚子里了。五月说，真的？六月说真的。五月说，你怎么知道到了肚子里？六月说，我能看见。五月说，到了肚子里多浪费。六月想想，也是，一个装屎的地方，怎么能够让香委屈在那儿呢。要不呵出来？五月说，呵出来也浪费了。

我可以呵到你鼻子里啊。六月为自己的这一发明兴奋不已。五月也觉得这是一个好主意。就把嘴大张了，蹲在六月的面前。六月就肚皮用力，把香气一下一下往姐姐鼻孔里挤。

但六月却突然停了下来。六月看见，姐姐闭着眼睛往肚里咽气的样子迷人极了。那香气就变成一个舌头，在五月的额头上亲了一下。

妈哟，蛇。姐姐跳起来。六月向四周看了看，说，没有啊。姐姐说，刚才明明有个蛇信子在我头上舔了一下。六月说，大概是蛇仙。五月说，你看见是蛇仙？六月点了点头。五月问，蛇仙长什么样儿？六月说，就像香包。五月看了看手里的香包，说，难怪你这么喜欢它，原来它成仙了。

做香包讲究用香料。五月和六月专门到集上去买香料。五月说她要选最香最香的那种，要把六月的鼻子香炸。六月说把我的鼻子香炸有啥用，我又不是你女婿。五月说，反正香炸再说。二人乐颠颠地向集上走去。

集上的香料可多了。五月到一个摊上拿起一种闻闻，到一个摊上拿起一种闻闻，从东头闻到西头，又从西头闻到东头。把整个街都闻遍了，还是确定不下来到底哪一个最香，拿不定主意买哪一种。五月犯愁了。这时，过来了一个比五月大的女子选香料，五月的眼睛就跟在她的手上。五月问六月，你看这个人像不像是新媳妇？六月看了看，屁股圆圆的，辫子长长的，像。五月说，那她买的，肯定是最香的。五月就按刚才那个新媳妇买的买了。

山上有了人声，却看不见人。五月和六月被罩在雾里，就像还没有出生。六月觉得今天的雾是香的。不知为何，六月想起了娘。你说娘现在干啥着呢？六月问。五月想了想说，大概做甜糕呢。六月说，我咋看见娘在睡觉呢。五月说你还日能，还千里眼不成，怎么就看见娘在睡觉呢。六月说，真的，我就看见娘在睡觉呢。五月说那你说爹在干啥呢？六月说，爹也在睡觉呢。五月说，我们走时他们明明起来了，怎么又睡觉呢。六月说，爹像是正在给娘呵香气呢。五月说，难道爹也把娘的香包给叼去了？六月说，大概是吧。

突然，六月说，那是我的香包。说着往回跑。五月一跃，像老鹰抓鸡似的把六月抓在手里，说，你走了，我怎么办？六月说，我拿了香包就回来。五月看了看六月，解下脖子上的香包给六月，说，我把我的给你。六月犹豫着，没有动手。五月就亲自给六月戴上。六月看见，胸前没有了香包的五月一下子暗淡下来，就像是一个被人摘掉了花的花秆儿，看上去可怜兮兮的。但他又没有力量把它还给五月。六月想，人怎么就这么喜欢香呢？是鼻子喜欢还是人喜欢呢？

然后他们去挑花绳儿。街上到处都是花绳儿，这儿一绺那儿一绺的，让人觉得这街是谁的一个大手腕。六月和五月每人手里攥着两角钱，蜜蜂一样在这儿嗅嗅，在那儿闻闻，还是舍不得花。直到集快散了，他们才不得不把那两角钱花出去。他们的手里各拿着五根花绳儿。那个美啊，简直能把人美死。

路上，六月问五月，你说最谁的新媳妇漂亮？五月说，你的啊。六月说，好好说啊。五月说，你说呢？六月说，要说，肯定是街的新媳妇最漂亮啊。五月一惊，看着六月，问，为什么？六月说，他的一个大胳膊上就戴了那么多的花绳儿，腔子上戴了那么多的香包，身上有那么多的香料，你说不是他还能是谁？五月把眼睛睁得像铜锣一样，贴向六月的脸，笑了一下，说，怪死了怪死了，你怎么有这样一个奇怪的想法，街怎么能娶新媳妇，要是街娶了新媳妇，那该是怎样的一个女子才配呢？六月说，你就配啊，我知道你想配呢。五月哈哈哈地大笑起来。那姐就是这个世界上最幸福的人了。六月说，那我就是街的大舅舅了。五月说，那我们就有用不完的花绳和香包了。

雾仍然像影子一样随着他们。六月的目光使劲用力，把雾往开顶。雾的罩子就像气球一样被撑开。在罩子的边儿上，六月看见了星星点点的人。六月给姐说，你看，他们早已经上山了。五月说，这些扫店猴，还扇得早得很。说着，二人加快了脚步，几乎跑起来。

到了一个地埂下，六月说，这不是艾吗？五月上前一看，果然是艾。一株株艾上沾着露水豆儿，如同一个个悄悄睁着的眼睛。五月看了看山头，说，他们怎么就没有看见？六月说，他们是没有往脚下看。五月说，他们为什么就不往脚下看？六月说，他们没有想起往脚下看。五月觉得六月说得对，欣赏地看着六月说，你就怎么想起往脚下看？六月说，我本来也想着山顶呢，我也不知道咋就往脚下看了一下。五月说，山上那些人多冤枉。六月说，但我还是想上山。五月说为啥，这里不是有艾嘛。六月说，我想看大家采艾，我也想和大家一起采。五月说，那姐采你看不就行了？六月说，你一个人采，有啥看头。五月说，可是万一路上碰上一个蛇呢？六月说，我们不是绑了花绳儿吗？我们不是吃过供了的花馍馍了吗？五月说，那就到山顶吧。五月想，其实她也想到山顶呢。人怎么就那么喜欢到山顶上去呢？脚下明明是有艾的，却非要上到山顶去。

五月缝香包时，六月就欺负她。噢噢，给她女婿缝香包着呢。噢噢，给她女婿缝香包着呢。五月追着打六月。六月一边跑一边说，养个母鸡能下蛋，找个干部能上县。但五月总是追不上六月。这连她自己都奇怪。平时，她可是几步就一把把六月压到地上了。后来，她发现自己其实是有私心的。她就是不想追上。她只是喜欢那个追。说穿了，是喜欢六月一边跑一边这么喊。羞死了。羞死了。六月跑一跑，停下来，把屁股撅给五月，用手拍拍。跑一跑，停下来，把屁股撅给五月，用手拍拍。五月就真羞了。就装作生气的样子回到屋里，把门关上。任六月怎么敲也不开。六月就在外面给他一遍又一遍地下话，一遍又一遍地保证不再欺负她。五月就好开心。她喜欢六月这样哄她。之前，每当六月欺负她，她总是像猫扑老鼠一样抓住他，拧他耳朵，听他告饶。但现在她不喜欢那样了。她觉得这样躲在门后听六月下话，感觉真是美极了。

上到半山腰，六月就跟不上了。六月说，姐慢点行吗，我走不动了。五月回头一看，笑笑。这时，五月发现雾的罩子破了一条口子，从口子里看去，村子像个香包一样躺在那里。五月的舌头上就泛起一种味道，那是娘捂在盆里的甜醅子。五月想回家了。但艾还没有采上呢。这是一年的吉祥如意呢。五月就叫六月快走。不想六月索性蹲下了。

哎哟蛇。五月突然叫了一声，跑起来。六月在后面拼命追。不一会儿就超过姐姐，跑在前面，并且一再回头催姐快跑啊。跑了一会儿，五月的腿就不听话了，她就索性一屁股坐在路上，出着粗气大笑。六月回头，看见姐坐在那里大笑，上气不接下气地问，你真看见蛇了？五月说真看见了。六月说，蛇是啥样的？五月说，就像个你。六月说，才像你呢，你就是一个美女蛇。五月说，你不是说一点都走不动了吗，怎么跑起来还比姐快。六月就看见他的心被姐的话划开了一条缝儿。是啊，当时明明走不动了嘛，怎么姐一声蛇，自己反而就跑到姐前面去了呢？

哎哟你看蛇。五月却坐在那里不动。六月装作真的样子跑了几步。回头看姐，姐还是坐在那里不动。五月说，娘说了，蛇是灵物，只要你不要伤它，它是不会咬人的。娘说，真正的毒蛇在人的心里。六月说，娘胡说呢，人的心里怎么能有毒蛇呢。五月说，娘还说，人的心里有无数的毒蛇呢，他们一个个都懂障眼法，连自己都发现不了呢。六月就信了，就在心里找。找了半天，也没有找到。最后，他发现问题不是有没有蛇，而是他压根就不知道心在哪里。问五月。五月也说不上来。六月的心里就有了一个问题。

娘说香包要缝成心形，心肩上吊三色穗子，心尖上吊五色穗子。一般情况下，每年的香包都是没有过门的新媳妇做好了让人送给婆家的。六月家没有没过门的新媳妇，就只能是娘和姐姐自己做了。这让五月六月心里多少有些遗憾。但五月比六月看得远，五月说，其实没关系，娘年轻的时候不也是咱们家的新媳妇嘛。六月一下子对五月佩服得了不得。六月说是啊，可是她是谁的新媳妇呢？五月都笑死了。五月说，你说是谁的？六月想了想，没有想出个所以然来。五月说，爹啊，你这个笨蛋，明明是爹的新媳妇啊，还能是别人的不成？六月恍然大悟。经五月这么一说，六月突然觉得娘和爹之间一下子有意思起来。还有五月，今年已经试手做了两个香包了。娘说，早学早惹媒，不学没人来。五月就红着脸打娘。娘说，男靠一个好，女靠一个巧，巧是练出来的。五月就练。一些小花布就在五月的手里东拼拼西凑凑。

但六月很快就忘了这个问题。因为五月真的看见了蛇。六月从五月的脸色上看到，这次姐不是骗他。五月既迅速又从容地移到六月身边，把六月抱在怀里,使劲抓着六月的手。然后用嘴指给六月看身边的草丛。六月就看见了一个圆。姐弟二人用手商量着如何办。六月说,我们的手腕上不是绑了花绳儿了吗,我们不是吃过供过的花馍馍了吗?五月说,娘不是说只要你不伤它它就不会伤你吗?六月说,娘不是说真正的蛇在人的心里吗?难道草丛就是人的心?或者说人的心就是草丛?五月说,人心里的那是毒蛇,说不定眼前的这条不是毒蛇呢。这样说着时,六月的身子激灵了一下,接着,他的小肚那儿就热起来。五月瞥了一眼六月。六月的脸上全是蛇。

就在这时,那圆开始转了,很慢,又很快。当他们终于断定,它是越转越远时,五月和六月从对方身上,闻到了一种香味,一种要比香包上的那种香味还要香一百倍的香味。直到那圆转到他们认为的安全地带,五月和六月的目光相碰,然后变成了水,在两个地方流淌,一处是手心,一处是六月的裤管。

娘教五月如何用针,如何戴顶针。五月第一次体会到了用顶针往布里顶针的快乐,把针穿过布的快乐,把两片布连成一片的快乐。五月缝时,六月趴在炕上看。真是奇怪,这么细的一个针,屁股上还有一个眼儿,能够穿过去线,那线在针的带领下,能够穿过去布,那布经线那么一绕一绕,就连了起来,最后成娘说的"心"。有意思。六月手就痒了,就向姐要针线:拿我也试试嘛。娘说,男孩子不能拿针的。六月问为什么。娘笑着说,男孩子要拿大针呢。六月问啥叫大针。娘说,等你长大就知道了。六月复又躺在炕上,在心里描绘那个大针。有多大呢?五月戴的是娘的顶针,有些大,晃晃荡荡的,针就不防滑脱,顶到肉里去,血就流出来。五月疼得龇牙咧嘴。六月急着给她找布包。娘却没事一样。娘说,这一开始,就得流些血。六月就觉得娘有些不近人情。再看娘手中的针,简直就像是她干儿子一样听话。它在娘手里就怎么那么服帖呢?

山顶就要到了,五月和六月从未有过地感觉到"大家"的美好。每一个人看上去都是那么可爱。即使是那些平时他们憎恶得瞅都不愿意瞅一眼的人。六月给五月说了自己的这一发现,六月悄悄说,我怎么现在就看着地生不憎恶呢。五月悄悄地说,我也是。

噢噢,噢噢,你看六月像不像一个新女婿。地生说。大家说,像极了。忙生说,还领着一个新媳妇呢,脖子里还挂着红呢。六月有些羞,又有些气,却没有发火。五月说,我们刚才看见蛇了。地生说真的?六月自豪地说,当然是真的。地生说,别吹牛了,如果真看见,早尿裤裆了。六月的脸就红了。五月护短说,你才尿裤裆呢。如果是你,说不定都吓死了。地生说,如果是我,我就把它抓了烧着吃。五月说,吹老牛。地生说,不信你找一个来试试啊。白云说,闭上你的臭嘴,我奶奶说,蛇可灵呢,它能听见呢。我奶奶还说,蛇是不咬善门中的人的。地生问啥叫善门中的人。白云说,就是一辈子做好事的人家,还不吃肉,不吃有臭味的东西。白云接着说,我奶奶说,那时村子里发生蛇患,人们晚上想方设法关紧门窗,蛇也常常钻到被窝里,有许多人都被蛇咬死。唯独李善人每晚开着门睡大觉,蛇却从来不去找他。六月说,真的?我奶奶说,千真万确,说着,上前拿起六月的香包看。

喜欢就送你吧。六月没有想到自己会说出这么大方的一句话。白云惊讶地看着六月,就像是发现太阳从西边出来了。六月接着说,喜欢就送给你。白云说,真的?五月咳嗽了几声。不想六月还是说,真的。说着拿下来给白云。白云迟疑着接过,有点担当不起的样子,又有点不相信这是真的样子。

噢噢,白云是六月媳妇。噢噢,白云是六月媳妇。

地生和忙生拍着手喊。太阳就从六月和白云的脸上升起来了。

爹让六月舂香料。六月拿起石杵一舂,香料就捣蛋地跳出来。五月说让我试试吧。爹说女孩子不能干这个活的。五月问为啥。爹说不为啥。五月的嘴就噘起来了。不为啥又为啥不让人舂。爹拿过杵给六月示范。那香料一点儿也不捣蛋了。六月再试,它们还是跳出来。五月说,就那么点香料,都让六月糟蹋完了。爹一边往石窝子里捡跳到地上的香料,一边说,爹刚学时,也是这样,得摸索,说不清的。六月听爹刚学时也是这样,就大了胆子舂,直舂得香料在石窝子里乱开花。舂着舂着,那香料就服帖了。六月奇怪,当你小心翼翼地舂时,它反倒要跳,可当你不管三七二十一,不怕它跳时，它反倒不跳了。这一发现让六月激动得头皮一阵阵过电，像是谁伸手一下子把他心里好多窗子都打开了。六月看五月，五月一脸的羡慕。六月就又心疼姐姐。有些事你是永远不能干的。突然，六月发现这家里是分着两派的，爹和他是一派，娘和姐是一派。你看，这娘教姐学针，却不让他学。这爹教他拿杵，却不让姐拿。莫非这杵，就是娘说的大针？

姐无望地看着他舂香料，终于觉得这事和自己无缘，就拿了花布开始缝香包。随着六月杵子的一上一下，屋子里渐渐地充满了香味儿。

雾渐渐散去。山上的人们一点点清晰起来，就像是一个个鱼浮出水面。六月东瞅瞅，西瞅瞅，心里美得有些不知所措。六月向山下看去，村子像个猫一样卧在那里，一根根炊烟猫胡子一样伸向天空。娘和爹还在睡觉吗？娘和爹多可惜啊，不能看到这些快要把人心撑破了的美。

不觉间，太阳从东山顶探出头来，就像一个香包儿。山也过端午呢，山也戴香包呢。六月想。再看大家时，大家就像听到太阳的号令似的一齐伏在地上割艾了。六月问姐姐为什么不等到太阳晒会儿把艾上的露水晒干了再采。姐姐说，这艾就要趁太阳刚出来的一会儿采，这样采到的艾既有太阳蛋蛋，又有露水蛋蛋。这太阳蛋蛋是天的儿子，露水蛋蛋是地的女儿，他们两人全时，才叫吉祥如意。六月奇怪姐姐怎么把太阳和露水说成蛋蛋。蛋蛋是娘平时用来叫他们的。姐姐这样一说，六月就蹲下来，拿出篮子里的刃子准备采艾。但是六月却下不了手。一颗颗玛瑙一样的露珠蛋儿被阳光一照，让人觉得它不再是露珠，而是一个个太阳崽子。六月一下子明白了姐姐为什么要用蛋蛋来称呼太阳和露珠儿。这样，一刃子下去，就会有好几个太阳蛋蛋死掉。五月说你发什么愣，还不趁着露珠蛋蛋刚醒来赶快采。六月说，我下不了手。五月问为什么。六月说，我觉得这露珠儿太可怜了。五月就扑哧一声笑了，我还以为是你觉得艾可怜呢，真是个二愣。这露珠儿有什么可怜的。你不采，太阳一出来，它们也得死。它们就是这么个命。但是它们又没有死，明天早上，它们又会活来。六月想想也是。接着心里升起对姐姐的崇拜来。他没有想到姐会说出这么大的道理来。

但六月还是下不了手。姐姐又笑了，说，如果你觉得它们可怜，你可以先把它们摇掉啊，让它躺到地里慢慢睡去，你再动手啊。六月觉得这个主意好，就动手摇。不想又把六月的心摇凉了。这一摇，让六月看见了一个个美的死去原来是这样简单的一件事。他第一次感到了这美的不牢靠。而让这些美死去的，却是他的一只手。六月看了看他的手，突然觉得它不单单是一只手，它的里面还藏着一些深不可测的东西，是什么呢？他又一时想不明白。但他又不甘心，这分明是我自己的手，怎么连自己都看不明白呢？六月第一次对自己开始怀疑起来。

六月开始采艾。采着采着，就把露珠儿的问题给忘了，把手的问题也忘了。六月很快沉浸到另外一种美好中去，那就是采。刃子贴地割过去，艾乖爽地扑倒在他的手里，像是早就等着他似的。六月想起爹说，采艾就是采吉祥如意，就觉得有无数的吉祥如意扑到他怀里，潮水一样。

一山的人都在采吉祥如意。

多美啊。

娘教五月如何往香包里放香料：把香料均匀地撒在新棉花上，然后把棉花装进香包里，然后封口。娘说，这样香包就既是鼓的，又是香的。六月问娘，为啥要鼓。娘笑笑说，就你问题多。你说为啥要鼓？六月说，叫我姐说。五月说，又不是我问的问题。六月说，鼓了我姐夫喜欢。五月就打六月。娘笑得嘴都合不上了。六月说，我看地生对我姐有意思呢。娘说，是吗，让地生做你姐夫你愿意吗？六月说，不愿意，他又不是干部。娘说，那你长大了好好读书，给咱们考个干部。六月说，那当然。等我考上干部后，就让我姐嫁给我。五月一下子用被子蒙了头。娘哈哈哈地大笑。六月说，就是嘛，我爹常说，肥水不流外人田，我姐姐为啥要嫁给别人家？娘说，这世上的事啊，你还不懂。有些东西啊，恰恰自家人占不着，也不能占。给了别人家，就吉祥，就如意。所以你奶奶常说，舍得舍得，只有舍才能得，越是舍不得的东西越要舍。这老天爷啊，就树了这么一个理儿。六月说，这老天爷是不是老糊涂了。娘说，他才不糊涂呢。

等地娘娘把他的女儿全部从艾上收去时，大家开始收刃。六月站起来，看见姐姐的花袄子被露水打得像个水帘。姐姐把他采的艾拿过去，用草绳束了，给他。然后用草擦刃子上的泥。太阳照在擦净的刃面上，扑闪扑闪的。姐姐翻了一下刃面，那扑闪就到了她的脸上。不知为何，六月觉得这时的姐姐就像一株艾。如果她真是一株艾，那么该由谁来采呢？六月被自己的这一想法吓了一跳。这一采，不就等于死了吗？可是，大家分明认为死是一件吉祥的事呢，要不怎么会有一山头的人采艾呢？六月又不懂了。

路上，六月看到别人采的艾要比他们姐弟采的多得多，就觉得他们家小孩太少了。六月突然想到，爹和娘怎么不上山采艾呢。问姐姐。姐姐说，因为爹和娘不是童男童女。六月问什么叫童男童女。姐姐想了想说，大概就是铜做的吧？六月觉得不对，分明是肉，怎么说是铜做的。六月问，不是铜做的为啥就不能采艾？五月说，不知道，爹这样说的，你看，这上山采艾的，都是童男童女。六月的脑瓜转了一下。不对，这童男童女，是没有当过新娘和新郎的人。五月被六月的话惊了一下，回头看路后边的人，发现真是这么回事。看弟弟，弟弟的神情是一个等待。五月用一个揽的动作表达了她的夸奖。六月就感到了一种童男童女的自豪和美好，也感到了一种不是童男童女的遗憾。

现在，六月和五月的怀里每人抱着一抱艾，抱着整整一年的吉祥，走在回家的路上，走在端午里。他们的脚步把我的怀念踩疼，也把我心中的吉祥如意踩疼。

散文

宁夏写意（四则）

贺兰山

深入贺兰山，其实是深入石头。石头是冰凉的，尽管已入夏。树还没有长成气候，只是一种点缀，而这正好突出了石头。

山顶青雾缭绕，如同一种情绪，从遥遥上古流来。我的心是一个盆子。我不敢说话，我怕稍不小心就会打翻盆子。同伴的欢声笑语这时听来恍如隔世，古怪而又陌生。我尽量磨蹭在后边，保卫自己的一种心境，将孤独折叠起来，上路。

石头是无处不在的。无处不在，就成了山。石头貌似散漫，却表达着一种极大的自由，而又那么富有秩序。石头似乎并不在乎自己的位置，不向往舒适的城市或者平川，一派道家风骨，那么坦然、宁静。

与送子娘娘相比，太上老君面前的香火要萧条得多。等同伴远去，我买了炷香，虔诚地为太上老君点上。我感动于他的宁静淡泊：在世人疯狂地追金逐银的今天，他仍能一如既往地隐居山中，将心变成一颗淡定的石头，这该是何等的超脱。

同伴在一个阴凉处歇了。我却决定爬笔架山——决定是在我听到这个名字时做出的。

笔架无比有气势地打量着一望无际的平川。我说不清它在欣赏自己的杰作，还是在面对方格稿纸凝神遐思。这时，我突然在思考，什么才是真正的笔杆子。笔杆子该有一种孤独的高度，一颗摩天的头颅……而我是一杆什么笔呢？我头上的狼毫在风中根根耸立，红色的墨汁在体内奔腾喧嚣。

四面陡然低落，笔架山异峰突起，显然无比孤独。不知是何人将它置于此地，它到底在等待一杆什么笔？躺在被时间打磨得无比光滑的石头上，我的头上冷汗涔涔，我问自己：你是一杆什么笔？你该做一杆真正的笔，纯粹，淡泊，如同眼前这一块块宁静的石头。

身上白云悠悠，身下笔架巍巍。我不知自己停留在时间的哪一截，又是为哪一篇文章而来。

既然是一杆笔，就得离开笔架。再回首，迎着的是笔架山深情的目光。我不知该以一种什么方式向它告别。

荷花沟

荷花沟最大的特点在于它一贯的绿，那种压迫得人喘不过气来的绿，那种处女一样一尘不染的绿，就是偶尔有那么一两株红桦点缀其中，也是那么含蓄，让人丝毫想不到衬托之类的词。总之，荷花沟不允许你乱加形容。荷花沟只属于眼睛，不属于话语。

行进在一条绿色峡谷中，你的身心被清凉的绿色过滤。你所有的思想都被染成了绿色。你被绿色挟持了。最后，你成为峡谷中的一棵树，物我两忘荣辱不惊。你的精神渐渐进入一种定态，一种绿意充盈的定态。你才知道一些高人为什么要到深山中修炼，你开始相信济公曾在这里得道的传说。

你被一种彻底的安详所包容，所感动。荷花沟的安详源于它的无欲。你看那些树，那么密集，但是无论如何你也看不出它们之间的排挤，你也很难看出它们哪一个正在为凡间琐事所困。你更看不出那些百年老桦在给哪棵幼树摆姿态，或者为那些小树的位置在它们之上而不平。鸟儿在它们的头上唱歌它们不恼怒，金鸡在它们的身下筑巢它们不担心。它们在风中纵情歌唱，为所有喜欢它们的人义务演出。它们不因为贵宾前来而奴颜婢膝，也不因为柴夫上山就不予理睬。

和这种安详相呼应的是田田荷花。荷花把向下流着的水变成一种仰首的姿态,宛如对天亲吻。和江南的荷花不同,泾源的荷花让人感觉它们和水是如影随形的,有水的地方就有荷花。我们没有走到水源,但我坚信,水的源头一定是荷花的源头。同牡丹、芍药等花卉相比,荷花也许不够高贵,却是最安详的。它身上也有一种道性,我忍不住盘腿坐在一大片荷花中,将心交给水,交给荷花。

在这人迹罕至的荷花沟,正当我们被四面密集的绿意弄得有些疲倦的时候,一缕炊烟升起,原来是一堆篝火。篝火旁有一个树枝搭建的草棚,草棚里有炕。我想,这炕的主人每天躺在此,看着一堆红火摇曳在扯天扯地的绿色中,不知该是一种怎样的心境。他一定认为那一堆篝火,是这个世界上最动人的荷花。

凉天峡

进入凉天峡其实是进入树。凉天峡的树横空而来,绝尘而去,兀自一个世界。那树让你忽略了山,忘记了其他一切之存在,让你的思想无能为力。

我不知道凉天峡这个名字包含着什么意义,但它听来让人感到忧伤。如果将荷花沟看成一个道士,那么,凉天峡就是一位诗人。凉天峡的忧伤缘于不时出现的红桦。面对红桦,你会认为它因忧郁而醉酒,或是心怀一腔热血无法倾诉。

在向林子深处走去的时候,一道红光突然横亘在我们面前。这是一株巨大的倒下的红桦。它的姿态、颜色都让人想起一位倒下的新娘,或者一团凝固的火焰。因为它的倒下,一片天光豁然照进来,为它平添了一种迷离、悲壮之感。为什么它独独地红在一片白桦中? 红在这个不通人烟的地方,没有歌楼酒肆烟花柳巷的地方? 它莫非也厌了滚滚红尘,倦了喧喧闹世? 久久地,我们谁也不愿离去。

凉天峡是深藏着悬念和故事的。

和这株红桦遥相呼应的是颇具阳刚之势的几块石头。同红桦一样,几块石头之所以牵扯人的思绪,还是因为它的独异。那是在一个树木封锁的狭窄的峡谷,一片阔可走马而没有一树一木的平地,平地上又兀地卧着一块非集体不能搬运的巨石,巨石上分明留有一个一寸口径的深洞,这就让你不得不相信这里就是成吉思汗的练兵场，那个深洞大概是他插旗的地方。当时,旗杆洞里正蓄着水。我们不知道这是否就是凉天峡之所以称为凉天峡的原因,总之,一种历史苍凉袭上心头。物是人非,留下的只有石头,以及一些只有石头才能承载的传说碎片。

我们的思绪还没有撤离练兵场，就再次被无比葱茏的树木浸渍、湮没。汽车从绿色中穿过,我用我那被树木染成绿色的眼睛,再次望了一眼那团团红雾和透着天光的练兵场。

黄　河

似乎在思考着什么,又像在讲述着什么,娓娓地。这泛着微澜、缓缓东去的,就是古老的黄河？就是自天而来的黄河？

船在黄褐色的水中行驶，骤然响起的马达声将我的喜悦和兴奋给驱散了几分。要是一叶木舟,或者羊皮筏子,自己亲手去划,到了河心,静静地停一会儿,那该多好。我希望自己是艄公,而非乘客。

太阳躺在黄河上分娩,一河的太阳崽子。我在渡水,太阳在进山。彼岸渐近,恐惧渐近。船靠岸时只觉得一个精美的器皿被打碎了,一个迷离而又美妙的梦被惊破了。美在过程中。我不愿意上岸,却不得不上。回首,来路那端的夕阳正辉煌。

蛙声很灿烂。我伫立岸边,送夕阳下山。黄河宛如一汪沸腾的血泊,我感到了一种壮烈。我想到了生和死。我说不上太阳在生还是在死,也说不清到底是生和死哪个更为壮烈。

落霞似一金曲的余音飘绕在地平线上时,船回转了。暮色中行船更使人思绪缤纷。我求艄公放慢了速度。这时的黄河分外宁静和空阔,微微的细浪制造着恬淡。河面似乎被暮色延伸了,正如思维一样。

这时,同伴拿出了酒杯,邀了艄公斟饮起来。暮色在酒杯中醉眼蒙眬,艄公的心事也在酒杯中醉眼蒙胧。他索性息了马达，任船随水徐行。那船就漂进流逝的河中去了……

假如没有艄公呢？船至河心时，一个同伴说。

假如没有船呢？另一个说。

假如没有河呢？我说。

说完，我的心里不由得一阵颤动。我将一杯酒洒进河中。清风将酒香传播开去。眼前便有人影开始晃动，喧嚷而又幽冥。那位把酒临风，横槊赋诗的不是孟德吗？那位布衣薄衫，面容憔悴，连一杯浊酒都喝不上的不是子美吗？太白任一叶扁舟在水上漂荡，东坡醉卧舟中；季凌虽然更上一层楼，终叹道，春风不度玉门关；祖逖击着船帮，击起一片讪笑，但仍在击……他们是在摆渡什么呢，还是被什么摆渡？蓦地，他们腾云而起，一齐向我招手。

这时，船停了，面前是坚实的码头，我感到了一种沉重的轻松，一种欣然的悲凉。当脚落在地面上时，我觉得地面太实在了。

再次回首，船已经隐约成一个黑点。灯火一点点亮起，如同思绪。而河，仍在流。

愿人人都能顺利返乡

我是一个大年迷，迷到什么程度呢？用十二年的时间写长篇小说《农历》，其中“过大年”占了将近三分之一篇幅。散文集《守岁》中，有关年节的文章也占了大半。但仍然觉得没有传达出心中的那种“年”味儿。

这些年，有好多记者问我，为什么年味越来越淡了呢？在我看来，是因为我们把大年里面的祝福性因素给剔除掉了。只要把祝福性恢复之后，年味自然会浓起来。

去年帮中央电视台做百集大型纪录片《记住乡愁》的文字统筹工作，发现但凡传承千百年的旺族，都没有丢掉祝福。

心理学告诉我们，每一个人都有一个永恒账户，就是我们的潜意识，它是永远不会消失的，那就意味着我们祖先的潜意识还在。既然我们祖先的潜意识还存在，那我们对祖先进行怀念，本身就是价值。

心理学告诉我们，当我们想一个人的时候，生命能量就在交流。

那么，当我们祭祖的时候，能量就在对接，生命就在充电。

古人正是把过大年作为一个恢复我们生命力的非常重要的平台和缘分来用的。在长达一个多月的怀念、感恩当中，跟生命的根部能量源头能量进行连接。

中华民族为什么能够保持持久生命力，正是因为中国人是讲究祭祖的。其中最为隆重，最为集中，最为普遍的，就是年祭。

因此，只要我们恢复了大年的祝福性，经济再发展，生活再现代，也冲淡不了我们年味儿。可以看到的例子是，周边一些国家和地区，虽然现代性程度很高，但节日的味道没有淡下来。

所以，对于过大年，我是一个乐观主义者。我想，随着我们对一系列神圣性祝福性仪轨的恢复，中国人的过大年，一定会回到当年的那一种氛围中去。

从这个意义上，我多次呼吁，为了让年味大增，要把春节的假期再延长，要把春晚提前或者推迟一天，把除夕给人们留出来，否则，因为春晚长达四小时的集体走神儿，大年中最美的一段时光，最香甜的一段时光，最神秘的一段时光，最能感受心身交融、天人交融的一段时光，就被冲淡了、破坏了。

春晚是一个巨大的打扰。

古人把除夕叫过夜，正如“过”字一样，人们是一寸一寸地感受时间挪动的。正如守岁的“守”一样，人们是在一寸一寸地守护着时间的。我小的时候体会到的除夕的感觉，就是如此，真是一寸时间一寸金。我在长篇小说《农历》里面写到一个细节，茫茫雪原上，一位穿着大红袄的女子在款款走来，留下了一串香喷喷的脚印，但那脚印，马上就要融化在你的目光里，让你心疼。

为了享受除夕的这个感觉，我们就把守岁前的准备工作比如贴对联一类拼命地往前赶，好把更多的时间抢出来，来体会那一种一寸一寸进入时间的过程，那种味道，提前一天，推后一天，都无法找到。这，大概就是古人讲的时间意义上的缘分吧。

在中华民族的意象性岁月中，大年是最持久最强大的心理暗示，而心理学说明，暗示可以产生巨大生命能量，那些窗花，那些对联，那些年画，那些社戏，那些仪式，等等，都是暗示源。

大年是千百年来天地交融人神共庆的永恒约定。在这个约定中，我们回到一种类似娘的怀抱的所在。有娘在的地方，就有大年。这个娘，有生身的，也有生心的。

为什么过大年的时候人们要拼命地往回赶呢？在我看来，它不是一个社会学问题，而是一个心理学问题。人的第一需求是回家。我们每一个人都是游子，终归要回家的。一个人他再怎么奋斗，再怎么拼搏，最后他一定要面临着一个根本性的问题，那就是返乡，踏上归程。

一生是如此，一年也同样。我们漂泊奋斗了一年之后，必须要经历一次返乡。这是每个人的潜在需要，人人如此。为此，过大年就成了中华民族的集体精神还乡。

事实上，一天也是如此，进入梦乡，说到底也是返乡，梦乡也是乡。

由此，我们再看春节回家潮，带有一定迷狂性一定神秘性的回家潮，不顾一切的回家潮，我们就知道，它是跟人的本质需求相关的。就是说，每一个人他有一个第一需求，那就是，最终我们要回到故乡。

那么，在大年这个时间的轮回港口，我们每一个人事实上是预演了一次返乡，练习了一次返乡。

愿人人都能找到故乡，愿人人都能顺利返乡。

这才是本质意义上的吉祥和如意。

记住乡愁，就是记住春天

记住乡愁，就是记住社稷。
记住乡愁，就是记住祖宗。
记住乡愁，就是记住恩情。
记住乡愁，就是记住根本。
记住乡愁，就是记住春天。

这是我做百集大型纪录片《记住乡愁》文字统筹时脑海中一遍遍闪过的句子。2014 年 12 月 26 日，《记住乡愁》开播通气会在梅地亚中心举行。到了现场，我才知道，由中宣部、住房和城乡建设部、国家新闻出版广电总局、国家文物局组织实施，中央电视台组织拍摄的百集大型纪录片《记住乡愁》将于 2015 年 1 月 1 日正式开播了。

这真是一出再好不过的元旦献礼。

中宣部领导和中央电视台台长到会讲话，听得出，他们都很激动。

看着一出出唯美又感人的样片，我再也止不住热泪，心里充满了对决策者、支持者和拍摄者的无限敬意。

大地和岁月终于等来了这一天，华夏儿女终于等来了这一天。

尘封了百年的传统文化实体，将以百集纪录片的形式重回岁月和大地。这无疑是民族之福，社稷之福。文化虚无主义者，如果认真看完这些节目，一定会走出虚无；丧失民族自信心的人，如果认真看了这些节目，一定会重新找回民族自信；道德悲观主义者，如果认真看了这些节目，一定会重新找回乐观；迷茫无助的人，如果认真看完这些节目，一定会重新找回方向。

这些节目，既是一出出生命大题，又是一份份绝好的答卷。

格物、致知、诚意、正心、修身、齐家、治国、平天下。这道大题，在这一百个考场里，一次次展开，一次次收起，仁心写，义举答，子子孙孙答不够，一答就是百千年。这种耐心，这种淡定，这种安详，如果没有巨大的幸福感做支持，如何可能？

从中，我看到，但凡得高分的家族、村落，他们都有着共同的遵守，那就是，他们没有忘记国家社稷，没有忘记祖先，没有忘记恩情，没有丢掉根本。

但凡兴旺的家族，都有家谱、祠堂、祖训。

但凡兴旺的家族，都在像守着生命一样守着这些家谱、祠堂、祖训。

仁义礼智信，孝悌勤俭廉，在这些土地上，已经化为人们的思维方式、成长方式、生活方式、工作方式。

从中，我看到了真正的励志；从中，我看到了真正的制度；从中，我才真正理解了什么叫师道尊严；从中，我才真正懂得了什么叫商道贾德。

当你发现晋商成功的秘密并不在经营里，徽商成功的诀窍并不在谋略里，你的心里该是一种如何的震撼。当你发现幸福原来就在五常十义里，甚至就在一餐一饮里、一草一木里，你的心里该是一种如何的震撼。

看着这些台本，我突然觉得，人类一旦没有故乡的概念，一切病相就要来了，现代人生活在城里，没有一个共同的地理凝聚力，房子常常在换，漂泊感就来了，漂泊感带来无根感，无根感带来焦虑。人的目光一直是断的，思想就是断的，能量就是断的。不像古人，不管走多远，心系故乡，能量是全的、长的、满的。

中华民族近当代之所以遭受巨大苦难，有多种原因，但废止祭礼是最重要的原因之一，如果我们承认潜意识的永恒性，我们就要承认祖先的存在，承认祖先的存在，我们就要承认祭祀的重要。而现代科学已经证明，潜意识是永恒的，否则催眠治疗就无从说起。既然潜意识永恒，那么祖先的潜意识就永恒，祭祀就成为我们从祖先那里获得生命能量的通道。

甘肃哈南村的故事读得人泪眼婆娑,这是一个把“忠”自觉化的村落,忠于国家,忠于单位,忠于自然,忠于内心。战时,他们把忠用于卫国;和时,他们把忠移于建设。据《哈南朱氏族谱》记载,明初时,朱氏祖先立下赫赫战功,家族中不断涌现出忠君爱国的将领,从那时起,朱氏后人便把“忠勇传家”作为家规祖训写进了族谱。在历史上,朱氏一族先后有十一人为国捐躯,从军报国也就成为哈南村的传统。每当外敌入侵的时候,“母送儿,妻送郎,父子争相上战场”催人泪下的场面,就会在这个小村庄里出现。汶川地震后,哈南村成为重建速度最快的村落,就是因为忠字效应。

在安徽屏山村,我看到,明嘉靖年间,舒善天进京赶考,高中探花。衣锦还乡之际,发现相依为命的老母病倒家中,便弃官侍母,直至终年。还是屏山村,我看到,在电影《一江春水向东流》中成功地塑造了“抗战夫人”王丽珍的人民艺术家舒秀文,当年一月挣三十块大洋,会把二十五块寄到家里。

在浙江杨家堂村的故事中,我看到,一个医生,早晨起来,先要巡视一圈,看到家家烟囱里都在冒烟,他就放心了,否则一定要上门问讯,这是何等美丽的人间热肠。一个医生,遇到穷人,不但不收钱,还要倒贴钱,这是何等美丽的人间风景。

还是杨家堂村,我看到:“这一天,宋宏堂挑着柴准备去县城卖,走到半路坐在凉亭休息,意外拣到一个包裹,摸摸里面似乎有一些银两,于是宋宏堂就坐在凉亭里等,来往的人问起来,他只是说坐在这里休息。直到一个衢州商人满面愁容地走来,一副欲哭无泪的样子,宋宏堂断定这就是丢了包裹的人,经细问果然不出所料。衢州商人打开包裹,里面有两千两银票和部分银两,看到自己多年的积蓄完好如初,不禁流下了眼泪。”就是这样的一个缘起,让他成为失主的学徒,开始了他的生意旅程,最终成为巨商。多么浪漫的商道。

在山西静升村,我看到,王氏十六世祖王寅德和人合伙做生意,对方早亡,他能够把属于对方的钱分文不少地还给人家后代,这是多厚的德行。王家不发,没有道理。第二十世祖王廷仪,当年的当铺小伙计,不忍把还有一天就到期的翡翠手镯卖给洋人,托辞钥匙找不到了。这是多么美的一出人间智慧大戏——小人物演的大爱之戏。这一刻,小伙计心里除了商业诚信,还有爱国之心,不能让祖国的东西流失到洋人手里;更有怜悯之心,一般来讲,手镯是一个女人最爱之物,多是夫君所赐,是爱情的见证,万不得已,是没有的人拿出来当的。如果第二天,主人来,镯已不在,该是多么伤心啊。现在,小伙计以计成全了这一美事,这心多厚啊。天不助这样的人家发家,没有道理。做月饼的吴丽霞家,其父为什么那么在乎月饼切开后的匀称,也不单单是月饼的品相,而是考察做月饼的人心是否匀称,心匀称,手下的活无不匀称,心不匀称,手下的活难以匀称。为此,其父宁可把过了保质期的月饼卖给猪厂,也绝不减价给人。此心多厚啊。天不助此人,没有道理。

非常庆幸,能够为这一巨大工程做文字统筹,我甚至觉得,即使为此累倒在现场,都值得。

在这间名叫如家的宾馆里,在看一出出台本的时候,我就像是在给祖先的老屋拂尘,给祖先的德容擦灰,给祖先的衣襟掸土。

我是那么急切地想等到下一出,又是那么紧张地看着每一出,一遍不够,两遍不够。

好多出节目看完,我的键盘上都会落下一个不肖子孙的滴滴热泪。就连晚上做梦,都在乡愁之中。

作为中华儿女,我们是多么幸运,我们有这么伟大的传统,这么优秀的祖先,这么智慧的文化,这么可爱的同胞。

作为一个作家,我是多么幸运,能够以这种方式,亲近我们伟大的传统,为祖先尽上一份小小的孝心。

在这些节目中,我看到的孝悌忠信礼义廉耻故事,远比在任何一部小说中读到的都精彩,它超出了我的想象。如果没有这四十个摄制组长达九个月的艰辛打捞,任凭他们被湮没、流失,这对中华民族来说,将是何等的损失。

有了这一百集,我们就可以回答,人类将来要走向何方。

有了这一百集，我们就可以回答，我们的子孙将来要向哪里去。

有了这一百集，我们就有了底气。孔子不但是中国人，而且还活在大地上，正在以乡愁的方式。端午不但是中国的，而且还美丽在大地上，正在以乡愁的方式。从中，我看到了二十四孝的现代版，看到了精忠报国的现代版，他们有名有姓，有脸有面。

有了这一百集，我们就能够回答人们的叩问：三鹿奶、红心蛋、地沟油、瘦肉精，我们还能吃什么？天价药、过度疗、小悦悦、楼脆脆，我们还能乐什么？周老虎、躲猫猫、假慈善、卢美美，我们还能信什么？范跑跑、韩抄抄、假作真、钱规则，我们还能做什么？

此刻，我会非常自信地告诉问者，只要我们把根留住，只要我们回到根那里，这一切，都将不是问题。因为春来草自青。草的答案不在草本身，而在春那里。

乡愁中的传统，传统中的乡愁，正是我们一刻都不能离开的春风。

大山行孝记

知道我喜欢吃榴莲，他会不时买一个，自己却只尝一口，然后就再不动勺子，凭你怎么动员。“对我来说，觉得吃一口和很多口是一样的，都是那个味道，后面的都是重复。”不由惭愧，自己还不如儿子，就是喜欢重复，喜欢重复那个味儿。

在享受上不喜欢重复，在孝行上却永不满足，这就是儿子。

妻说，上幼儿园时，姥爷姥姥到县城，儿子回来从兜里掏出两块蛋糕，说，这是阿(我)给阿姥爷姥姥的。姥姥闪着泪花说，这么大的一点人儿，咋想起来的，知道给姥爷姥姥留着吃。妻说，儿子把两块蛋糕装回来，意味着一顿没有吃主食。妻说，每逢发了新鲜的东西，儿子都要装回来让她尝，虽然每次都要挨她一顿训斥，但下次还是装回来。知道她晕车，每次回老家，都要抢先上车给她占座位，有年春节，挤车的人特别多，儿子竟从别人裆下钻过去，上车给她抢了一个座儿。

去北京上大学后，每学期放假回来，儿子都要带一箱东西，一人一份。特别是给爷爷奶奶，必不可少的是“稻香村”的软点心。当然，那一天我拉开自己的书桌抽屉，往往会看见多了几袋茯苓饼、几盒干果。一次，他还给妈妈买了一个发卡，亲手给妈妈戴上，问他怎么会的，说是让商场阿姨教的。一次，他给大伯买了一把二胡，只为我们在聊天时讲到大伯当年喜欢拉二胡。还要到中关村给大伯买电脑，被我阻拦了，我怕电脑拿回家侄子会上网。

近几年，每逢寒假，他都会接爷爷奶奶到城里，也只有他能把爷爷接来。换了我，父亲总是一概拒绝。儿子不但能把二老接了来，而且留得住。2011 年寒假接来，一直住到隔年夏至才送回去，长达半年时间，算是破天荒了。其间，父亲数次嚷着要回老家，都被他成功留住了。正好大四最后一学期，他就索性回来陪爷爷奶奶。为了让爷爷安心，他动了许多脑筋，想了许多办法。首先是严密监理着每一顿饭菜。我觉得妻做的花样已经够多的了，比我们平时丰富多了，但他还是要隔两天亲自去买一趟他认为更适合爷爷奶奶吃的菜。父亲不愿意戴假牙，早点妻就给烙软饼子吃，在我看来已经够软的了，但他还是要切成米豆大的小方块儿，让爷爷泡到牛奶中吃。爷爷的床头上，永远放着几罐糖果，各式各样的。每半个月给爷爷洗一次澡，每两天洗一次脚。怕爷爷奶奶晚上去卫生间磕着碰着，就买了一个可以在卧室用的便盆，还配了手电扶椅一应需要的东西。父亲眼睛不好，看电视要凑到屏幕前，妻就给他一个小木凳，儿子看见马上在网上买了一个同样高低的软凳子来。同时买来的还有足浴器，给爷爷洗完，给奶奶洗，然后自己洗，也不嫌弃他们用过的水。完了抱着爷爷奶奶的脚剪趾甲，每次要剪半个小时左右，细致和耐心使我这个做儿子的惭愧。不巧，快要过年时，微波炉坏了，为了方便给爷爷奶奶每天热牛奶，他大年三十上街买新的，打不上的，就步行抱回来，到家，脸都冻肿了，累得睡了一下午，好几天胳膊还酸痛。知道我分身无术，他就每天拿出一定时间，陪爷爷奶奶说话，有时爷爷奶奶已经躺下了，他就上床躺在他们中间，和他们聊天，往往大半晚上。我在书房，都能感受到父母的开心。父亲永远在讲他当年那些事，我都能背下来了，但儿子却一遍遍倾听，他知道爷爷只是想和人说话。有空他就给爷爷奶奶录视频，包括每次回老家录的，估计超过一百小时。为了解除爷爷奶奶的终极焦虑，他不停地在网上寻找相关视频，下载下来让他们看，为此，还专门买了一个 U 盘播放器。这也为留住爷爷起了很大作用，父亲不再时时嚷着回老家，而是每天准时坐到电视机前，让孙子给他播放下一集。我们欣喜地看到，半年下来，二老变得更加乐观、安详、喜悦，可以坦然面对归属话题。

在孝顺爷爷奶奶方面，儿子显然制定了近期计划、长远规划。对于大学生来讲，最后一学期意味着什么，不用多说，但儿子却把自己强行安排在爷爷奶奶身边。还剩最后两个月时，我半开玩笑地催他回校，说，快回去陪女朋友吧，孝敬爷爷奶奶的时间长着呢。他说，我的女朋友是天使，不用陪的。仍然尽心为爷爷奶奶服务，直到毕业典礼前才返校。为了方便接送爷爷奶奶，他专门考了驾照，说等家里宽裕了，买个车，想啥时去接爷爷奶奶就啥时去，虽然至今我都没有满足他这一愿望。

我这些年之所以能够坚定地推广"安详生活"，有一个重要的力量就是儿子的支持。才知道人生最大的幸福来自后代对你价值观的认同。上大学后，儿子通过学习西方文化，接触外国人、外国公司，更加认同我的观点，成为一个最坚定的安详理念支持者，并为此放弃出国、到外企工作等计划，决定回家给我做秘书。

早在大二第一学期，他就写了长达万字的《让全世界人民都来学汉语》，《文学报》更名发了一个整版。在把东西方文化做了对比后，他说："在这一切对于经典文化的论断中，我们不难发现中华经典文化的魅力，遗憾的是，世界上至今没有一种语言可能代表汉语来描述出这种文化。汉语的魅力，是中华经典文化五千年的魅力，它所代表的智慧，是中华五千年文明的智慧。中华经典文化可以说是本世纪地球上仅存不多的文化宝库，而汉语，正是这座宝库大门的钥匙。"之后，他对中国经典文化的热爱与日俱增，到了大三，甚至到了非文言文不读的程度，说读白话文淡如白水。他说，这才真正体会到什么是爱国之情了，一个人在没有爱上自己的传统文化之前说爱国，肯定是言不由衷。

为此，大学期间，特别是后两年，他想方设法帮我，只要他能承担的，都主动承担了。

大三暑假，更换了已经老得不能再用的洗衣机、电饭锅、微波炉、淋浴器等。换洗衣机、淋浴器时，我正在楼上睡午觉，他都没有叫我帮忙，待我下楼时，一切都已做好。看到他累得满头大汗，我心里一阵自责，这本该是我的活儿，现在却让他来做。再看，还给卫生间安了换气扇，装了毛巾架等。说来惭愧，住进这个屋子已经七年了，这些基本设备我都没有顾上置办。对此，从未听到他埋怨，不想现在他竟自己动手了，而且摆出一种永远自己动手的样子，这从他在网上买了一套电钻等工具可以看出来。

大四最后一学期，他在孝敬爷爷奶奶、背诵《论语》等经典的间隙，抽空网上购物，给客厅买了一个书架和衣架，给厨房买了一个菜架，自己看着图纸组装。还把家里所有电源换成分项的，不用妈妈每次都要拔插，保证安全。那几天，门铃只要一响，他就下楼搬东西，然后拆箱，看着图纸组装，汗流浃背的。不多时，一个柜子就立在客厅了，一个衣架就立在门厅了，一个菜架就立在厨房了。那是我赶第二十二届图书博览会书稿最忙的一段时间，其间，我都没有认真看过他是如何组装的，当然就没有给他搭一手。他还给我的卧室床头买了一盏十分温馨的仿古灯笼形布艺彩绘罩式台灯，换下了我直接插在墙壁插座上的牛头灯。旁边配了一个小电扇，把遥控器放在我的枕头边，让我暑期舒服一些，因为阁楼暑期就是一个火炉。同时配了一个自动加湿器……让人躺在床上，有种重换天地的感觉。

一天下班回来，看见儿子映在一团橘黄色的光芒里。定睛，原来是他在往新书架上摆书，已经快摆完了，那是他给我网购的中华书局版的全本全译全注经典系列，摆了整整一书架。我说，郭大山同志，你想开书店啊。他有些得意地说，是啊，您老以后基本不必再买书了。说着，拉上窗帘，把刚刚安好的落地灯摁亮，柔和的灯光打在书架上，再加上妻摆在书柜顶端的吊兰，让客厅一角一下子温馨起来，有意境起来。接着，他拉过来一个简式靠椅，让我坐上去，又从书架抽出一本书给我，说，您老今后就坐在这里看书，一边晒太阳，一边看，把这些书齐齐看一遍，再出去讲安详，就是另一种感觉了。

说到书，我的每部书稿，特别是中华书局出的两部书稿，他都在紧张的学习期间和同事、朋友一起帮我做了校对，确实增色不少。为了帮助我取证，他十分关注出版动态。这些年，只要有快递摁门铃让我下楼取东西，我就知道他又在网上给我买了书。打开一看，正是我当时最需要的。

看到我在全国讲课总是穿着同一件外套，他就开始在网上给我选衣服，不断地发来样照，让我确定后他下订单。我觉得没必要买那么多花样，就说都不喜欢。他就失望地回一句,我觉得挺好的啊,我妈也说挺好的。接着找,接着发,接着被否。有一次学校组织去台湾,他还是自作主张买了一件回来,说实话,我是打内心里喜欢的,但表面上还是做出不冷不热的样子,怕他今后再买。每次回家,他都要给我把电脑重新装一遍,增加一些上档次的电子词典,还有一些我需要的软件,确实为我节省了许多时间。

除此之外,儿子还主动承担了对堂弟的教育工作,写给堂弟的励志信,估计也有上万字。2011 年,二堂弟终于考上大学,他包揽了大人应该做的一切工作,从填志愿,到装扮,到送行。堂弟考取的学校远在长春,中间要换车,他不放心,就一直送到学校,办好住宿,给购置好生活用品后,才回京上课。

我这些年不揣浅陋,到全国学讲安详,一个重要的动力就是儿子,因为他时时处处身体力行,让我讲起来非常有底气。

上初二时,十一放假,妻带他到银川来,说要给买件防寒衣,我就带他们去华联商厦。不想看遍所有衣服柜组,也没有他看上的。他说,还有没有类似于固原商城那样的地方。我说有啊,东方商城就是啊。他说,那我们去东方商城吧。到了东方商城,他才真正进入买的状态。在一家卖休闲服的摊位前,他停了下来,要过一件,试了一下,然后和老板砍价。老板要了一百二,他还六十。老板说,六十我进也进不来。他就拉了我和妻走。老板说,如果要,就八十给你吧。他回过头说,七十?老板说,七十五行不行?他继续做出要走的样子。我和妻说,买上算了吧。他说,不买,刚才我看的那家,和他的货一模一样,人家才六十五。老板说,行行行,七十就七十吧,就算我没挣钱,就买了下来。往回走时,他说,如果换了你们,人家要一百二,你肯定给一百。我说,你什么时候学会的这一手?他说,早了。我说,真厉害,要不要奖励你一瓶康师傅?他说,要奖励就奖励一瓶酸奶,一瓶酸奶一元钱,有营养,还解渴,康师傅三块,不过是个水。我说,郭大山同志,你今天纯粹是给我和你妈现身说法来了嘛,哪里是来买衣服。他说,是啊,我就发现你们花钱太不仔细。就像刚才,你们怎么对五块钱是一种无所谓的样子。一个五块是五块,十个五块就是五十,一百个就是五百。我说,这又是谁教你的？你妈？他说，是我自己悟出来的，这衣服和华联的相比也不差嘛，但华联的价格却是这里的好几倍。爸，你以后买衣服就在商城买。再说，衣服要会穿，如果你会穿，十几块钱的粗布衫也能穿出时髦来，如果不会穿，几千元的名牌也一样没档次，你说对不对？我说，对极了，为了表示我虚心接受，请你们吃肯德基吧。他说，我才不去附庸风雅呢，那是暴利，知道吗。再说，专家说了，饮食要素一点，生一点，少一点。书上说了，消化相同单位的肉需要血液的供应量是素食的十几倍，给心脏和肠胃增加的压力非常大，得到的能量和失去的能量相比，根本得不偿失。还有，动物在宰杀的时候，把所有的仇恨都变成毒素注入到肌肉和血液内，人吃肉就是吃毒。听得我心里一惊一惊的。我说，你是从哪儿看来的这些理论？他说，好多书上都这样说。我愕然。看妻，妻一脸的得意。我说，那今晚我们吃什么？火锅还是煲仔？他说，我们回去自己做吧。

大四实习，我让他到一所小学讲《论语》和《西游记》，觉得应该装扮他一下，不要太学生气，就让妻带他去百货大楼买衣服。但是看了一圈回来，他都觉得贵，就在网上买了一套三百元左右的咖啡色休闲西装，配了一双褐色皮鞋，穿上，站在镜子前左照照右照照，还真像个小老师的样子。那大概是他在穿着上出手最阔绰的一次了。

儿子如此节约，但在帮助别人上却十分大方。去年暑假的一个晚上，他给妈妈认错。妈妈问什么错。他说前年他其实给某某某借了一万元。妈妈问那另外五千元哪里来的。他说是他上大学时爷爷、奶奶、伯伯、舅舅、姨姨和几位叔叔阿姨给的，他瞒了我们数目。前年的一天，他打来电话说，同学某某某家的房子很危险，急需改造，让我们支持五千元。妻就给打过去五千元，不想他还把自己的五千元私房钱打过去了。听妻讲完，我既震惊又惭愧，儿子拿出他的私房钱，相当于我拿出所有家底。近年来我也做一些小公益，但要我拿出全部家底，扪心自问，还真做不到。2012 年春节，他又给妈妈说，借给同学某某某的那一万元，咱们就不要了吧，一万元对我们不算少，但没有也能过得去，可对某某某来说，却是一个大数字。这次我就不单单是惭愧了，而是觉得有一种力量拽着我的衣领，硬是把我带到一个开阔地带……就让妻告诉儿子，我们不但同意他的意见，而且欣赏他的做法。

实习结束时，儿子又给我出了一道考题，问我能不能给他的每位学生送一本我的《〈弟子规〉到底说什么》。我问一共多少人。他说大概五百人，如果算上另外一位实习老师的，大约八百人。我想了想，这等于把这本书的稿费全部捐赠了，心里多少有些不忍，但表面上还是十分痛快地答应了。他鼓励我说，老爸这次表现不错啊，有些真放下的样子了。真是羞愧。

在儿子的鞭策下，我把刚刚出版的散文集《守岁》、随笔集《寻找安详》修订版的首印版税全部折合成书，捐了出去，包括第三次重印长篇小说《农历》，直捐到出版社无书可供，真正体会到了一点放下的感觉。但我深知，离真正的放下，还远着呢。

平时，我们是最好的"朋友"，"朋友"到可以无话不谈甚至交换感情隐私的程度，但在一些关键时刻，他又会以古礼把我推到父亲的角色里，让我体会为人父的尊严和幸福。高考完的一天晚上，我都迷迷糊糊地睡着了，听到一个声音，爸，洗个脚再睡吧。睁眼一看，床前站着儿子，笑呵呵地，地上果然有一盆洗脚水。起来把双脚伸进盆里，心里有一种无法言说的幸福。第二天早上，他又为我做好了早点，让我用后再去上班。儿子的这一频道切换让我一时有些手足无措，甚至不适。那是一种需要狠劲才能消化的幸福，不同于以往"最好的朋友"带来的那种惬意和开心。随之而来的身心感受真是无比特别，工作起来特别有劲头，一下班就急切地回家。

贪恋他听到我的脚步声提前把门打开探出头来的那种感觉，贪恋他从我的手里一边接过包一边跟我说话的那种感觉，贪恋刚一坐定他就剥一个香蕉递过来的那种感觉……于是，每次课后回答提问，当被问到如果老公有了外遇怎么办等问题时，我就讲"一盆洗脚水"的故事，告诉提问者，千万不要抱怨，不要跟踪，不要争吵，只是准备好一盆洗脚水，静静候着，他凌晨三点回家，你就三点端在他床前，第二天他肯定两点回家，你照样两点端在他床前，第三天他肯定一点回家，如此，一直奉陪到他准时回家为止，成本很低，效果很好。

去上大学那天，表哥表姐来送行，他拉了行李箱都要出门了，却掉转身，把我和妻叫到卧室，关上门，让我们并排坐在床上。我说，干吗啊？寻思间，他已经跪在地上，说，爸，妈，儿子给你们磕个头。起身磕第二个时，眼里已经含满泪水。送走儿子，我回到电脑前，想写一段文字，但好长时间，却不知写什么。儿子用三叩首表达了他想表达的，我却无法用文字表达我想表达的。但我分明听到心里有一个声音在说，从今天开始，做一个好父亲。

此后，儿子十分自然地在孝子和朋友之间做着角色切换，比如遇到我和妻的生日，他都要五体投地行礼，遇到他的生日，也要给妈妈磕头感恩，遇到大事，他都要先征求我们的意见，然后再做决定，等等。但在平时，他也会在我看电视时搂一下我的脖子，揪一下我的耳朵，有时也会倒转乾坤，批评我不在现场时做错的事，当然是以我愿意接受或者能够接受的口气。总之，度把握得非常好，直接效果是促成了我的责任心和庄严感。

儿子的成长几乎没有让我们操心。在他很小的时候，都可以放心地让他一个人待在家里。妻去上班时，叮嘱他从里面扣上门链，交代任何人叫门都不能开。他就真不开。有一次，乡下姑父来，在门外叫他开门，他脸贴着门缝说，我妈说过不让开门的。姑父说，我是你姑父。他说，我妈说任何人来都不让开的。姑父说，你妈说的任何人不包括姑父，你看我给你拿了你爱吃的油饼。儿子看了看油饼，仍然说，还是等我妈来了再说吧。姐父只好蹲在门外抽烟，一边抽烟一边跟儿子聊天，直到妻下班回来。

上小学一年级时，他就能帮妈妈做饭，常常妈妈还未回来，他就把面和好醒在盆里，单等妈妈来擀。一次妈妈下班回家，看到他正在和面，校服都没顾上脱，就说，你手洗了没有这样和面？他的眼泪就唰地一下掉了下来。妈妈看到他眼泪下来了，忙说，妈妈和你开玩笑呢。儿子看了妈妈一眼，用胳膊肘擦了眼泪，继续和，一双小手像模像样地在盆里搅和，等妈妈换完衣服过来，一团面已经坐在面板上了。二三年级时，他已经能把饭做熟等着妈妈。有一次，舅舅来家里，等妈妈从单位回来，他都用炒面片招待过了。

儿子小学也贪玩，但到考初中那年，开始拼力学习。玩伴在门外喊，我们要去开门时，他就使劲摇手，示意说他不在家。他想考固原一中，就用粉笔沿途写“一中”二字，从学校开始，一直写到家门口。可以想象，他在和贪玩的习气做着怎样的斗争。当年果然顺利考上固原一中。初中时也玩，但到考高中时，同样的办法，同样地用功，同样考到他想上的银川一中。到了高中，差不多班里所有同学都用手机了，我说如果需要就给你买一个，他说不需要。我知道，有一个女生对他有好感，常常把电话打到家里来，但他仍然用初中时的办法，没有分心。谁想高考失利，刚刚上重点线。他决定复读。那年，他总结出一套理论，人是没必要睡那么多时间的，考前是没必要放松的，平时怎么作息就怎么作息。遂把休息时间压缩到六小时，甚至五小时。考前一天，仍然做题到晚上十一点。果然比上年增加了七十多分，到达人民大学录取线。一年下来，书房四面墙上贴满了他的励志便条，如同时间老人的胡须，有一条写道，“以成绩报恩”。还有一条写道，“结果并不重要，重要的是完成一次超越”。

儿子曾画过一组图画，是他的成长史。除过在北京上大学，事实上也是我的迁徙史，从乡下，到县城，到地区，再到首府，外加两次进修，可谓一路辗转。每次观看，我都十分愧疚，这除了给妻平添了许多风尘和辛劳，也给儿子增加了许多新挑战，要不断适应新环境，建立新秩序。但他并未以此为怨，反而心存感恩，画面上写满了不同阶段关心帮助他的人，有老师同学，有亲朋好友，并用粗笔标注了几位决定我命运转折的关键性人物。后来的一天，当我从妻口里听到儿子之所以用心记住我讲的每件事并不断向她求证像是要准备为我传记时，泪水就不由打湿了我的双眼，他本已自觉承担了超过他年龄段的一切，还时时处处想着成就我们，这该需要一种怎样的心力。

在儿子身上，我真切地体会到了什么是“顺”。小学三年级时，亲戚把给妻还的钱放在棉衣夹层让孩子从老家带过来，但妻翻遍衣服也没有找见。我便断定是儿子拿了。妻说从未发现儿子有此毛病，平时花一块钱，都是向她要的，如果不给，绝不自己动手取。但我那天感觉儿子神态有点不对。就举起竹竿，让儿子说实话。儿子的眼泪夺眶而出，但我的竿子还是下去了,心想在品德教育上不能手软。不想在我抽第二下时,儿子突然止了哭声,说,你说是我就是我吧,要打要杀由你吧。然后转过身去,坐在桌前写作业,把后背给我,意思是,本人没时间正面奉陪。我手中的竹竿就尴尬在空中。晚上,妻在亲戚家孩子的鞋子里找到了钱,我才知冤枉了儿子。十分不安,默默站在儿子身后,看着他脖颈里红肿着两绺,心里很难过。想说一声对不起,却无论如何出不得口,就温了一块毛巾,敷在他脖子上,算是道歉。

母亲牙疼,半边脸都肿了,我和妻分别在合谷穴和足三里给按摩。儿子进来,看了一眼奶奶,打开冰箱找东西。妻问他找什么,他不说话,只是找。妻说,你今天是咋了?刚吃过饭,不赶快去做作业,磨蹭什么?他仍不理会,又拉开冰箱底层,在里面倒腾了一会儿,然后出去。过了会儿,又进来,拉开冰箱门取东西。妻生气地说,你今天到底是咋回事?他仍然没有搭理,从中取出几牙冻成冰的橘子瓣,过来放在奶奶肿着的脸上。我和妻都愕然。从初二开始,发现儿子已经对我们的唠叨不屑一顾,全然一种"小人不计大人过"的样子,只顾做自己的事;有时妻生气,冲在他面前,他也笑脸相迎,不顶撞,不辩解,不争论,只是那么笑笑,然后趴在桌上做作业,或者倒在床上看书,妻的火力就那样哑在枪膛里,有气没力地扯几下后火,自动熄灭。在这方面,我觉得儿子做得要比我好,同样的情境,我就做不到这样,往往要论理,要计短长,不留神就把一件小事争大,甚至反目。看来,年龄和智慧并不成正比。

近几年,儿子几乎没有了脾气,对我和妻几乎百依百顺。我们约定六点起床,但他有时晚上忍不住要看书,睡晚了,早上就起不来。我进去在大腿上掐一下,他呀呀叫一声,换个身,乐呵呵地,说,马上马上,五分钟。五分钟后,再掐一下,他又换个身,乐呵呵地,说,马上马上,五分钟。再五分钟后,我的手就要过去时,他就忽地坐起来,眯缝着双眼,冲我傻笑。然后说,把我衣服拿来。我就真给拿过去了。妻有时看见,说,呵,真"孝顺"啊。虽然听着不顺耳,但心里却是一种别样的幸福。小时候,他睡懒觉时,我这样掐他,他会不高兴,有时还发脾气。现在,我的手再重,也激不起他一丝情绪。如果不监督，他就坐在马桶上看书，我进去把书夺掉，他嘿嘿笑一下，盯着我看，让你觉得他之所以要在马桶上看书，就是为了让你夺掉，而让你夺掉，就是为了报你一个乐呵呵的笑。

不知是孝顺给了儿子开心，还是开心给了儿子孝顺，大四这年，儿子的开心饱满得到处洋溢。吃饭时，往往我们一碗都吃完了，他还盯着奶奶笑呵呵地傻看，吃一口，盯着奶奶看一会儿，吃一口，盯着奶奶看一会儿，看得奶奶都不会吃了。奶奶嚷着要回老家。他问为什么。奶奶说，你们这里把人坐朽了。他就嘿嘿一笑，然后按着奶奶的双肩，推着奶奶在地上转圈儿。奶奶就咯咯咯地笑。他说，看能把你坐朽吗。之后，一有空儿，就推着奶奶在地上转圈儿，祖孙俩的笑声花瓣一样落满一屋。奶奶走累了，坐下来，他就蹲在面前，抱了奶奶的脸，欣赏桃花一样地看。看得奶奶不好意思，常常捂了眼睛。坐在沙发上看电视，他常常搂着奶奶，否则那胳膊就没地方放似的。

大四寒假，他把同学之间的约会能取消的都取消了，非常要好的几位，非去不可的，也把时间尽可能地压缩。显然，他想念同学，但更依恋这个家，我甚至能够感觉得到，他聚会完是跑步回家的。一进门就“爸”地叫一声，然后跟我说话。我说把衣服放好。他一边把放错的衣服放整齐，一边等不及似的跟我说话。我说把袜子放在鞋窝里。他一边把袜子放好，一边眼睛盯在我脸上，说，爸，我给你说啊……

平时想跟我说话，到书房来，看见我写东西，就什么都不说，轻轻带上门，出去。有时实在想说，就在书柜悄悄取一本书，坐在地板上看，直到我告一段落。还没等我把文档存完，他就开始说了。往往有许多让你意想不到的悟处，关于生命，关于人生，关于灵魂……大学期间，差不多每天都要来电话，有时我忙，往往会十分残忍地说，今天就说到这里，明天再说。也没觉得他有多少失落，说，那就明天再说。第二天仍然会按时打过来，每件事都讲得津津有味。有人说，只有恋人之间才有说不完的话，而我体会到的却是父子之间。上大学后，每学期回来他都要和妈妈睡一晚上，不停地说话，说得没了睡意，干脆坐起来说，直到妈妈的鼾声响起来。

虽然我是他的父亲，但在不少方面，他是我的老师。有时甚至觉得我和妻是他的孩子，什么都要他操心，都要他料理。

上高中时，正是韩剧流行时，为了控制妈妈看电视，他把天线给锁了，直到他高考完，才取出来。为此，我们养成了晚上读书的习惯，已经好多年没有看过电视剧了。

一度时间，我的写作有些背离方向。他就提醒我，钱这个东西，只不过是银行账户上的一串数字，说有就有，说无就无，手头宽裕了日子可以过舒适一些，不宽余了日子可以过清淡一些，不必为了挣稿费降低写作格调。说得我心里一震。为此，他的生活会更加节俭。一次，我在北京出差，正好遇到他放假，他就邀请我一起坐火车回，但是已经买不上票，我就让他退掉火车票，和我同坐飞机回，他说什么都不干，说，等我啥时能挣来飞机票的钱再坐飞机。和他一起出门，没有赶急的事，你就别想打的，要么坐公交，要么步行。

有一年，我的人生进入低谷，有种扛不过去的感觉，儿子几乎每天都打电话来，给我打气，说，天地太广阔了，一定要把心量放大，当你的心量大到可以把小气候忽略不计时，大境界就到来了。还说，当外界还能影响你的心情时，说明你还没有找到本质，还在现象世界，平时多想一下孔老夫子的"朝闻道，夕死可矣"，你就能超然了。按他说的去做，还真有效果。一次回老家，晚上哥安排我单独睡一屋，因为我的瞌睡轻，怕人惊动。不想儿子悄悄跟过来说，你应该和我爷爷奶奶睡，一年睡不了几次。我说，你爷爷打鼾。他说，那也没关系，听爷爷打一晚上鼾也挺好，不然将来您老会后悔的。觉得有道理，遂去父母身边睡。果然睡不着，但听着父亲平添了许多老态的鼾声，就更加佩服儿子。大三那年，儿子和妻带母亲去了一趟北京，把该看的地方都看了，包括他的校园、宿舍，从照片上，可以看到母亲有多开心。但对父亲，此生就永远没有可能了，因为父亲已经八十七岁高龄，已经没有能力出远门了，于我，这个账，就永远欠下了。心里的懊悔，真不是语言能够表达的。有时心想，这些年都忙了些什么？忙来的那些东西，到底都有什么意义？居然一直没有拿出时间，带父亲出去一趟。就在那晚，我在心里说，一定要在哥嫂还健康时，带他们坐一次火车，坐一次飞机。

说实话，我和妻都算孝敬老人，但是要把父母吃剩的饭菜吃掉，一直没做到。但有一天，看着儿子一点嫌弃没有地把爷爷吃剩的饭菜吃掉，我们就不得不改。一天，当我首次把父亲吃剩的菜接过去吃完时，我从父亲的目光里看到了从前一直没有看到的欣慰，我也确确实实地感受到，只有不嫌弃老人时，才算真正迈进孝道的门槛。

2012 年春节，几个妻侄张罗在大年初二进行了一次新年聚餐，一方面因为我的父母正好在银川，一方面也算是团拜，大家以此方式互道祝福，之后就不再一家家走动了。我是一个时间葛朗台，既然已经团拜，就不打算每家每户地去拜年了，因为岳丈岳母已经过世。不想儿子说，还是要去，你忙你的，我去，反正我姥爷姥姥不在了，你可以不去，但我做外甥的，不去给舅舅舅母们拜年，说不过去。我说已经搞过团拜了。他说，那是新式的，古礼还是要尊的，就一一去拜。

可见，他在如何地弥补着我的过错，减少着我的遗憾，维护着我的声誉，提升着我的威望。一次回老家，他甚至专程去看望我嫂子的母亲，临行把身上所有的钱留给老人家，让嫂子无比感动，对我的父母更加孝顺。

此后的一天，他给我说，爸，你什么时候修到能够平等对待郭、田（妻姓）两家，就真安详了。同样说得我心里一震。是啊，自己的心里还有分别，还有远近，还有亲疏，还有自私，怎么能够找到真安详呢。又一天，为了阻止我接一个书稿，他给我说，生命的意义在于不断提高灵魂的等级，而不是老在一个平面上重复。更是让我惭愧。没错，这部书稿确实是一次重复。当晚，我就给对方写了长信，致歉解除了草签的协议，决定从儿子希望的层面上，开始新的人生。

曾有朋友问我，怎么老是那么知足？我说，儿子已经把我的心装满，又有何求？

也有朋友问我，怎么听不到你的抱怨？我说，此生已经拥有这样的儿子，又有何怨？

我的大年我的洞房

因为忙碌，今年的大年是在没有丝毫心理准备的情况下到来的，就像一列飞奔的列车，突然遇到了路障，不得不刹车。腊月三十下午，处理完单位上的事回到家中，妻在洗衣服。我说，总该准备一下吧？妻说我这不是在准备嘛，如果你愿意就去擦玻璃吧。我说，洗洗衣服擦擦玻璃怎么算是过年的准备呢？妻说，那你说还要怎么准备。想想，也的确没有什么可准备的。就去擦玻璃。但总觉得还应该为年准备些什么。可是几个窗子都擦完了，脑海里除过一副对联要买，还真想不起有什么需要准备的。

就上街买对联。一出小区门，发现许多人跪在门口左侧的空地上烧纸。按照老家的习俗，这应是"请祖先"了。不知为何，看着这些"请祖先"的人，我的心里一阵难过。那地方是平时倒垃圾的地方，怎么能够"请祖先"呢。停下来打量，发现他们是那么的底气不足，紧张，瑟缩，局促，小偷似的。细想起来也是，这本来就不是自家的地盘，而且身后是喧闹的车水马龙，一个人怎么可能从容自在呢？思绪就飞到老家去了。"请祖先"的时辰到了，一家或一族的男众向着自家的祖坟走去，远远看去，一串串葡萄似的，挂满山坡。阳光温暖，炮声悠扬，在宽阔绵软的黄土地和黄土地一样宽阔绵软的时间里，单是那种不疾不徐的散淡的行走，就是一种享受。一般说来，坟院都在自家的耕地里。宽阔，大方，从容，让你觉得那坟院就是一幅小小的山水画，而辽阔的山地则是它的巨幅装裱。说是坟院，其实没有院墙，区别于耕地的，是其中的经年荒草，还有四周的老树，冠一样盖着坟院，让那坟院有了一种家的味道。坟院到了，一家人跪在经年的厚厚的陈草垫上，拿出香表和祭礼，焚香，烧纸，磕头，孩子们在一边放炮，那是一种怎样的自在和安然。且不管祖先是否真的随了他们到家里来过年，请祖先的人已获得一份心灵的收成。

这样想时，觉得留在乡下的哥不再那么苦了，而且有了一种正当理由，老人坚持住在乡下也有了一种正当理由。物质上他们是拮据一些，但他们却享有另一种富裕。而且因为有他们在乡下，自己就不需要在这个污秽的地方“请祖先”了，这些跪在垃圾场里“请祖先”的人，肯定是从乡下连根拔起了。

街口就是一家卖对联的摊儿。在老家，每年全村的对联都是父亲写的，后来父亲把衣钵传给我。有一年自己因病没有回家，村里人就只好买对联贴了。第二年再回去，乡亲们就又买了红纸让我写。我说，买的多好看啊，也省事。他们说，还是写的好，真。一个“真”字，让我思绪万千。现在，也只有在乡下，老乡们才认这个“真”。其实我知道，我的那些蹩脚的字，并没有买的好看。那么这个“真”到底指的是什么呢？现在，一个平时给大家写对联的人，却来地摊上买对联，心里一阵好笑。但写嘛，一则嫌麻烦，二则连红纸在什么地方卖都不知道了。

想想自家能贴对联的门也只有防盗门了，却买了两副。另一副往哪儿贴心里无数，先买上再说。心想，在老家，只有那些特别穷的人才写一副对联，只在大门上贴贴，表示这个家还有烟火。

摊主说，不请门神？我说，不请了。一个“请”字，让我想起小时候请灶神的事来。随父亲上街办年货，发现父亲买别的东西叫买，买门神和灶神却是“请”。问为什么。父亲说，神仙当然要请。我说，明明是一张纸，怎么是神仙？父亲说，它是一张纸，但又不是一张纸。我就不懂了。父亲说，灶神是家里的守护神，也是监察神，一家人的功过都在他的监控之中。等到腊月二十三这天，他会上天报告一家人一年的功过得失，腊月三十再回来行使赏罚。父亲还说，这请灶神是有讲究的，灶神下面通常画着一狗一鸡，那鸡要向屋里叫，那狗要向屋外咬。仔细看去，确实有些狗是往外咬的，有些是往里咬的，就看你家厨房在东边还是西边。还有那秦琼和敬德，一定要脸对脸。我问，为什么一定要脸对脸？父亲说，脸对脸是和相，脸背脸是分相。贴灶神也有讲究，一定要贴得端端正正，灶神的脸还要黄表盖着，不能露在外面，不然将来进门的新媳妇不是歪嘴就是驼背。这样，再次走进坐了灶神的厨房时，一股让人敬畏的神秘的气息就扑面而来。

买好对联之后，主意又变了，心想再往里边走走，说不定会发现自己没有想到的年货。

在一家卖香表的摊前，脚步不由自主地停了下来。以往，腊月三十天一亮，父亲让我们干的第一件事是拓冥纸，先把大张的白纸裁成书本宽的绺儿，用祖上留下来的刻着“中华民国冥府银行”的木板印章印钱。小的时候觉得非常不耐烦，及至成人，觉得一手执印，一手按纸，然后一方一方在白纸上印下纸钱的过程真是美好。不知从什么时候起，开始有了机印的冥钱，上面的面值是一万元，有的还是华盛顿的头像，显然是来自国际接轨的思路。但父亲还是坚持用手印，有时来不及了，哥就拿出祖父传下来的龙元（一种上品银元），夹在白纸里用木桩打印纸锭。父亲虽然脸上不悦，但终没有反对。纸锭虽然讨巧，却总要比从大街上卖的那些花花绿绿好得多。买不买，要收摊了？小贩说。我说，不买了。他说，过年不给先人送点钱花啊，市场经济社会，哪儿都得用钱的。我说，我们祖先那边还在计划经济时代。

到了炮摊前，花花绿绿的炮群让人眼花缭乱。想买，但一想儿子坚决不让买，就打住了。儿子已经对放炮没有了兴趣，他现在感兴趣的是考重点。而一个不放炮的年还是年吗？小时候，一进腊月，父亲就带着我们做炮了。父亲先用木屑、羊粪、硝石、硫黄一类的东西做火药，然后用废纸卷大大小小的炮仗，剩下的火药装在袋子里，侍候铁炮。铁炮有大有小，小的像钢笔一样细，大的像玉米棒子那么粗，屁股那有个眼儿，用来穿引信。过年了，只见小子们差不多每人手里都有一个沉沉的铁炮。村前的空地里，一排排铁炮对着美帝国主义，整装待发。小子们先把火药装在炮筒里，然后用土塞紧，然后点燃引信，人再跑开，捂着耳朵等待那一声来自大地深处的闷响。父亲还给我们用钢管做长枪，用车辐条做“碰炮”。长枪大家知道，和当年红军用的那种差不多，只不过腰身小一些。说碰炮——把一个车辐条弯成弓形，在弓尾缩上橡皮筋，橡皮筋的另一头拴着半截钢条。这种碰炮不用火药，用的是火柴头，把几个火柴头放在辐条帽碗里，用钢条碾碎，然后把系在皮筋上的钢条塞在辐条帽碗里，拉长的皮筋起到了用拉力把钢条撬在辐条帽碗里的作用。这样，你的手里就是一张袖珍的长弓。然后高高举起，把钢条向砖上一碰，就是一声脆响。现在想来，那时的父亲真是可爱，在那么贫穷的日子里，在五两白面过年的日子里，他居然有心思给我们做这一切，他的开心来自哪里？而现在，什么都不缺了，但是我却没有见过哥给他的儿子做过这一切。而在城里的我，别说做，就是想给儿子买个炮，他自己却不要了。

到了电灯笼摊前，手又痒了。往出掏钱时，却是一股煤油的味道扑面而来。那是三十年前的供销社，父亲带着我，站在那个比我还高的大油桶前，把带嘴的油壶放在木板柜台上。那个穿着蓝卡其制服的漂亮的女售货员用一个竹竿舀子，把油从油桶里提上来，往油壶里倒。父亲拿出布做的钱包，把几角钱错来错去，艰难地做着是否还要第二提的决定。女售货员的舀子就停在空中，一脸理解的微笑，等待父亲的决定。我仰起头来，看着父亲的眼睛，父亲的眼里是一万个铁梅。最终，女售货员悬在空中的那提煤油一路欢歌进了我家的油壶。父亲说，就是再穷，腊月三十晚上每个屋里的灯都是要亮着的。有时实在买不起煤油，就先保证院子里的灯笼要亮着。

有那么几年，日子好过一些，父亲就用清油和蜂蜡做蜡烛，为的是敬神。当然，如果充裕还可以用来照明。做蜡的具体细节记不准确了。只记得父亲在一个个竹棍上缠了棉花，然后伸在清油和蜂蜡混融之后的锅里一遍遍地蘸，几次之后，一个黄萝卜似的米黄色的蜡烛就成了。一个个蜡烛插在麦秸编的塔形的蜡座上，看上去像个宝塔。最后一个蜡烛做完后，父亲就把那个宝塔倒提起来，挂在房檐上。刚包产到户的那一年，房檐上玉米辫一样挂满了蜡烛串儿，每天看着它们，心里就是一个灯海。在后来的作文课上，我好像写过这么一句话：那不是蜡烛，那是一串串在房檐上睡觉的光明。赢得了老师的表扬。接着几年，父亲都是亲手做蜡烛。再后来有了洋蜡，虽然比自己做成本低，但父亲还是坚持自己做。父亲说，这敬神就是一个诚字，买来的东西怎么能够敬神呢。

要说这红灯笼，比父亲竹做骨纸糊面的灯笼好看多了，却一点也没有父亲做的那种“活”的感觉，但还是买了一个。人山人海，车不好打，就提了灯笼往回走。走着走着就走到老家的土路上了。在老家，年三十早上讲究跟抢集。一大早，差不多每家都有人到集上去，没买的再买，没卖的全部出手，有些几乎是送了。有那么一个时刻，街上哗地一下就没人了，一下子成了空街，看着让人心里有些害怕。多少年来，那种哗地一下就没人的情景一次次在梦中出现，让人思索这个“年”到底是什么，为何如此的神通广大，让人们一个个心甘情愿地自投罗网，无可抵抗。

看时辰，这一刻老家应该是上坟回来了。我心里一下子着急起来，小跑回到家里。一看儿子挥汗用功的背影，又被刚才行色匆忙的自己惹笑了，今年本来就没有打算过年的啊。一放寒假，儿子就一再重申今年春节不回老家。一天，我动员儿子说，回去把三天年一过就回来，你也放松放松。儿子用不容商量的口气说，不可能！妻子附和，年，年年过，高考只有一次，就依儿子。再说，等你儿金榜题名日，咱们再衣锦还乡，那种感觉该多好。儿子抱了他妈的脖子说，俺妈说得太对了，我们可以回去住它个十天半个月，好好显摆显摆。我说，那你娘俩在城里过，我一人回去。妻说那不行，单位安排她从初二晚上开始卖戏票。二比一，今年过年不回家的决议形成。当时我是那么地不可接受，觉得这过年不回老家就像结婚不进洞房一样不可思议。现在，儿子坚毅的背影似乎又在重申，对不起老爸，今年你就先把你的那个年瘾放放吧。

看来这年贴只能在书房里进行了。书房在阁楼，因为是斜窗，不好弄窗帘，搬进来后，为了给自己制造一个相对隐秘的小天地，就顺手把几张报纸贴在玻璃上，不知为何，当时感到的却是“年”的味道。自己知道，这种感觉肯定来自老家八卦窗里新贴的窗花，来自被父亲熬罐罐茶熏黄的房墙上新贴的年画。就过段时间把旧的剥下来，换上新的。每换一次，年的味道就被复习一次。我们小时候，一进腊月，父亲就早早让我们裁窗花：用纸搓针，把上年的花样钉在一沓新买的红黄绿三色纸上，衬了木板，然后照着花样裁窗花。刀子从纸上噌噌噌地划过，一绺绺纸屑就从刀下浪花一样翻出来，那种感觉，真是美好，更别说看着一张张窗花脱手而出的那种喜悦了。父亲还教我们画门神，画云子（一种往房檐上挂的花饰，我不知道父亲为何把它叫“云子”），包括给戏子打脸。

报纸已经贴好，年的味道再次扑面而来，那是一种被阻止了的光，或者说是一种被减速之后的光。恍然大悟，原来年的味道就是停下来的味道。那么，这个停下来又是谁的发明呢？而人又为何如此地喜欢这个“停下来”呢？莫非它是一个速度和惯性制造的阴谋？我的胡思乱想被窗外的一声炮响打断，好一阵懊悔，多少年神秘在心里的一种美好，一种鸡蛋清一样漾在心里的美好，满月一样圆在心里的美好被刚才的胡思乱想划破了。从未有过地觉得思想这东西的坏。时时勤拂拭，莫使染尘埃。才觉得这话说得真是好。就用一把想象的大扫帚把这些胡思乱想从心里扫去，连同懊悔。

再次回到腊月三十进行时。下来该干什么呢？在老家，应该是安喜神和天官神位的时候了。喜神位在大门，天官在当院，或者正面的山墙。显然，这两项在我的书房是无法完成的。就把书柜打开，找出《论语》，放在书柜的最上方，然后找了一个茶杯，在里面装了米，算是香炉，却没有地方放，就把一本精装书抽出来一半，用一摞书压了另一头，把香炉勉强放在抽出的那半面上。人民群众的创造力是无穷的，自己把自己惹笑了，一个模仿年俗的城里人。不知孔圣看着他的这样一个不地道的供奉人，该做如何感想。父亲说，他们上私塾时，每天早上起来都要在“大成至圣文宣王”的神牌前磕头的，赶考前也是一定要到文庙上香的，考回来也是一定要到文庙谢恩的，大年三十也是要先到文庙敬献的。现在，文圣的牌位有了，那么祖宗三代的呢？想填一个牌位，却找不到红纸，而白纸是不能设牌位的。再想，就是设了，先人们也识不得城里的路；况且他们压根儿就不想到城里来。父亲算是半个现代人了，但来城里没住几天，就要嚷着回家，别说先人。还是让他们在老家列席吧。

贴好窗纸，设完祭坛，拖完地，还是觉得不像，发现问题出在这地板砖上。老家的黄土地面，扫净，洒上清水，有一种来自地气的氤氲，感觉就出来了。还有，地上没有一个炉子，也就没有那种炭火的香味，没有一壶水在炉子上嗞嗞作响；没有炕，也就没有炕上的爷爷奶奶，当然也就没有一个偎着他们打盹的猫。“猫儿吃献饭”，这是窗花，也是老家“年”的经典意象。而此刻，这一切，于自己都是梦想。最后发现，城里最大的问题是没有地方祭祀，老家年的气氛多半是上房里那个天地供桌渲染出来的。才明白，这个“年”，它是“土”里长出的一朵花儿，它姓“乡”名“土”，它本来就和这个一厢情愿者是两路人。

老家把张贴对联、门神、云子一应叫“贴巴”。贴巴一毕，该干什么呢？该做泼散和供献了。所谓泼散，就是饭前由长男端半碗饭菜到大门上去布施，大户人家一般有一个节日专设的散台，一般人家就由泼散的人挑了碗里的饭菜反手向四方扔扔，让无家可归的游魂野鬼们享用。所谓供献，就是一家人团坐在上好的饭菜前，供养天地，供养众神，供养祖先，也有点请他们给年夜饭剪彩的意思。然后一家人坐在上房里吃头道年夜饭。头道年夜饭通常是长面，这个妻子倒是做了。妻子也是从农村出来的，这个年俗她懂。

吃过长面该干什么呢？在老家，对于男人，这段时间是一年中最为享受的时光。准备工作做完了，香已上起，烛已点燃，酒已热上。孩子们在院里噼噼啪啪地放炮，男人们就坐在炕上过年。

那个“过”，真是只可意会，难以言传。勉强说，有点像“闲”，但你又觉得它非常的紧张，是非闲；是静，但你又觉得它非常的热烈，是非静；是温暖，但你又觉得它非常的清凉，是非温暖。那是什么呢？是和祝福的同在，是躺在一叶时间的舟上赏月，任舟下碧波荡漾，只不过那月不是月，那碧波也不是碧波，而是一种叫“年”的东西。如果一定要我找个词来称呼它，那就叫它逍遥，或者静好也可以。后来回想，这种静好大概和神同在有关，神像一个过滤器一样把平时浮泛在我们心海的那些杂七杂八的东西“过”

掉了,让你心里的水还原到当初的纯净,那是一种液体的烛光。当然,这种静好还和供桌上请的是家神有关系。因为和神同在,大家比平时有些庄严;又因为是家神,就不必像庙里那么肃穆。

如果说年是岁月的精华,那这段静好就是年的精华。多少年来,只要一闭上眼睛,我就能闻到它的香味,那种超越一切香味的香味;看到它的颜色,那种超越一切颜色的颜色;感到它的温暖,那种超越一切温暖的温暖;听到它的脚步,那种超越一切脚步的脚步,糖一样的脚步。

好了,该给您说实话了。上面之所以写下这么多文字,只是想向您说明您从这些文字中看到的都不是那个“过”。回过头来,觉得能够表达那个“过”的,还是那个“过”字。我反对把汉字简化,但对“过”这个字的简化却非常的赞佩,一寸一寸地,过,多好。

男人们“过”年的时候,女人们大多在厨房里煮骨头,收拾第二轮年夜饭。给孩子们散糖果、发压岁钱一般都在第二道年夜饭上来时进行,论时辰应该是亥尾,十点半左右。因此,这段十点半之前的时光,男人们就像茶仙品茗一样,陶醉而又贪婪。

回过头来说泼散,城里人显然没有条件做。因为没有地方可供你去泼,去散。你不可能把一碗饭端出楼道,泼散在小区里,那样别人会认为你是神经病。

供献倒是可以做,就三口人坐在一起献了饭,然后开吃。

吃完长面呢?应该是品尝那段静好的时间了。在老家,为了把这段静好延长,由我带头,把贴对联的时间一再提前,后来干脆不跟抢集了,一大早就开始贴了。依次类推,上坟的时间也提前了,有时如果效率高赶得快,那段无所事事的静好就从黄昏开始。按照习俗,一般情况下,只要大门上的秦琼敬德贴好,黄表上身(把黄表折成三角,贴在神像上方,意为神仙已经就位),别人就不到家里来了,即便是特别紧要的事,也要隔着门,这种约定俗成的禁入要一直延续到第二天早上行过“开门大礼”,就是说,这是一段纯粹属于自家人的时光。

但是放下碗筷,却一点也没有那种感觉。儿子已经迫不及待地打开电视，手机也不安分，祝福的短信频频响起。是啊，该给师长、领导和亲朋好友拜年了。就躺在沙发上编词儿。儿子见状，拿了饮料和干果就着春节晚会自斟自饮。编了许多句子，都删掉了。祝福的时刻也是感恩的时刻。年年岁岁，每当写下那个“祝”字，心里就是一种莫名的感动。才知道什么叫词不达意，再美好的贺词也难以表达心中的那份感念，对亲人，对师长，对善缘，对大地，对万物。真是岁月不尽，祝福不尽。

从小，父亲就给我们灌输，一个不懂得惜缘和感恩的人是半个人。常言说，受人滴水之恩，当以涌泉相报。可是你想想，一个人一生要用掉多少水，造化的这个恩情，一个人怎么能够报答得了。当时不懂得父亲话里的意思，及至年长，每次打开水龙头，就觉得父亲的话真是至理名言，假如这地球上没有水，没有粮食，没有阳光，别的一切又从何谈起？我们还谈什么荣耀，谈什么理想和幸福？这样想来，就觉得在我们生命的背后确实有一个大造化在的，她给我们土地，让我们播种、居住；她给我们水，让我们饮用、除垢；她给我们火，让我们取暖、熟食；她给我们风，让我们纳凉、生火；她还给我们文字，让我们交流、赞美，去除孤独和寂寞。要说这才是真正的“供献”，但对此勋功大德，造化却默默无言，无言到普通人连她在哪儿都不知道。

再想祖母生前的一些恪守，比如饭前供养，不杀生、不浪费、施舍、忍辱、随缘、无所求，等等，不禁油然而生敬意。父亲说，这人来到世上，有三重大恩难报，一是生恩，二是养恩，三是教恩。因此，他的师父去世后，师母就由父亲养老送终，因为师父无后。当年我们是那么的不理解，特别是在那吃了上顿没下顿的日子里，他却拿最好的衣食供奉师母，就连母亲也难以理解。现在想来，父亲真是堪称伟大。

受父亲的影响，感恩成了我的一大情结。以至于在这个赤裸裸的利益社会中，自己的一些古旧的做法在别人看来可能有些可笑。但要改变，似乎已不容易。父亲说，感恩是一个人的操守，应该知行合一，落实在默默的行动上，不要修口头禅。那么短信呢？短信当然不是行动，有些口头禅的嫌疑，但不发心里又过意不去。可身为作家，却写不出一句自己满意的贺词来。就在作难时，一句春联出现在脑海：天增岁月人增寿，春满乾坤福满门。横批：出门见喜。觉得不错。在春联中，最喜欢这句了，尤其“天增岁月”“春满乾坤”这对，真是大美。就把按键想象成毛笔，把彩屏想象成红纸，书完赵家书钱家，写完孙家写李家。恍然间又回到了老家，身前是一个方桌，左边是研墨压纸的侄子，右边是排队立等的乡亲，身后是一院红。又被自己惹笑了，一家家住在火柴盒一样的单元楼里，哪里有什么院啊。突然觉得这城里人真是可笑，一个家，怎么可以没有院呢？

如上所述，觉得祝福是一种近似于祈祷的庄严行为，就算做不到虔诚，至少也应该真诚，因此不喜欢那些从网上下载的段子，尤其厌恶群发，就逐个发。

发完已是老家上第二道年夜饭的时间。一般家庭，第二道年夜饭的主菜是猪骨头，我们家因为祖母信佛，父亲又是孝子，尊重祖母的信仰，也就变着花样做几道素菜。妻子征求儿子意见，把这个环节干脆省掉了。但压岁钱是要发的，虽然要比老家散的多得多，可儿子却丝毫没有几个侄子从我手里接过压岁钱的那种开心，手伸过来了，眼睛还在电视上。

老家也有电视了，多少对那段静好有些影响，但深厚的年的家底还是把电视打败了，大家还是愿意更多地沉浸在那种什么内容也没有又什么内容都有的静好中。说到电视，思绪就不停地往前滑。平心而论，有电是好事，但在没有电之前的年却更有味。想想看，一个黑漆漆的院子里亮着一盏灯笼，烛光摇曳，那种感觉，灯泡怎么能够相比。再想想看，一个伸手不见五指的村子里，一盏灯笼在鱼一样滑动，那种感觉，手电怎么能够相比。假如遇到雪年，雪打花灯的那种感觉，更是能把人心美化。细究起来，灯是活的，灯泡是死的；灯笼是活的，手电是死的。这到底是怎么回事呢？为什么越先进的东西越是给人的感觉是死的呢？怎么社会越发展活的东西越少，死的东西越多呢？

刚才说过，尽管有了电视，有了春晚，但老家的孩子却没有完全被吸引。吃过第二道年夜饭，他们就穿了棉衣，打了手电，拿了香表和各色炮仗，到庙里抢头香了。几个同敬一庙之神的村子叫一社，那个轮流主事的人叫社长。说来奇怪，那一方水土看上去极像一个大大的锅，那个庙就在锅底的沟台上，但是这种体制并没有限制锅外面的信众翻过锅沿来敬神。特别是那个灯笼时代，一出村口，只见锅里的、四面锅沿上的灯火齐往庙里涌，晃晃荡荡的，你的心里就会涌起莫名的感动。如果遇到下雪，沟里路滑，大家就坐在雪上往沟底里溜，似乎那天的雪也是洁净的，谁也不会在乎新衣服被弄脏。

然后，一方人站在庙院里，静静地等待那个阴阳交割的时刻到来。通常在春节联欢晚会主持人宣布新年的钟声敲响的时刻，庙里的信俗两众就一齐点燃手里的香表。这里不像大寺庙那么庄严，大人的最后一个头还没有磕完，一些胆大的小子们已经从香炉里拔了残香去庙院里放炮了。这神仙们也不计较，爷爷宠着淘气的孙子似的乐呵呵地看着眼前造次的小家伙们。不多时，香炉里的残香都到了小子们的手里，变成一个个魔杖。只见魔杖指处，火蛇游动，顷刻之间，整个庙院变成一片炮声的海。现在，窗外也是一片炮声的海，但怎么听都让人觉得是假的。想想，是这高楼大厦把这炮声给破碎了，不像在老家，炮声虽然闲散，却是呼应的，“聚会”的。还有一个不像的原因，就是这小区不是院子，再好的炮声也让人觉得是野的。

小子们放炮时，有点文化的成年人则凑在庙墙下欣赏各村人敬奉的春联。什么“古寺无灯明月照，山刹不锁白云封”，什么“志在春秋功在汉，心同日月义同天”，什么“保一社风调雨顺，佑八方四季平安”，等等。长长的一面庙墙被春联贴满，假如你是白天到庙里去，一定会远远地就看见一个穿着大红袍的老头蹲在那里。庙院里插满了题着“有求必应”“威灵显应”一类的献旗，庙堂里“感谢神恩”一类的丝质挂匾堆积如山。每年社上的还愿大礼上，社长就叫人把那些丝绸献匾缝成一个帐篷，供戏班子搭台用。

追月之彩云

肯定是冬天，不然先生不会戴着手套给我们讲课，雪白的手套。

可是却穿着灰白的风衣，那就应该是秋天？到底是秋天还是冬天，真是记不大清了。

如果能够找到当年的课本，一查就知道是何季节，但是课本也找不到了。

留下了什么呢？

一位先生，穿着在当时只有在电影上才能看到的风衣，手戴白手套，给我们讲孔乙己，作为一个经典的意象，永远留在学生的记忆里。

先生穿着风衣，孔乙己穿着破旧的长衫，真是一幅有趣的时空画面。

那时的先生在高处，让我们有些不敢亲近。

也比别的老师多了一些神奇。课后，我们总是喜欢悄悄地跟踪先生。

天啊，那位最漂亮的女先生居然在先生的宿舍里给先生炒菜，神情是自愿的，光荣的，甜蜜的。这时的先生已经脱下风衣，但学生分明看到他的身上还有另外一件风衣，这时的先生已经摘掉手套，但学生分明看到他的手上还有另外一双手套。

先生的脸上笑容灿烂，那是我们在课堂上看不到的。

先生像是有意让我们分享他的甜蜜，把门半开着。

说老实话，那时我们并不懂什么叫“漂亮”，只是觉得那位女老师身上有一种“贵族味”，其实那时我们仍然不知道什么是“贵族味”，只是觉得那位女老师和别的女老师不一样，年轻、好看、美。

先生的宿舍门，也就成了学生的好奇门。我不知道先生是否意识到有那么多弟子在每天窥视着他。如果他意识到后背上每天黏着那么多眼睛，就像他笔下的梅花篆字一样，那他每天走进教室时，该是一种什么心态。

但有一点是肯定的，那就是他的学生在幸福着他的幸福。

后来发生了一件大事，那位女老师的男朋友带了一个连的兵力包围了学校，学生们当然摩拳擦掌了，准备誓死保卫老师，不想战火还没有燃起，就熄灭了。

据说是正义给先生撑了腰。

这让学生感到多么遗憾啊。

生活重新进入平常。

现在看来，先生之所以让学生难忘，正是他给了平常的生活以不平常。

不平常，是先生的人生，也是他的气质。

后来看到先生写狂草，觉得合路，也合理，如果先生写正楷，那就不正常了。

再后来听到中国书协副主席吴善璋先生说，他的草书路子对，会有大出息，也觉得正常，如果没出息，那就不正常了。

再后来发现他把固原市文联经营得“不平常”，也觉得正常，如果平平，那就不正常了。

回头再说当年。模仿特别是学生的天性，先生特别，学生当然模仿。当先生走下讲台，从教室门里出去，我们就奔上去，把两手握成抓球势，罩成“孔乙己空心球”，其中是我们想象的茴香豆。

然后拔着身子，一只手背在风衣后面，一只手在黑板上写字。

还有先生走路的姿势，风一样的飘逸，却总是学不像。后来看了他的书法作品，才知道先生的双腿压根就不是双腿，而是一对不知握在谁手里的笔管。如果大家见过先生，这时一定会联想起先生的头发，现在想来，那也不是头发，而是狼毫，嘿嘿，其实叫“人毫”更准确。

包括先生的眼神，那种不食人间烟火的眼神。

学不像，却心向往之。

顺便说一句,如果他的学生中有人命犯浪漫,那也是有出处的,那是一种追求“不平常”生活的必然逻辑。

大家可千万不要怪这些学生,要怪就怪法帖,就像写字一样,没有谁生下来就是书法家,当初都得临帖,我们临的就是先生的帖,如此,先生成了我们潜意识中的法帖。

至此顿悟,什么是教,什么是学?这就是教,这就是学。

做个样子给学生看。

如此而已。

回头再想当年啃过的砖头一样厚的《教育学》,真是冤枉。

做学生的法帖,这就是老师,就是教育。

那时还觉得先生有些傲,好像不把平常生活放在眼里,当然也就不把眼下的一切放在眼里,包括我们这些学生。感觉里他是站在云端讲课的,一直没有降到人间来。我估计,他也没有把别的老师放在眼里,包括他脚下的大地。如果你有足够的细心,就会发现,他是行走在大地上,但脚步却是在云端的。

由此推断,他的心肯定在天空。诗人们说,去远方,远方有风景。看来诗人们还是目光不够,我要说,去云端,云端有风景。

果然,一年没有下来,老师就驾着云走了。

上了县。

属于将台中学的天空,就一下子暗了下来。

属于同学们的日子,就一下子平常了起来,就像谁突然把一幅绝美的风景画翻到了背面。

那就是我们那段时间的心情。

直到后来刘富荣老师到来。

现在想来,可能更伤心的是女老师们,当然包括女同学们。

哼!伤心去吧!就让他们好好伤心一番吧!

打听老师的消息,就成了我们的主要牵挂。

不久就听说他又从西吉二中调到一个叫彭阳的地方。

后来的一天,我和先生"撞"了个满怀。那是一列从将台开往固原的班车,我在将台上的车,先生家在将台东坡,离班车始发地兴隆镇不远。先生坐在车门口,膝盖上是一块我从来没有见过的书,大,厚,后来回想,那应该是《词源》。先生一点都没有意识到我在上车,也许压根就没有意识到车在停。

我怔了一下,慌忙选了一个先生身后的座位坐下来。

这一路就在一个矛盾中度过,要不要给先生打一个招呼呢?

但不知为何,却一直没有付诸行动。

为什么?是先生的专注拒绝了自己,还是别的原因?无从查考了。

犹豫之间,固原小城到了。不知为何,先生在城外下了车。

如果先生当时向车上回头看一下,也许会看到身后这位学生,但是先生的目光仍然在云端,人在下车,目光仍然在云端。

踩着彩云飘开去。

那是一朵心中的彩云。

它也许是一位窈窕淑女,也许是一个像窈窕淑女般的梦想。

仍然是那件风衣,只是没有戴白手套。

那时候还不知道什么叫苍凉,现在回想,那个背影是多少有些苍凉的。

谁也没有想到,十几年之后,我们会在一个叫固原的小城相遇,那时我在六盘山编辑部做编辑,他在固原地委宣传部任一个部主任。

在固原小城的日子里,先生的身体已经从天空降到了人间,只是眼神里还保留着天空味。后来看了他的书法专题展,才发现这种天空味全部转移到他的笔墨中去了,当然还有他的诗。

为先生写过一篇文章,大意是先生的书法,每幅都是创造,区别于制造,这是先生书法的"不平常"所在。现在回想,这个不平常,正是因为先生的作品中比别人多了些"天空味"。眼下,流行书法中的铜味,在先生的笔墨中还看不到。

在固原的小城里,降到人间的先生,当然懂得了关心学生,让我结束了租居生活的那间旧房子就是先生给我打听并一再催促我下决心买的。

现在，那个六十平方米的房间已经在城市统建中拆掉了，但有一种亲情，一种温暖，一种缘分，却是永远拆不掉的。

那，是我这个漂泊的游子落在小城的家，南关巷二号楼一单元 302 室，也叫老地委二号楼，大概是小城最老的楼房了。

在那个六十平方米的家里，我沐浴过世界上最灿烂的阳光，听过世界上最动听的雨声，看过世界上最美的雪花；在那个六十平方米的家里，我出版了第一本散文集《空信封》，写下了后来作为第一本小说集书名的短篇《大年》，也写下了第一部非虚构长篇《第三种阳光》；在那个六十平方米的家里，儿子念完小学，上完初中；在那个六十平方米的家里，我给父母疗过伤，给岳父母洗过脚，尽过孝……

每天，站在那个阳台上出神时，我都会看到先生家的阳台。

在那个通往固原地委大院的小巷里，我会偶尔碰到先生，和他有一搭没一搭地说些话。当然，先生也会不时到我的办公室来看我，这让学生既激动又惭愧。

当然，也会不时接到他的电话，通知我去他办公室，让我看他新写的书法作品，往往是我最赞叹哪一幅，他就会立马把哪一幅送给我，就像是找着理由给学生送墨宝似的。

……

因为本质上是天空的，因此，看破、放下、自在、潇洒、包容、大方这些对于我们常人来说，需要修持才能抵达的果地，在先生则是自然。

现在看来，推荐提名先生任固原文联主席的那位领导无疑是一位智者。先生可能不适合做一个官，但适合做一个“文官”，而这个文联主席，于他真是再合适不过，因为他本质上不是一个官，而是一个“誉”，恰恰适合彩云追月，适合身在大地却心存天空的人去干。

在命运突然把先生推上固原文联主席的宝座之后，我们的交往多了起来。

绘事后素。先生看破、放下、自在、潇洒、包容、大方等等的天然之“素”

帮了他大忙，也帮了文联的忙，关于固原文联近年来创造的一桩桩奇迹，已经有多人书写，在此不表。

倒是愿意给读者聊聊他跟我这个学生的几次交心，一个不变的主题是，让我赶快在银川给他找一个悠闲的去处，换一句话说，就是他十分不愿意做这个“官”。

不平常，细想起来，却平常。

至此，我才明白，天空其实就是大地。

造化弄人，转眼，先生已过天命之年。

那么，先生知道天命了吗？

倒是觉得先生是倒着来的，耳顺似乎于他提前到来，但是否知天命，我还在观察。也许先生深藏不露，也许……

怎么就觉得先生一只脚在门里，一只脚却迟迟不肯迈进去呢？

那个犹豫到底是因为什么呢？

是什么把先生卡在那个门槛上呢？

这倒有些不合逻辑了。

造次，如是之想。

无论如何，在“天然”中找到“天性”，在“不平常”中找到“大平常”，可能是先生后半生的意义所在，也是“天命”所在。否则，于先生这样的“天然”，这样的“根底”，将是一个辜负，将是一个错过，当然也就是罪了。

想念那位穿风衣戴手套的先生，想念当年讲台上的所有先生，包括那位为先生炒菜的女先生。

想念所有的同学。

想念小城，想念小城里和先生毗邻的那个家，包括小城里的所有朋友，包括儿子的先生。

想念之后是感念。

好老师是一盏灯

最大的成功秘诀是什么？古人讲，但行好事，莫问前程。

最大的好事又是什么？当然是让更多的人明白这个道理。

由此可知，天下最有意义的工作，无疑是做一个好老师。

但要做一个好老师，显然不是一件容易的事情。同样，一个人一生能够碰到几位好老师，也是一件不容易的事情，这也许就是人的福分吧。

给大家说说我的恩师刘富荣。虽然他任我的班主任时，我已经是初三了，但我依然认为他是我最为重要的一位启蒙老师。

这天的数学课上，班长让大家自习，说刘老师回老家做新郎官去了，入洞房去了！教室里一下子炸开了！不想就在这时，刘老师却从教室门里进来了，就像是刚从蒸笼里出来的一样，头上身上都在冒汗，那双黄色的军用鞋都湿透了。

后来去过老师的老家之后，我做了一个估计，从老师家到学校，步行至少需要六个小时，就是说，老师大概没有在洞房待过两小时。

从另一个角度讲，老师是不是有点残忍？把人家新娘扔在家里。

说来大家可能不会相信，刘老师教了我们两年，居然没有换过外衣。有一次上课，在黑板上写字时，露馅了。老师打着补丁的旧衣服下面，居然是一件新衣服！仔细一看，旧领子下面确实有一个新领子，因为风纪扣系得很严，刚进来我们都没有发现。再仔细观察，我们发现老师在那一周之内很害羞，原因是穿了一件新衣服。

此前，他都是周六把衣服洗掉，晾干，周一再穿。

要毕业了，每位同学收了两毛钱，给每一位任课老师买了一个洋瓷盆子，上面写着“将台中学八二级初三二班全体同学留念”。但给刘老师的却无法送到他手中。他知道我们要送礼物，一直不开宿舍门。后来另一个老师在窗外给他说，马上要毕业典礼了，学生们都在等你。刘老师才开了门，收下盆子。

却提了一个条件，说你们稍稍等我一会，我会接受你们的礼物的，然后跑步出去了。

一会儿回来，我们已经排队准备开往操场参加毕业典礼了。老师气喘吁吁地站在我们面前，右手提着一大摞毕业证，左手攥着一大把钱，新崭崭的一叠钱，不知从哪儿换来的。他说，同学们的礼物我收下，但是每个人两毛钱你们必须收下。大家说怎么可能啊，这是我们给老师的一份心意。老师说你们的心意我领了，但是每个人两毛钱你们必须收下。我们当然不能收这两毛钱。但最后老师拿出了杀手锏，好，你们不收这两毛钱，我就不发毕业证。大家就只好抹着眼泪把那两毛钱收下了。

随着岁月的流转，这个细节在心中的分量越来越重，重到每每想起就一阵心疼。

2007 年，我侥幸忝列鲁迅文学奖，从绍兴领奖回来，我第一时间到老师任教的西吉县平峰中学看望老师。一进老师的宿舍，我的眼泪就下来了。不到二十平方米的房间，一边是办公桌，一边是床，一边是灶，一边堆着炭，门后立着一个破旧的自行车，轮胎上沾满了泥。这么一个仅可容身的小房子，既是他的办公室，又是卧室，又是厨房，但老师却是一脸的快乐，快乐到无以复加，这是我从他的目光深处读到的。

过了一会儿，老师把抽屉拉开，说文斌你看你写给我的信我都保存着呢。

厚厚的一叠信在老师手中错落开来，那是我在人生的不同阶段写给老师的信。既有在邮局买的信封，也有印着不同单位名称的公用信封，散发着过去岁月的气息。

真是无法描述当时心中的感受。

早知道老师会如此精心地收藏这些文字，真应该每天写一封才对。

相对无言，唯有泪千行。

在我的印象中，老师是通才。语文老师紧张他教语文，数学老师紧张他教数学，化学老师紧张他教化学，政治老师紧张他教政治，美术老师紧张他教美术，全听学校安排。

在我的印象中，老师没有批评过哪位学生，但学生都十分尊敬他，也怕他。班里有几位捣蛋的学生，在别的老师上课时，老是不安生，但在刘老师的课上却是乖孩子。

记得有次在课上打盹，被刘老师叫起来。当时自己都紧张坏了，不想老师却无比和蔼地说，昨晚没睡好？我惭愧地点了点头。老师笑了笑说，背哪一篇？

我说，《岳阳楼记》吧。

这就是刘老师，在他的数字课上，学生开小差或者打瞌睡，处罚方式却是让该生站起来背一段古文。

送走我们后，刘老师也调到县教师进修学校任教。可是不到两年，他就坚决要求调回平峰中学，在那里过且耕且教的生活。周六周天回家种地，周一至周五教学。

由此可以证实，老师新婚之夜让师娘独守空房，夜行百里来给我们上课，绝对不是因为他和师娘的感情不好，而是不愿意耽误一堂课。

一个人的心中装着这么一位老师，存着这么一些细节，你会觉得无比幸福！一个人的心中装着这么一个人，你会觉得无比富有。因此，我一直给儿子讲，心中一定要装两个人，要么孔子，要么范仲淹。刘老师是有古贤风范的，像刘老师这样的人，把他作为一本书去读，你的人生就会有一个动力，有一个标杆，有一个灯塔，你就不会走错路，走弯路。

什么是善？点亮别人的心灯就是善。

什么是好老师？点亮孩子的心灯就是好老师。

这些年，给一些老师培训班上课，我常说，作为一个老师，我们一定要牢牢记住，从我们嘴里出来的不是普通的语言，是种子，是点亮那些可爱的小家伙心灯的种灯，这时候我们就对这一份职业生起一份敬畏，一份责任，一份恭敬。而一个人只有带着恭敬、责任去从事一件工作，才能真正把活干好。

爱是最大的技巧。一个人心中有爱，方法自然会出来，不需要读那么多教学法，不需要读那么多西式的激励技巧，不需要。带着一颗爱心，去把那一个个沉睡中的蜡烛点燃，让世界充满光明，让爱温暖人间，这就是好老师。

在这个价值多元、信息爆炸、物欲横流、心灵污染格外严重的时代，老师肩负的使命比任何时期都艰巨，在一定意义上是从事着“刀下留人”的工作，眼看着一个孩子要进去了，要废掉了，拉他一把，这是多么有意义多么功德无量的事情！

做一个好老师是幸福的，学为人师、行为世范是幸福的，为人师表是幸福的。想想看，哪一种工作有比把心灵作为良田去耕耘更幸福？没有了。

拿着火种，不停地去点燃那些小蜡烛。想想看，到了晚年，一回首，面前是一片灯的海洋，多幸福啊，哪一个行业能够收获如此的幸福？没有了。

又一个教师节到了，写下这些文字，深深地祝福我的恩师，也祝福天下所有的老师，吉祥如意。

生命就像一缸米

越来越深切地感到时间是物质的、具体的，就像手上的粉笔，只要你写，它就会短下去；又像阳光下的雪，即使你不动它，它也会薄下去。总之，现在在我心里的时间它是量化的。而对于一个人来说，它有一个总量。就像一缸米，只要你用，它总会完。

那么拿这有限的时间用来做什么，就成了关键。假如今天我盯了一天股市能够赚十万元，自己是赚了还是赔了?通常看来，肯定是赚了。但在我看来，肯定是赔了，因为你时间之缸内的一碗米没了。也许有人说，那你不去股市，这一碗也没了啊。对，但对还有更高超越性追求的人，他就会把这一碗米用在终极目标上，哪怕进项不多。

因此看来，目标成为关键中的关键。对于一个要成为物质富翁的人来说，把一天时间耗在股市上是正确的，但对一个想做精神富翁的人来说，把一天时间用在股市上显然是错误的。精神富翁也许不反对财富，但财富应该是朝着精神高地行走产生的副产品，比如你讲完一堂课，临行对方给你一个红包，那是你今天精神劳动的副产品，它也许没有你守在股市上挣得多，但它的价值非常大，因为你点亮的是无数心灯。

同样，文字是能够看得见的时间。比如现在，我在电脑上写下一行字，看上去是写下一行字，其实是写下一行时间。再打个比方，比如今天你写下一万字，为一个你并不看重的征文，你可以挣十万元奖金。对于真正懂得财富的人来说，他也不会为那十万元去写那一万字，他宁可拿用来挣这十万的时间写一千跟终极目标有关的字，因为这虽是一千字，虽然可能只能挣来一百元,但它是朝着目标前进的,是正值。而那十万元奖金则是副值,因为你向终极相反的方面消耗了时间,你退步了。

时间从嘴巴里也溜走了不少。一句话就是一粒米,两句话就是两粒米,有谁算过,或者有谁留心过,每天从我们嘴巴里溜走了多少米?大半碗吧?那么,我们时间之缸内的米就少了大半碗。如果我们把时间看成是缸里的米,把每天从我们嘴里出去的话看成是缸里的米,我们就会被吓一跳。

人们之所以挥霍时间,正是因为他们没有意识到时间之于生命,是一个量,是一个限量。

时间从我们眼睛里溜走得更多。当我们打开报纸,打开网络,时间的闸门就已经打开了,时间的水就哗哗流淌了。如果我们继续借用米来说事,那么小偷已经大碗大碗地从缸里往出舀米了,但是因为我们的眼睛被花花绿绿占着,我们浑然不知。蓦然回首,大半天已经漏了。因此,释家追求无漏境界,首先应该是对时间的无漏。而一切打我们眼睛主意的人,都十分清楚眼睛的天真,在他们的老谋深算面前,没有几双眼睛能够幸免。且别说是现代传媒,就是古典小说,所有的功夫,都是朝着如何占有你的眼睛来的,他们的目的就是让你粘在上面,永远不要下来。因而,要想逃脱被缚,就要首先明白前方是一个骗局,这是解决问题的根本办法。

如此看来,搭弓思的,谋事之前,行事之前,甚至动脑之前,先想想是否有益于终极目标,成为正确事业的生命线。就拿自己来说,现在在这个小单位一把手的位置上,为了引进人才,为了争取经费,为了组织活动,花去了多少时间,真是不敢回首。到此方明白,引进人才也好,争取经费也好,组织活动也好,都要以是否朝着终极目标为公式为标准答案进行换算,去找那个朝向终极目标的最大值,去选择该做什么,不该做什么,这才是正确的取舍。如果你引进的人才有助于你探索终极目标,那么调动就是正向的,否则就是副向的,因为你引进的这个人很可能是你前进道路上的消极因素。

通常来说,钱是好东西,但是在智者看来,也许没钱更好,因为钱在手里，你总要想着花掉，而计划花钱是需要时间的。对于一个乞丐来说，一块钱买一个烧红薯，不需要动脑筋；但是对于一个富翁来说，他就要为了把手里的钱花出去用心学习名牌，学习财会，学习金融，学习别墅，学习豪车，包括学习女人，连同医学，当然包括增值术。你得掌握怎么样才能既把钱花在女人身上又不染上艾滋病，怎么样把钱花在一些特别的人身上又不染上官司，怎么样把钱投出去才能一本万利。这都需要时间。而名牌层出不穷，豪宅层出不穷，美女层出不穷，增值术层出不穷，如果把这些弄通，那一缸米也就完了，一辈子人也就完了。何况有钱人最大的烦恼还不是这些，而是怕钱的失去，因此还得学习防盗，甚至学习防身。显然，乞丐是没有这些烦恼的。

因此，禅宗说好事不如无事。

当然，如果我们把这些钱用在配备朝向终极目标前进的工具，它又变成正值，如果花在最需要它的那些人身上，并且随走随花，它又变成轻松，变成幸福。

但是很难，钱的习性是声色犬马，是欲望附庸，是囤积居奇。

挣钱难，花钱难，花好钱更难。

到此，我才真正理解了古人为什么要发出一寸光阴一寸金的感叹。

说这话的人，如果不是时间本身，就是金子本身。

诗歌

高考成绩出来了

铃声才起
话筒已在我手里
从卧室到客厅
只用了万分之一秒
那晚的家长是长着翅膀的

电话是班主任打来的
他的声音在发抖
而我,竟一时无语

六月十九日之夜
他在办公室
我在家里
连接我们的
是一个
比长江还长的期待

这是一个
生产三位数的夜晚
也是一个被三位数

生产的夜晚

在三位数
从容而又慌乱的脚步声里
我看见
夜的脸上长满了皱纹
眼里布满了血丝
一夜之间
夜就老了

但凡行好事
莫要问前程
两个时辰前
儿子引用了一句他爸常说的话
向他妈做了一个鬼脸
走进梦乡

不忍心把儿子叫醒
却又迫不及待
一声儿子还没有出口
妻已泪流满面

（以此旧作深深地祝福天下考生和父母）

我唯一能够做到的

如果祈祷能够变成一杯水
我愿意每天祈祷千万次
为海地

如果祈祷能够变成一碗粥
我愿意每天祈祷千万次
为海地

如果祈祷能够变成一间屋
我愿意每天祈祷千万次
为海地

而我既没本领变成水
也没本领变成粥
更没本领变成屋子

我是世界上最无能的人
也是世界上最无用的人

海地,请原谅

我不能作为一碗粥
填充你已经饿了好几天的肚子
不能作为一杯水
湿润你已经干裂的双唇
不能作为一间屋
让你做一个有关平安的梦
更不能为你
擦去脸上的泪水
和身上的血迹

我唯一能够做到的
就是跟你一起
经受痛疼

儿子说他听到了北京的心跳

昨天的这个时候
我给儿子打了一个电话
问明天如何在游行队伍里找到他
儿子说他在奥运方队
手里拿的是福娃
身上穿的是福娃

今天的这个时候
儿子打来电话
问我看到他了吗
我说看到了
儿子问他什么模样
我说就像福娃

儿子说他们昨夜三点就出发了
今天中午两点才回到学校
差不多是一夜未眠
却不觉得累
儿子说他这才发现
原来走路是一种幸福

儿子说当坦克和飞机
近距离出现在他面前的时候
他仿佛能够闻到钢铁的芬芳
当总书记“同志们辛苦了”的声音
回荡在他耳畔的时候
他仿佛能够听到北京的心跳

儿子说当他们的方队经过观礼台时
他看见不少同学热泪盈眶
当他的目光和毛主席的目光对接的那一刻
他的心里涌上一种东西
接着,他就发现笼罩着他的
不是一束目光
而是一块蛋糕

儿子说他今天才知道
什么是歌唱
就像他今天才知道
什么是焰火
儿子说那些老歌真好听
特别是《在希望的田野上》
还有《今天是你的生日》

儿子最后夸奖的是天气
昨晚大雨
今早却奇迹般地云开雾散
而且彩霞满天
晚上的明月呢
亮得就像是中国人的心情

世界上最危险的事情

这一刻,我正把一口空气吸进肺里
这一刻,我正把一线光明收进眼里
这一刻,我正把一束声音收进耳里

这一刻,中午吃进胃里的饭菜
正在消化
这一刻,昨夜充进脑海的睡眠
正在消耗
这一刻,我正在签字开支
时间银锭上的
一分零一秒

这一刻,我在想,这
一口空气
一线光明
一束声音
一顿饭菜
一夜睡眠
一分零一秒
和我

到底是一种什么关系

还有,那个收银人
我想知道,他是谁

事实上,真正的“这一刻”
我在想,想这些事
但我差点忘了
我在想这些事
差点

胆战心惊

世界上最大的难题

之一

用手把脚洗净
用水把手洗净
用什么把水洗净

之二

用昨天把前天忘掉
用今天把明天忘掉
用什么把忘掉忘掉

之三

用爹把爷爷埋掉
用儿子把爹埋掉
用什么把埋掉埋掉

错过是罪

突然发现
如果我们能够做到细心
或者说心细
总之是细
把心细下来
或者说是进入细
或者说是细细地进入
我们就会
从一牙西瓜中
得到一个西瓜
我们就没有必要向肚子里填进
整整一个西瓜
还觉得意犹未尽
我们就可以把那另外的西瓜省下来
把那些肚皮并不欢迎的西瓜省下来
给还没有西瓜吃的人吃

我们常常请大家到餐桌上去品味
可是什么也没品出来
因为我们的舌头疲于奔命

在说和吃之间
忙得不可开交
哪里还能够进入品
哪里还能够进入细

更多的时候
我们是在品一个概念
更为准确些说
是在品一个欺骗
自己欺骗自己说
我们在吃
吃鱼
吃虾
其实
我们压根就不知道
自己在吃
在吃的那个
是我们的嘴
甚至连嘴都不是
而是我们手里的筷子
我们沉浸在山珍海味里
却和
味
擦肩而过

我们何曾跟着茶
走完茶
我们何曾跟着粥

走完粥
我们的一生
都在玩一个
半途而废的游戏
就连半途而废都不是
就连蜻蜓点水都不是
因为我们压根
就没有
点

如果我们真的能够进入品
能够进入细
我们就会从一杯茶里
一碗粥里
看到
远比肉山酒海
多得多的
风景

可谓一粒沙中
有恒河

随笔

中华民族的精神吸引力

——大型纪录片《记住乡愁》两季略述

百集大型纪录片《记住乡愁》第二季六十集于2016年1月3日在央视国际中文频道每晚黄金时间播出，再度掀起乡愁热。从节目组进行的收视调查来看，海外观众反响尤为强烈。笔者以文字统筹和撰稿的身份深度参与了节目的采拍和制作，也多方面跟踪收集播出效应，深刻感受到节目的重大影响力。特别值得一提的是，节目在成功实现了诸多预期价值之外，还收到不小的现实干预效果，为现代人走出迷茫感、焦虑感提供了许多新的出口。据笔者所知，有不少人进行了生活化复制和精神性借鉴。

大家普遍认为，节目以“关注古老村落状态，讲述中国乡土故事，重温世代相传祖训，寻找传统文化基因”为宗旨，展现了传统村落优美和谐的自然环境、布局合理的人文景观、丰富多彩的民风民俗、独具特色的乡土风物、深沉丰厚的文化积淀，梳理了传统村落的历史发展脉络，通过传承千百年的村规民约、家风祖训，探索了民族文化的精髓，深入挖掘和阐述了中华优秀传统文化“讲仁爱，重民本，守诚信，崇正义，尚和合，求大同”的时代价值。

通过一出出宏伟、唯美、抒情、诗化的节目，人们惊叹，“乡愁”中居然蕴藏着如此巨大的生命力、和谐力、建设力，居然如此紧密地连着天地，连着先祖，连着岁月，也连着吉祥如意。它是生机、是春意、是真理在大地上生长出来的庄稼，是四两拨千斤的“四两”，是万变不离其宗的那个“宗”，是“君子务本，本立而道生”的那个“本”。

一个家族，能够传承千年，其历史跨度超过许多民族，许多国家；一个族谱，能够保留千年，无论是战乱还是瘟疫，都未能让它从大地上消失；一个村落，能够成为状元村、翰林村、将军村、长寿村，能够几百年来没有刑事犯罪，能够做到路不拾遗、夜不闭户，充分证明了其文化逻辑的先进性。

一个受过重伤的人，最重要的是恢复元气。当下社会，各种危机困扰着人们，说一千道一万，其原因在于我们没有恢复这些隐藏在人民之中，深埋在岁月深处的原始生命力。它让我们反思，要想降低社会治理成本，就要从头痛医头脚痛医脚的技术管理层面，回归到四两拔千金的文化管理层面。为此，《记住乡愁》的拍摄，价值不可估量。传统文化式微几百年，断代一百年，后果大家都看得清楚。如何恢复传统，是值得我们思考的问题。近年来悄然兴起的经典诵读、公益论坛，包括各部委陆续出台的许多制度性措施，都是值得肯定的方式，但如果不化为人们的生活方式、工作方式、伦理方式，依然无法从根本上解决问题。这也就是为什么有许多高学历的人日子过得很糟糕，而一些大字不识的老太太，不但自己活得幸福，还可以把一个家庭管理得井然有序。可见，知识不能代替智慧，学习不能代替行动，智慧主导下的行动力才是最关键的。在《记住乡愁》第一季六十集中我们看到，支持这种行动力的首先是天地敬畏、祖宗信仰、德性建设，还有像生命本身一样重要的文化传承硬件：祠堂、族谱、书院、私塾、戏园、公共建筑，以及族规家训、节日、祭礼、婚礼、葬礼、寿礼、开蒙礼、成年礼等软件。

这些物质平台和精神链条，让人们有了一种建立在对生命清晰认识之上的道德自觉和责任自觉，以及由此产生的历史性担当和超越性生命姿态，让人们普遍有一种“学做好人”的冲动；激发爱心、培养爱力、形成爱行，增长学识、增加见识、增强胆识，成为永恒的成长主题；幼儿养性、童蒙养正、少儿养志、成人养德、老人养慧，成为永恒的生命历法。看过节目的观众一定会惊叹：

这个世界上，曾经有一种生活，是那么自足、自在、自得、自由、潇洒、浪漫、诗意、喜悦、幸福、圆满，但成本却低得只需要一片土地就足矣，甚至只需要一个好心情。这个民族,它不单单追求法律意义上的社会成就,更追求心灵意义上的生命成就,它甚至追求要在起心动念处享受生命,超越生命,完成生命能量的管理和应用,它懂得在出发地就享受生命和生活之大美,而不是一定要到远方,取得多么大的成果,甚至不惜以伤害他人为代价。一句话,这是一个懂得并善于以最低成本享受最大幸福的民族。

从这个意义上说,记住乡愁,不但是华人之福,更是人类之福,不仅是中国梦,更是人类梦的一个模型。

第二季对第一季既有精神性延续,又有深化和拓展。如果说第一季更多地在表现"厚德载物",第二季则突出了"自强不息"。

比如被称为"绝壁上的村庄"的河南郭亮村村民,他们不惜一切代价,甚至流血牺牲,最终在无比险峻的悬崖绝壁上开凿出长达 1250 米的绝壁长廊"郭亮洞"。被外界誉为"世界最险要的十条路"之一、"世界第九大奇迹"的"郭亮洞",向世人讲述了一个感天动地的新时代愚公故事;接着,他们又修成远近闻名的"好汉梯";相继,又在绝壁上建起公共观光台和高端农家乐"崖上人家";与此同时,不少后生走出郭亮村,漂洋过海,把郭亮人自强不息的精神带向世界。

在新疆赛罕托海村,土尔扈特人东归的壮举可谓荡气回肠,漫漫长途让十七万人回到故乡后仅余七万,其所表现出来的家国情怀,让人唏嘘。当他们终于回到根脉相连的大草原之后,对草原的热爱和保护,同样让人动容。而海南草塘村人守护祖宗海的故事,有着相似的感人力量。沉浸在具有同样精神气质的故事中,"故土"一词有了格外的温度。我不禁想:这海洋,何尝不是南国的草原,这草原,又何尝不是北国的海洋,它们是亲兄弟。这种自强不息的精神,见诸福建塘东村、安徽许村、广东沙溪村。

对"自强不息",通常的解释是"自觉努力进取,不懈怠,不停止"。而早见于《周易》中的"自强不息"则是"天行健"大前提下"君子"的理想生命状态。为此,在我看来,这个"自强不息",正是"天行健"精神的人格化,或者说,是"天行健"气质的人间投影。由此,"自强不息"还可理解为:因为"自强",所以"不息"。而"自强"又可以理解为"因为""自"所以"强"。这个

"自",是本来、根本、本体。在中国人看来,根是源头性、整体性、自然性,体现在心态上就是通过有分别的亲爱训练和较少分别的兼爱实践,到达无分别的大爱。

这种没有分别的大爱,充溢在第二季的节目中。

在福建廉村,我们看到,廉洁已经成为一种生活风尚,一种生命审美。在其族谱中,有这样的规定:贪污者除名,不得埋入故土。贪污正是因为私心所致,而私心来自爱的分别,当一个人的爱扩展到没有人我分别时,贪欲就会自动脱落,既然你就是我我就是你,就没有必要把别人的东西设法归于己有了。

在西藏吞达村,人们在耕种时要给牛系上鲜艳的布条,挂上铃铛,让田里的小动物们看到听到,然后早早离开,以免被伤着。在江西旺口村,为了保护大自然,父亲能够把违反村规的儿子杀掉。在四川宝胜村,人们可以义无反顾地跳进充满毒气的窖里救人。在北京慈母川、潮州沙溪村、安徽里仁村、安徽许村,洋溢着一种大同世界的味道。在宁夏南长滩,一家去世了人,全村人都要停下农活投入到丧事中,即便是抢收时节。在宁夏单家集,回汉亲如一家人。

特别值得一提的是,在云南芒景村,一位名叫女江的女性能够为抛弃她另找新欢的前夫举行体面的葬礼,这是典型的以德报怨,更让人感动的是,她现在的丈夫十分愉快地支持她完成了这个高难度生命动作。在已经习惯了以牙还牙的社会,这似乎有些不好理解,但是在女江心里,这却是她"应该做的",在她的表述中,我们听不到多少豪言壮语,但我又分明"听到",有无数的古圣先贤,都站在她身后为之集体做注:

只有以德报怨,才能从冤冤相报的仇恨之河上岸,才能让报复性生命悲剧当下终结,而只有仇恨当下终结,喜悦才能到来,否则,来自生命本体的快乐将被仇恨遮挡。想想看,当一个人把心里的仇恨清理出去,那该是一种怎样的欢畅。就是说,以德报怨,受益的首先是自己。这是一方面。另一方面,在以德报怨者看来,生命是一个投影,如果我们的旧记忆中没有灾难性底片,生活中的伤害是不会发生的,伤害我们的对方,事实上是我们自己的心灵投影。现在,我以德报怨,本身就是清理我的旧记忆,也就是净化灵魂,仍然是自己先受益。更为重要的是,在智者看来,事情的成败固然重要,但心灵的成败更重要,如果一件事情成功了,但心灵的高度降低了,仍然不算成功。智者永远把来到生命中的每件事情作为提高心灵质量的机会,所谓"历事炼心"。当一个人能够以德报怨时,说明他的心灵已经宽广到可以把仇恨忽略不计,也说明他的心里已经没有人我分别,而一个没有人我分别的心灵,显然已在天地频率中了,已经可以归根复命了。从生命力的角度来讲,只有以德报怨,我们才能把向下运行的生命负能量变成向上运行的生命正能量。当一个人因为报怨把生命能量降低了,赢也是输。这也就是老子为什么要说"为无为,事无事,味无味。大小多少,报怨以德"的原因。浙江东明村里宋濂的一句话,可以帮助我们理解什么是自强不息的次第。他把人分为"三品":"三品追求富贵,二品追求功名,一品追求道德。"为此,在这个村子里上演了郑氏义门三百多年十五世同居三千多人同食的"自强"大戏。从中,也让我们明白,没有载物之厚德,就很难有不息之自强。自强需要生命力做保障,而生命力正是厚德之根开出的花朵。换句话说,"二品""三品"不过是"一品"的派生物而已。正如《大学》所说:"有德此有人,有人此有土,有土此有财,有财此有用。"可见最有效的自强,就是找到这个作为根本的"自",它就是《大学》开篇讲的"明明德"。如何"明"这个"明德"?换句话说,如何"强"这个"自"?在我看来,有三个极为重要的方面。

一是教育。《礼记》有言:"建国君民,教育为先。"在第二季,有许多村落都极其崇文重教,比如广西金圭塘村、江苏陆巷村、云南喜洲村、福建兴贤村、河南张店村、广东歇马村、福建洪坑村、湖北鱼木村。崇什么文,重什么教,究其实,都是为了"明明德",因为只有"明明德",才能实现"亲民",才能"止于至善",才能实现没有分别的大爱,这个没有分别的大爱,既是现实生活的保证,更是生命的终极意义所在。

二是谦德。《周易》八八六十四卦,卦卦有吉有凶,只有谦卦全吉,那就是说,只有谦德能够保持永恒生机。一个人,当他谦到极处时,其德自明,其功自成。正是这种谦德，让浙江三门源村叶瓮两家情同手足、永修睦好，让云南芒景村、勐景来村人心平气和、温和处事，让广西金秀瑶寨、福建浦源村人敬爱自然、珍爱家园。在浙江三门源村，叶瓮两家有一种神圣意味的谦让，让两家人即使偶有矛盾，也能很快化解。在浙江勐景来村，人们有一个条件反射性的表达："苏玛"，意即"对不起"，正是这个习惯性的集体无意识，让人们始终处在谦态，从而让家庭和乐邻里和睦。尤其让人感动的是，在宁夏单家集，回汉两族，像守护自己的眼睛似的守护着友好，其情其景，催人泪下。

以上两个故事，是狭义的谦德范例。广义地讲，孝悌忠信礼义廉耻仁爱和平等一切美德都可归到谦德门下。

三是诚信。诚信也是谦德，在此之所以单独列出来，是因为它太重要了，因为生命的意义无非在于提高生命力，而要提高生命力，则百术不如一诚。《中庸》讲："唯天下至诚，为能经纶天下之大经，立天下之大本，知天地之化育。"这一点，我们在广西罗凤村、湖北羊楼洞村、江西汪口村看到了实证。特别是广西罗凤村的无人售菜市场，如果不是媒体实地采拍，人们很难相信那是真的。它是一百多年前自发形成的。农忙时节，无暇看守菜摊的村民想出了一个办法，把写好价钱的小纸牌绑在菜筐上，再系上一个供人放钱的小竹篓，便离去做事，忙完回来，发现买菜的人竟然心领神会，拿走了菜，留下了钱，且数量刚好。之后，越来越多的村民效仿这一做法，逐渐形成了无人售菜的习俗。斗转星移，岁月更替，一百多年过去，无人售菜的习俗至今未变。让人称奇的是，一百多年来，无人售菜市场竟然没有丢过一把菜少过一分钱。"不怕人家不给钱，但是人家也不会不给钱。"这句话值得重视，因为信任，所以守信。首先是信任，其次才是守信。信任是感，守信是应。这样的诚信盛况，一定有一个强大的信仰力量在支持。"骏马登程往异方，任从胜地立纲常。年深外境犹吾境，日久他乡即故乡。朝夕莫忘亲命语，晨昏须荐祖宗香。苍天赫赫垂保佑，七尺男儿总炽昌。"细细品味这首村人口口相传的歌谣，我们会发现，答案就在"朝夕莫忘亲命语，晨昏须荐祖宗香"中。试想，一个人如果朝夕记着祖宗教诲，晨昏都在祖宗面前反省,还会做出诈伪之事吗?这种“亲命语”,在罗凤村,是通过润无细无声的方式完成的。在节目中,我们看到,大人常常把孩子带到无人售菜现场“实习”,让他们投钱取菜,从小就体会一种只有诚信才会带来的大快乐。

在这个雾霾常常让人喘不过气来的季节,这样的节目,已经具有了一种心理干预的效果,它们就像一簇簇向岁月和大地报春的花朵,沁人心脾。无疑,这是中华大地的元气,也是中华民族的福气。

阅读决定生命力

在北欧访问的时候，有一位学者问我，为什么你的文字总是那么安详温暖，是否有意规避现实？我告诉他，恰恰相反，那正是中国真正的现实。如果把中华民族看成一棵参天大树，它的根部正是安详温暖，否则，中华民族就无法保持五千多年的生命力。我的文字只是向此靠近，远没有表达出它真正的魅力。他又问，那又如何理解文学的批判功能？我说，在我理解，文学除了教科书上讲的认识、教育、审美、娱乐、批判等功能外，应该还有一个更加重要的功能，那就是祝福功能。近些年，我收集到了许多事例，证明了这一点。

我们村上有两位小伙，一同闯世界，一位因犯罪被判八年，另一位因为偶然读到两本书，走上改过自新的道路，2010年还被评为孝亲模范。当那位被判八年的小伙子从狱中出来，这位因两本书而脱胎换骨的青年，孩子已经六岁了，这是多么让人悲伤的人生画面。几年来，我坚持和这位服刑的小伙子通信，发现他十分单纯，只是喜欢模仿一些书上的情节逞能。读着他的来信，我想，写这些书的作家是否想过，他们的文字可以把一个孩子送进牢狱？

细想起来，这是一个再简单不过的常识，人的心灵是一个田野，任何进入眼睛的信息都会成为一粒种子，这些种子构成人的潜意识，而人的行动是由潜意识支配的。古人甚至认为，潜意识具有异地成熟性，我们今天读到的一句话，可能在很多年之后开花结果。当一个人在关键时候脑海中闪过“执子之手，与之偕老”，他对婚姻是一种态度；如果闪过“不在乎天长地久，只在乎曾经拥有”，可能就是另一种态度。还有那些寻求短见者，很可能是当年读过的一本书或者一首诗成为他轻生的推力。也看到一些报道，某电视剧播出后，有不少小孩模仿剧情上吊，差点闹出人命。据报，现在自杀人数已经远远超过交通事故。如此惊人的数字，除过全民焦虑的大背景之外，恐怕和传媒有很大的关系，而这些传媒的底本，却是文学。

曾有这样的体会：看到别人有好事，心生嫉妒时，赶快起诵《太上感应篇》中的“见人之得，如己之得”，就释然；送别人一件东西，不久又后悔了，赶快起诵《太上感应篇》中的“与人不追悔”，就释然；帮了别人一个忙，却未得到对方的感谢，心里不快，赶快起诵《太上感应篇》中的“施恩不求报”，就释然；想起曾经伤害过自己的人，心里不免会有怨恨，赶快起诵《弟子规》中的“恩欲报，怨欲忘；报怨短，报恩长”，就释然。可见潜意识中的句子对人的解脱作用。

另一个常识告诉我们，一个人在接受了欲望的诱导后，必须要寻找欲望的出路，那么满足欲望的行为就发生了。以性行为为例，在不少文章中看到，许多人的第一次性冲动都是在阅读（大阅读）中发生的。现在，全球每年有四千五百万人堕胎，有近七万人死于堕胎，不少为未婚青少年。这些青少年在性行为前，难道没有受过不良信息诱导？如果有，制造这些不良信息的人是否想过，正是他们间接地给这些人制造了不幸？

祝福功能必定来自于祝福性。在第22届书博会上，有位出版家说，他认为书没有好坏标准。我说书绝对有好坏标准，一个孩子走丢了，有责任感的人应该把他带回家，但也有人在干着拐卖的事。如果我们承认在带回家和拐卖之间有价值差别，我们就要承认书是有好坏标准的，因为有些书就是把读者带回家的，有些书就是把读者带离家园甚至拐卖的。一本书让人读完，就有孝敬的冲动、尊师的冲动、节约的冲动、环保的冲动、感恩的冲动、爱的冲动，无疑是好书；相反，自然是坏书。

也有人说，文学毕竟是文学，不是教育学，没必要让它承担教化义务。在我看来，这无异于说，菜不是主食，没必要讲究卫生一样。因为无论是主食还是菜，我们的孩子都在吃。

如果看过江本胜先生的《水知道答案》，我们就知道祝福不但是一种心理存在，还是一种物理存在。那么，接受一部带着祝福心态创作的作品，无疑就是自我保健；接受一部带着怨恨仇视心态创作的作品，无疑就是自我伤害。

我以为，要想保证文学的祝福性，写作动机和出版动机显得非常关键。就像为了孩子成长，有些父母也可能打孩子、骂孩子，但他的出发点都是为了孩子好。有些人尽管甜言蜜语，却会把孩子带向歧途。所以说，一本书有没有祝福性，关键要看作者和出版者的动机。如果我们在下笔时，在出版时，心中没有读者，只有利润，祝福性是很难保证的。

那么，我们应该带着怎样的动机写作？依我浅见，"父母心肠"是一个底线。带着"父母心肠"写作，带着"父母心肠"出版，应该是作者和出版者最基本的品质。

在拙著《农历》的创作谈中，我写了这么一段话："奢望着能够写这么一本书：它既是天下父母推荐给孩子看的书，又是天下孩子推荐给父母看的书；它既能给大地带来安详，又能给读者带来吉祥；进入眼帘它是花朵，进入心灵它是根。我不敢说《农历》就是这样一本书，但我按照这个目标努力了。"为了尽可能接近这个标准，我反复修改书稿。书稿排版后，我仍然让出版社寄来校样修改，同时复印多份，让同事、朋友包括妻儿看，对于他们提出的不妥之处，我基本都做了修正。一次又一次，直到第六次时，编辑说他做了几十年编辑，出了几百本书，没有见过像我这样追求完美的，他实在没有耐心再给我寄了，我才作罢，否则大概还要修改第七次、第八次……《寻找安详》等书也同样。这些拙著出版后有不少读者批量义捐，让我更加坚信，心灵感应是存在的。

当然，也有即使拥有"父母心肠"也难下手的时候，这时，找到一个基本原则就显得特别关键。2011 年，浙江文艺出版社让我编选一部散文精选集，打开剪辑本，觉得每篇都喜欢，都舍不得，但书的容量毕竟有限，令我非常犯难。一日翻阅禅宗公案，当读到两则故事时，便有茅塞顿开之感，觉得它简直就是再好不过的标准。

一则是:百丈禅师每日上堂,常有一老人听法并随众散去。有一日老人却站着不走。师乃问,立者何人?老人云,我于五百世前曾住此山,只因讲错了一句话,被罚作五百世狐狸,今服刑期满,乞师依亡僧礼烧送。师应,老人乃去。次日,师令众僧到后山找亡僧,众僧不解,因未闻禅林近有亡者。师便带众在山后去觅,果无亡僧,却有一只黑毛大狐狸死在大盘石上。师告因由,僧皆大惊。遂恭然依亡僧礼火化安顿。

另一则是:盲尼听完晚课,师父说,天已经很黑了,你打个灯笼回去吧。盲尼说,我一个瞎子打灯笼有什么用?师父说,有啊,你是瞎子但别人看见你手中的灯笼可以让开你啊。盲尼说,那我就打上吧。不想半路仍和一个人撞了一个满怀。盲尼说,难道你就没有看见我手中的灯笼吗?对方说你灯笼里的灯早已灭了。盲尼恍然大悟:原来一切外在的光明都是靠不住的,一个人需要找到自己本有的光明。

遂从近百万字的文字中,首先挑选在我看来不至于被罚作五百世狐狸的文字,从中再选在我理解多少有点唤醒作用的文字,多少能打开读者内在光明的文字,然后结集为书,名为《守岁》。在我看来,不被罚作五百世狐狸,是祝福的下线,能够打开读者本有的光明,能给读者提供正能量,是祝福的中线,能够把读者带进根本快乐,是祝福的上线。

而要"唤醒"他人,唤者要首先"醒来"。同样,要想保证文字的祝福性,写作者自己首先要拥有祝福力,最起码,要把生活方式变成祝福方式。只有把生活方式变成祝福方式,才能让我们的想象力成为有根之木、有源之水,也才能真正保证我们的真诚心和敬畏心。一个人如果没有登到山顶,肯定是无法描述真正登到山顶的体会的。因此,要写一本让读者"一览众山小"的书,作者就必须先登到山顶。现代社会之所以有那么多伪幸福学的书,就是因为写作者自己都没有找到幸福,却在大谈幸福,当然不能解决读者的心灵疾患。阅读也同样。一个没有登到山顶的人,也是无法理解"一览众山小"的境界的。人们之所以感叹读不懂经典,正是因为我们没有按经典去生活。也许有人会说,作家不可能把所有生活都体验到,这是事实,但生活虽然不同,爱的成熟度却可以类比。就像古人登到泰山之顶,我们登到华山之顶一样,最关键的是,我们都要登到山顶。见过大孝子王希海父亲的人都惊讶,一个卧床二十多年的植物人,身上居然没有疮痕。原来二十多年来,王希海都是把手放在父亲身下睡觉,当他感觉手掌被压麻了时,就给父亲翻身。如果没有实行,只凭想象,是很难写出这种孝敬方式的。

依我浅见,要想保证文字的祝福性,写什么比怎么写更重要。大米再简单地做,也是大米;沙石再精心地做,也是沙石。

依我浅见,要想提高文字的祝福性,方向比细节更重要。高速列车走错了路,显然要比牛车走错了路麻烦大得多。

依我浅见,要想提高文字的祝福性,安全性比精彩性更重要。原子弹投向人群显然要比石子投向人群更可怕。一部作品能给读者带来祝福,发行量越大越好;否则,发行量越大危害越大。

向中国作协致敬

这次中国作协的维权，不单单是一次维权行动，它让作家感到的，还有来自中国作协的温暖，让“会员之家”变得更加名副其实。其实很早了，就有朋友说我的作品被扫描上传在某网络上售卖。我因为不懂网络，也因为维权意识淡薄，压根就没有管这回事儿。现在，当中国作协站出来，举着手，向世人指出，我被蒙了时，除了对中国作协的感动，还有一种尊严的复苏，同时也引发了我对“权”的思考。

在此之前，我所奉行的是古人“欢迎流通”的信念。但凡有网站要转我的稿子，大多同意，并且还告诉他们，应该用哪个版本错误更少。

今年开了博客，还把侥幸忝列鲁奖的短篇《吉祥如意》重新校对一遍，重新贴在上面，并且郑重发布声明，这才是正版，因为本篇有严格的分字体要求，许多网站转时，都没标出来。

现在想来，这些做事前打个招呼的网站该是多么让人尊敬。

同时反问自己，自己这么多年来写下的这些文字，配不配受如此隆重的维护？

当“作家”的前面加上“中国”二字，心里产生的除了神圣感，还有责任。就像当我以中国作家代表团团员的名义踏上异国的国土一样，行住坐卧，不禁多了一种责任。

不久前到美国，临行整理行李时，发现自己的一件衬衣不见了。因为不懂英语，给总台“讲”了半天也没有结果。第二天，当翻译终于向他们讲明白这件事，他们说当找到一定邮寄给我时，我说不用了，肯定是服务员误以为让洗的拿去洗了。

当我非常大方地说出这句话时,心里有一种说不出的味道,既自豪,又感动,觉得自己的这句话不但是自己的,更是代表中国的。

虽然那是自己一件看家的衬衣。

平时在团里,每逢装卸行李,自己总是抢着干。潜意识里同样要让外国朋友看到,这就是中国人。

要回国了,在走出自己住了几个晚上的房间时,我没有忘把床上的被套整理好,把卫生间收拾干净。我要让外国的服务员在心里说,这就是中国人。

这就是中国的文字。

再次打量自己的那些文章,真是无比汗颜。

什么样的文字才配让异国的读者发出发自心灵深处的感叹?

现在,我的文字以非正常的渠道到了异国,而且被中国作协作为一种“权力”来保护,并且共同盛放在“中国”的篮子里,真是诚惶诚恐。

往者不可谏,来事犹可追。

作为它的作者,我明白今后该如何带着自己的文字行走。

中国的文字!被中国作协郑重维权的文字!

于是,愿意把这则具有历史意义的通知贴在博客上,作为留念,也作为对自己的提醒。

宁夏新十景评选随想

宁夏新十景的评选，引发了我对风景的思考。什么是景？原始意义上的景指日光，后变成与人相对的环境，宁夏新十景的“景”当指风景。那么，什么是风景？《现代汉语词典》的介绍是“可供观赏的风光和景色”。

细想一下，通常意义上的风景有这么几个方面：

把人们带进美学享受的地方，比如沙湖；

把人们带进生命思考的地方，比如西塔；

把人们带进精神图腾的地方，比如太阳神岩画；

把人们带进时间隧道的地方，比如水洞沟遗址；

把人们带进文化隧道的地方，比如西部影城；

把人们带进历史隧道的地方，比如西夏王陵；

把人们带进精神高地的地方，比如六盘山；

把人们带进心灵诗意的地方，比如文学之乡；

把人们带进安详温暖的地方，比如安详银川。

从非通常意义上讲，每个人都有自己心目中的独特的风景，那就是他们生命中感动发生的地方。

对于崇尚孝道的人来讲，二十四孝发生的地方，就是最美的风景地；对于崇尚忠义的人来说，忠臣良将诞生的地方，就是最美的风景；对于崇高奉献的人来讲，志愿者所在的地方，就是最美的风景地。

对于一位母亲来说，熟睡中的婴儿，可能是世界上最美的风景；对于一位小孩来说，妈妈的怀抱，可能是世界上最美的风景；对于一位倡导和谐的人说，父慈子孝，夫妻敬爱，家庭和睦，民族团结，可能是世界上最美的风景；对于一位喜欢读书的人来说，散发着墨香的书页，可能是世界上最美的风景；对于一位热爱工作的人说，倾注着他心血的工作现场可能是世界上最美的风景。

一个小孩正给妈妈洗脚，这何尝不是人间最美的风景；一个儿媳正给婆婆梳头，这何尝不是人间最美的风景；灯下，娘在穿针走线，这何尝不是游子心里最美的风景；窗前，儿在挑灯夜读，这何尝不是父母心里最美的风景。

有人丢了一个耳蜗，银川全城寻找，这何尝不是大地上最美的风景；汉族孕妇遭遇歹徒抢劫，回族青年李潇、纳振东挺身而出，与持刀歹徒殊死博斗，这何尝不是大地上最美的风景……

宁夏虽小，却能被《纽约时报》评为全球必去的第二十个最佳旅游地；银川虽小，却被《国家地理》杂志评为“新天府”。似乎在说明，风景和大小无关。

山不在高，有仙则名。水不在深，有龙则灵。

真正打动人的风景，除了美丽，还在美好。

从地理美丽，到心灵美好，这，也许正是这次新十景评选倡议者的初衷所在。

结果固然重要，但引导人们对美丽的认识，对美好的赏识，也许更加重要。

让我们共同关注宁夏新十景评选，也共同祝福这片大地，和大地上的人民，身姿美丽，心灵美好，生命高洁，生活幸福。

深切悼念张贤亮主席

2014年9月27日，这是一个无比疼痛的日子：张贤亮主席谢世了。

妻子听了消息，让我赶快给冯老师打个电话，我几次拿起电话，却不知道说什么，最终只能发短信表示安慰。

然后呆呆地坐在书桌前，心想，今晚，应该陪着主席度过才是。

就打开电脑，用怀念为先生守灵。

第一次见到贤亮主席，是1990年。那时我在宁夏教育学院进修，他来给我们讲课。备感幸运的是，稍后，在校园的马路上单独碰到主席，我鼓足勇气请主席签名，不想主席十分和蔼地接过笔记本，写下他的大名，之后在我的肩膀上拍了一下，说，好好学习。对于一位文学青年来讲，当时的激动可想而知。之后，再读主席的作品，就多了一份亲切和温度。

真是要感谢命运，2001年，我同时拿到了宁夏、银川两级组织人事部门开出的调令。出乎十分现实的生活考虑，我最后选择到银川市文联《黄河文学》编辑部工作。此后的日子里，总觉得亏欠着一位老师的情意，她就是考察推荐我的时任《朔方》常务副主编的冯剑华老师。此后的日子里，每次见到张贤亮主席，我都会说起这份歉意。他总是安慰我说，都是一家人，你在银川市做出成绩，同样是宁夏文联的光荣。

2007年，我的短篇《吉祥如意》忝列第四届鲁迅文学奖。出版社要出我的小说集单行本，我和哈若蕙老师商量，还是出一套我和贤亮主席、石舒清三人的丛书更好，就相约去征求贤亮主席的意见，不想他欣然同意。而且还让我给他写序。起初我以为他只是半开玩笑地说说而已，不想进入实质性操作阶段，才知他是认真的。让一位晚辈给蜚声世界的文坛大家写序，当然不敢从命，但再三婉谢，他还是坚持让我写，再推辞，就是傲慢了。遂十分惶恐地从命，写下了《再造之德》一文。发过去让主席审阅，不想他未改一字，说很满意。我知道，这是一位文学前辈对晚学的鞭策和鼓励。

2006年，我强烈地感受到，世道人心滑坡，社会极需传统文化，就自不量力地开始学讲孔子，推广传统文化。之后又提出安详生活的理念，首先在全国高校宣讲，受到欢迎。出乎我意外的是，随着影响的扩大，支持和反对的声音同时到来。有那么一段时间，反对的声音更加强烈，我感觉压力很大。如果不是市上主要领导的鼓励支持，我都有些打退堂鼓了。

就在这时，我接到了贤亮主席的邀请，让我到影视城给全体员工讲一堂。那是一个让人难忘的下午。主席在百花堂等着我，同样鼓励我一番之后，居然让马红英老师给他点了崭新的两千元钱，亲手给我，说这不是讲课费，是他对我弘扬传统文化的奖励。我说我怎么能拿主席的钱呢。他说，如果你不拿，就是生分了，再说，你不能拒绝我对你的奖励啊。我就只好接受。他说，本来他也要听课的，但是怕他坐在台下，我放不开讲，他就等着看光盘吧。不久，我果然收到印有影城漂亮封面的光盘。我的心里有种说不出的感动。我非常清楚，他一定知道了我当时面对的压力，就用这种方式表示对一位弘扬传统的晚辈的支持和呵护。我也确实从中得到了很大的心理支持，更加坚定了推动传统文化的信念。

2008年6月29日，我有幸被选为奥运火炬手，跑宁夏第八棒。贤亮主席跑完第一棒，协助“央视奥运”解说火炬传递，这当然是宁夏的骄傲。回到家，我还沉浸在一种节日的兴奋之中，手机响了，一看，是贤亮主席的来信。出乎我意外的是，祝贺之后是道歉，说他漏掉了一个我的重要荣誉。同样让我感动。从中可以看到他的严谨，看到他生怕伤害一位文学后生的热肠，看到他对一位文学新人的负责之心。

2010年，我安排《黄河文学》副主编郭红通读了贤亮主席的全部作品，给《黄河文学》采写一篇有关主席的深度访谈。采访中，当话题进入到传统文化,郭红顺便讲到我近年推广的安详生活理念,不想贤亮主席说:“我跟他一起去大学讲课,他讲得很好,能契合大学生的需要,他有这种状态,把它发挥出来,感染别人,很好。他活得很快乐,能把快乐给别人,我们社会恰恰缺少这样的人。”

当我从郭红的整理稿中看到这段文字,真是无比感动。

2011 的 8 月,我的长篇小说《农历》进入第八届“茅盾文学奖”提名,贤亮主席也和省市关心我的领导、老师、朋友一样,发来短信表示的祝贺。从中,我能感受到他的开心。

此后的日子里,我无数次地想到,在这个充满着偶然性的世界里,有多少生命的幼苗,有力量的人扶一把,他就会长成参天大树;踩一脚,他就会从大地上消失。这让人尤其感念那些心存慈悲的力量拥有者,每每想起他们,都让人心生温暖,他们是天地的良心,是我们生命中永远的感动和怀念,他们激励我们向他们学习,用同样的胸怀力所能及地扶持弱小者。宁夏文学之所以走在全国文学的前列,正是领导和前辈们这样栽培和激励的结果;宁夏作家群之所以特别纯粹、特别团结、心善人好,正是被这种温暖滋养的结果。

对照之下,我常生惭愧之心,觉得自己对服务范围内的文艺青年照顾不周,爱护不够,今后要好好补课。为此,在今年召开的银川市第七次文代会期间,在市委、政府一贯支持文联工作的基础上,我们再次报请市委、政府表彰奖励了本届以来的突出贡献专家,同时以每人万元的奖金表彰奖励了奋斗在基层的十位草根文艺家。在市委、政府的关怀下,市财政除了加大了对《黄河文学》的支持力度,还以增加五倍的力度加大了对协会工作的支持,算是一个美好的开始。从中,我确实体会到了一种雪中送炭的幸福。

同时想到,在自己任银川市文联主席的十年里,没少打扰过贤亮主席。市上的一些重要活动,需要请他出席的、帮忙的,但凡我出面邀请,他基本都答应了。可是,年前节下,市上领导让我联系慰问他,他基本都婉谢了,包括在得知他病了之后。他说,领导的心意他领了,也让我给他们转告他的祝福和问候。

诚然，谁都无法永远活在大地上，但是他可以永远活在人们心里。因为上苍在创造人的同时就创造了怀念，它不但让感恩成为可能，还让一种温暖成为永恒，让一种在一定意义上比生命本身更重要的美丽价值成为永恒。

2013年，《江南》杂志编辑让我联系贤亮主席，做一个大访谈，被主席婉谢了。但编辑说这是社领导的特别要求，恳望能帮助成全。我就把主席的联系方式给编辑，不想编辑来电说，联系的结果是，贤亮主席说除非对话人是郭文斌。

说实话，听到这句话，我的心里除了感动，还有疼痛。我仿佛能够看到主席在说这句话时的心态。我何尝不知道主席的用意，我也特别想和主席深谈一次，不谈别的，只谈我们共同感兴趣的那一部分。但是我过高地估计了他的生命力，觉得来日方长，因为每次见他，他都给我说，他的心态还是少年，他的身体很好，他正在写自传，那将是他最满意的作品。加上那段时间我的心境在低谷，我怕会牵出不该牵出的话题，心想等段时间再说。不想不久就惊闻主席病了的消息。忙给他发去短信，想去看看他，他来信说，过段时间再约时间。只好让朋友带过去一些关东山参，聊表心意，他也很快来信表示感谢。不想之后，命运再也没有给我们见面的机会。

就不时给他发一个问候短信。他也很快会回过来，还乐观地说："药物反应很严重，这是好现象，表示药物在起作用。"

为了给他送去一些我能送到的小小的心理支援，我不时选一些古人讲的超越性句子给他，比如相由心生、境由心造一类，让他调动心能，战胜病魔。不想他来信说：无心何来相，无心何来境，无生无灭，四大皆空，方能欢喜！

看着这样的回信，我一下子觉得无比放松，甚至有一种生命的幽默感，反倒觉得是主席在安慰我了。

后来的一天，我在一位慰问我的自治区领导那里得知，贤亮主席有许多超出我们想象的崇高决定，我突然明白，真正的欢喜是在纯粹里；我也突然明白,对于一个清醒的灵魂来讲,所有的事业都是工具,完成人格、实现生命的超越才是终极目的。

2014 年 2 月 28 日早晨,同平时一样,伴着日出,我又给贤亮主席发去一个短信:“祝福主席,吉祥如意!”

他回:“谢谢! 同享吉祥!”

此后,再发短信,他就不回了。但我仍然不时给他发一个,伴着日出。我相信,生命中一定有一个永恒的手机,会收到我的祝福!

此刻,窗外再次透进如信的晨曦,该给主席说些什么呢?

找不到合适的语言,正如主席在答《黄河文学》的访谈中所说,言语道断,心行处灭。

但我还是想说,祝福主席,去抵达那个永恒意义上的吉祥如意!

雷抒雁老师和他的第二故乡

稍稍懂得一些祝福大义后，愿意在亲人或者亲戚朋友的亲人归去后的一段时间内，每天为他们读一些祝福性的文字，觉得以这种方式送他们一程，很是安慰。有时甚至觉得，夜深人静的时候，随着文字，走进祝福，要比到现场送行，更“真实”。但自去年以来，明显感到，人们归去的脚步匆忙了起来，以致给一位还没有读完，另一位的消息就来了。这不，雷抒雁老师的消息又到了。2013 年 2 月 14 日丑时，他归去了。

坐在电脑前，首先冒出脑海的是十前年，他手术后，我去北京看他，他在病房给我讲的两个细节：

一、大夫让他的家属在手术单上签字，他说，给我动手术，让家属签什么，我自己签，他就在手术单上签了字。大夫十分诧异地说，从来没有谁自己给自己签字，你是一个特例。

二、手术时，他感觉他的灵魂在天花板上，看着大夫在紧张地修理着他的身体，直到结束。

说实话，那次之所以赶去看望老师，是概念里他不久就要归去了，正如我急着去看望杨志广老师，他果然不久就归去一样。

不想抒雁老师却从阎王的腋下溜了出来，在这个世界上，又旅行了十年。

曾在一篇文章里写到，当年，是我的老领导高耀山老先生硬把我赶到鲁迅文学院去的。那是鲁院第二届高研班，大概也是鲁院历史上唯一一次主编班。当时，听说宁夏还有一位前辈想去学习，但一个省只有一个名额，我就主动放弃了报名。高老先生知道后，训斥了我一通，然后给时为常务副院长的抒雁老师打电话，给宁夏又争取了一个名额。不想正好碰上“非典”。按照去留自愿的精神，我们班上有十一位同学选择了留守，我是其中一员。那期间，每次接到老师们的问候电话，就觉得非常不好意思，可以想象，老师们是在如何地为我们操心。那真是一段让人刻骨铭心的经历。复学后，抒雁老师会不时把我叫到他办公室，聊聊老家的事情。从中，能够感受到他是怎样地惦念着那片土地。

大概是自己没有正儿八经上过大学的原因，潜意识里，就特别在乎鲁院的这次师生同学情谊。随着岁月的流逝，越来越思念那个校园，那些老师，那些同学，觉得其中有着无法言说的缘分，让人一次次心生感恩。也就越加感念我的老领导，也是雷抒雁老师的好友，高耀山老先生。

因为这种师生关系，加之宁夏是雷抒雁老师的第二故乡，我曾两次请老师到银川参加我们的大型诗歌活动。一次是第二届中国银川音乐诗歌节，一次是宁夏首届黄河金岸诗歌节。当然，雷抒雁老师每次都会给宁夏大地带来难得的诗意。宁夏人民，从领导到学生、农民，都把真诚的欢迎给了老师。活动期间，银川市的主要领导，都专门安排时间接见了老师，和老师进行了深谈。

2011 年，作为宁夏首届黄河金岸诗歌节承办人之一，我提议为老师安排一个诗歌朗诵专场，得到了负责这次诗歌节的领导——宁夏党委宣传部尤艳茹副部长和宁夏文联副主席哈若蕙——的肯定和支持。为此，我让银川诗歌学会会长张涛联系宁夏大学、北方民族大学、矿业大学等高校，得到了几校领导特别是宁夏大学党委宣传部部长李斌、北方民族大学人文学院院长左宏阁的热情呼应。为了让大学生们感受诗歌，感受时代，我们没有走专家朗诵路线，而是选择了草根性推广式排练，让愿意参与的大学生和群众都参与了进来。一度时间，校园里掀起了“人民诗人”热。

朗诵会在宁夏大学音乐系非常专业的音乐大厅进行。银川诗歌学会、宁夏大学党委宣传部、北方民族大学人文学院等承办单位组织得非常用心，气氛格外热烈。为了抢座位，不少学生提前一小时到场，连走廊里都挤满了人。从朗诵者的状态上，我感受到了“人民诗歌”的魅力和力量；从老师那晚的神情上，我感受到了他的满足。有几个细节：一是，老师几乎答应了每一位要求合影同学的要求，直到会场灯灭，不得不结束。二是，离开会场时，老师摸黑走到后座，捡了几份没有带走的节目单，十分爱惜地装在包里。第二天，宁夏的所有媒体都报道了朗诵会。

从高耀山老先生手里接过《黄河文学》后，老师多次支持大作给拙刊，有不少被转载。近几年来，他给我谈得最多的是对《诗经》的理解，看那架势，要下决心把《诗经》普及到全球去。虽然在对《诗经》的理解上，我们有些不同之处，但我非常敬仰老师的精神，也许正是因为这一点，阎王才有意打了一个盹，让他从腋下溜走，让他在这片古老的诗国又驻留了十年。

一直在想，老师为何要选择这个日子，2013 年 2 月 14 日，大年初五，立春之后，雨水之前，动身。现在似乎有些明白了。

再次想起十年前，他是如何地自主签单，他的灵魂如何地在天花板上，从容地看着大夫在修理他的身体。

现在，老师又在哪里，又在做什么呢？

恍惚间，我仿佛听到，有人在春风中吟咏：

葛之覃兮，施于中谷，维叶萋萋。
黄鸟于飞，集于灌木，其鸣喈喈。

葛之覃兮，施于中谷，维叶莫莫。
是刈是濩，为絺为绤，服之无斁。

言告师氏，言告言归。
薄污我私，薄浣我衣。
害浣害否，归宁父母。

无疑，这是老师，这是归途中的老师！

愿老师走好！

学生郭文斌鞠躬

2013 年 2 月 16 日

怀念一位把人们从梦中叫醒的老人

那头猛兽就要追上来了，就要逮着我的脚后跟了，却无路可逃，前面要么是一个悬崖，要么是万丈深渊。猛兽扑上来咬住我的脖子，我急呼救命。娘的手就伸过来，猛兽就消失了。在我看来，南师的著作，就是娘伸过来的那只手。那是一种能够把人从假象、执着、错觉、迷信中带出来的文字，它让我们明白，真幸福只有我们醒来才能感受得到。

已记不得是哪一年的哪一天，在固原的一家私营书店里，一本名叫《金刚经说什么》的书进入我的眼帘。近前一看，作者是南怀瑾，北京师范大学出版社出版的。翻开封面，就被一种无法言说的目光击中了，比温暖温暖，比清凉清凉，比感动感动。看简介，分明是一位年过古稀的老者，但那目光却是孩童的；看简介，分明是男性，但那目光却是母性的……假如那个店主有足够的细心，就一定会发现，一个身穿藏蓝色风衣背着黄书包的小伙子陷入一束目光之海，不能自拔。

一看内容，却被“吓”了一跳：居然是一本“迷信”读本。再看出版社，又找不出什么不对劲。国家允许出版“迷信”读物了？看看四周，确认没有认识的人，赶快付钱，然后跑步回家，闭门掩窗，狂读一气。得出的结论是：反迷信。

那是一种从未有过的阅读体验，比看自己最喜欢的小说快乐，比和自己最喜欢的人在一起开心。世上居然还有这种读本！山城固原居然有这样的书店！更为重要的是，国家居然允许这种“迷信”读本出版了？

又到书店，把仅有的几本全买了，放在书柜里，遇到人生失意者、病苦者，就送他们一本，不想很有疗效。之后，一旦碰到南先生的书，不管是什么内容，不管是哪家出版社出版的，总要买了回来，并不为看，只是放在书柜里，就觉得心里踏实。

但在先生的著作中，我读得最认真的还是他的《论语别裁》，在拙著《寻找安详》的引文里，我曾讲过这本书对我的启迪。2006年，银川市委宣传部杨萍副部长邀我在银川市图书馆讲孔子，我便找了不少《论语》注本来读，同时重读《论语别裁》。对比之下，还是更喜欢先生演义的那个孔子。为此，我又读了他的《原本大学微义》，真是好。

在市图书馆首讲之后，有不少单位邀请我讲孔子，包括全国一些地区和高校。在学讲过程中，特别是在答问中，我发现，焦虑症已经成为这个时代最大的猛兽，因之自杀者已经远远超过交通事故。遂把更多的精力放在安详的研究上，儒家的训蒙养正读本就成了我的主要研读对象。实践过程中，脑海里渐渐形成了人的人格成长次第，那就是建筑原理。建筑原理告诉我们，地基是第一需要重视的。

为此，我在多个场合建议喜欢南怀瑾先生书的家长们，一定要把扎根教育和读南先生的书结合起来，南先生也强调扎根教育，但更侧重心灵的"上层建筑"。依我浅见，在当下社会，我们首先要补的课可能更是扎根教育、奠基教育，尤其是孝道和师道的教育，否则，我们很难真正走进南先生所描述的智慧喜乐世界。南先生晚年倡导"儿童中华文化导读"，也许正是看到这一点。如果天假时日，相信先生还会倡导"儿童中华文化导行"，因为只有落实在"行"字上，才能把文化变成我们的真实受用。正是基于这样的思考，我不揣浅陋，写了《〈弟子规〉到底说什么》一书，用一半篇幅探讨了"行"的问题、"落地"问题，多少引起了一些同道的共鸣。

我也提醒过正在读南先生著作的朋友们，在遍览先生著作的基础上，我们一定要选择先生介绍的醒来方法中的一种一门深入地学习，不要面面俱到，否则最后可能会一事无成。从家长和朋友们反馈来的信息中得知，这些建议还是有些道理的。

壬辰中秋，一个伟大的灵魂离我们远去，愿我们共同为他祝福！也让我们共同祈求，愿先生能够乘愿再来，普被苍生！

大年，中国人的心灵底片

蛇年腊月，由央视四套《流行无限》编导宋鲁生先生汲引，受制片人王海涛先生之约，我到京做八集电视纪录片《中国年俗》的文字统筹。由此，得以观看被派往二十多个省市的编导拍摄上来的年俗镜头。

从中，我强烈感受到，中国年，是中国人最浓重的乡愁。

无论是“忙在腊月”“守在三十”“回在初二”，还是“玩在正月”“乐在正月”“吃在正月”，等等，一组组散发着泥土芬芳的唯美的镜头，如同一位位故人突然出现在我的面前，让人惊喜。

世界还是原来的世界，看你用什么目光去打量。这些充满着大美的画面，让人相信，“美丽中国”就在大地之上，只要我们愿意下去，愿意欣赏。

王海涛和他的团队，更是以拼命工作来享受着这种美好。由于立项较晚，进入正式编辑阶段已经离年仅仅十天时间了。在我陪伴他们的一周内，他们几乎在夜以继日地工作。他们住在影视之家宾馆里，各自的房间既是办公室，又是工作室，稿子改了又改，结构讨论了又讨论。整个过程就像急行军一样。那是一种速度极快的争论，打机关枪似的；那是一种不留情面的争论，辩论会似的；那是一种当下解决问题的争论，常常以执行总导演的一句结论结束。随着执行总导演一句“散了，回去干活吧”，大家迅速撤离。大家的脚步还没有走出房间，执行总导演的目光已经在稿子上了。

我怕烟味。但我对这几天一根连一根抽烟的制片人和执行总导演却充满了敬意，我知道，他们借助烟来提神。

我留意到，大家在离开执行总导演房间时，会到摆放战备物资的房子一角拿上几包咖啡，抓上几个面包。

我留意到，大家在走进执行总导演房间时，会撕开桌上的蛋卷，快速塞进嘴里，而整个人，还在稿子里。

晚饭的时间是大家放松的时间。二十三小年那晚，制片人还特意为大家订做了饺子。我看到，他给每位编导都倒了柚汁，然后清点人数，最后发现分集导演宋鲁生还在机房，执行总导演周密就拿起电话，“快点快点，大家都等着你呢”。不多时，鲁生笑嘻嘻地走进餐厅。然后大家一起举杯。

这晚，桌上除了我们，还多了一位“亲戚”，是一位土家族小编导的爱人，他从远方拍片回来，来妻子这里拿房门钥匙。制片人给我说，他们二人常常是他上飞机，她下飞机。这次，他们已经十多天没有见面了。

他们的小年，在中国年俗的现场团圆了。

晚上，大家到机房看第一期成片，那位小编导要去。制片人说，你就不去了，和老公说说话吧。目光是关切的，心疼的。

但是不多时，我发现他们也站在我们身后看片。

从制片人口中，我听到了“播出安全”四个字。为了这个安全，他在分分秒秒地算着时间，大家在分分秒秒抢着时间。谁谁谁干到天亮，把片子交到谁手上，“然后给我马上上床睡觉”，几个小时后起来做下一道工序。我还听到一种“借活”的说话，就是现在我有空帮你干，到时你帮我干。这，不就是一种“大年精神”吗？小时候，村里人正是这样“借活”的，今天我给你家帮忙炸油饼，明天你给我家帮忙做蜂蜡。这是腊月，如果是平时，谁家有了红白大事，主人恰恰是轻闲的，一切都由乡亲来张罗，这是一种不成文的约定俗成。

腊月二十四的晚上，制片人给大家要了菜，但他一直没有出现在桌上，等我吃完，才看见他在另外一个空桌上紧张地发着短信。编辑们告诉我，频道总监审了片子，提出一些意见。

二十五日早，我收到一则短信：“新闻联播从初一到初四将每天播报30秒《中国年俗》内容，谢谢您的辛勤努力！！！”后面是三个惊叹号。我想这肯定是制片人公发给团队的激励短信。作为一个中国人，我能够收到这样一则短信，觉得十分安慰。我总算能够以一己之力，为祖先做点事，为祖国做点事。

显然，他们在超常调度着他们的体力和精力，但我没有从他们脸上看到埋怨和疲惫，而是越战越勇。一些编导太累了，就头搭在凳子上打个盹，接着工作。其中执行总导演周密既要统稿，还要编片，还要协调诸多事项。我眼睁睁地看到，她从坐在沙发上看稿，到斜躺在沙发看稿，到溜到地板上看稿，最后干脆坐在地板上了。无疑，这是身体多么想躺下睡倒的一个潜意识信号。

我仿佛能够感受到，冥冥之中，有无数的手在给他们传递着能量；我仿佛能够看到，华夏先祖，正在注视着他们，加持着他们，希望他们能够把这件炎黄子孙盼望了许久的工程完成，可谓为往圣继绝学。为此，我也放弃了在工作间隙会几位朋友的计划，静静地坐在房间里，随时等待他们传唤。我做不了大事，但愿意通过自己的文字，为《中国年俗》略尽绵薄。

尤其让我感动的是，分集编导大多是年轻人，他们不可能像我这样，是一个大年迷，但是每当我谈起年俗，给他们一些建议，他们都是两眼放光，欣然接爱。

执行总导演周密干脆说，她因此喜欢上年了。

大年，中国人最浓重的乡愁

通过几天的工作，我再一次感受到，大年是中国人最浓重的乡愁。

大年中的仪式，已不单单是仪式，而是华夏子孙最稳固的基因排序。只要这样的基因排序不断裂，华夏儿女的精神大树就会长青，中华民族的生命力大厦就会永远屹立。在拙著《农历》的创作谈中，我讲过，之于经典传统、精英传统，民间传统更牢靠，更有生命力。一些特定的历史时期，人们一度中断了经典传统，但是没有谁能够取消民间传统，没有谁能够取消掉春节。因此，回到春节，就是连根养根。在商风日盛、道德沦丧、人情冷漠的今天，人们更是希望有一棵棵参天大树出现在中华大地上，为人们的心灵遮风挡雨。对此，作为中国人集体无意识的年，当是苍松翠柏。现在，央视以八集年俗的方式为这棵大树浇水培土，无疑是在做着一件功德无量的事情，可谓“为天地立心，为生命立命，为往圣继绝学，为万世开太平”。

看着一篇篇文稿，我在想，大年中的道具，已不单单是道具，它是一个个符号，这种符号对应到人们心里，则是一个个念头，这些念头，一如一幕幕电影的底片，决定了中华大地这一巨大银屏上展演的一出出电影的内容。春联、窗花、年画、戏词、社火队的服装，都是如此。他们看上去是符号，其实是一粒粒正面力量的种子，每年春天，都要播种一次，每年腊月，都要收获一次，如此反复，形成中华民族超稳定的心理结构和集体无意识。

为此，春联已不单单是春联，而是中国人的心灵底片，中国人的生命大戏，正是这些底片的播放；窗花已不单单是窗花，而是中国人的心灵图纸，中国人的生命大戏，正是这些图纸的展现。

爆竹、锣鼓、秧歌，是中国人向天地致敬的媒介，花馍馍、馒头、长面、饺子则是中国人以食为敬、以食感恩的载体。

一则则魔杖一样的春节故事，一幅幅让人陶醉的画面在眼前展开：无论是黄土高原，还是岭南乡村，人们无不慢下脚步，放下心事，在欢声笑语中，在微醺薄醉中，享受正月特有的光阴诗意、人间幸福。这种幸福，离开了大年，将不复存在。它是大年之树上结出的特有的岁月果实。

想一下腊月的集市都让人美得战栗。小时候的我，拿着自己画的门神，到街上卖掉，换得一挂挂鞭炮的情景；手里攥着几张红纸，拿着一瓶墨汁，走在回家路上的情景。一如幻灯，一一浮现。累了，坐在山坡上，看着面前的集市，觉得那已不是一个集市，而是另一个世界，一个非人间世界，人们把对祖先的敬重，对儿女们的祝福，对美好生活的期盼，都化在了匆匆脚步里。

现在回想，腊月的时光已经不是时光，而是天地共庆的道路。现在回想，腊月的日子已经不是日子，而是诸神降临的台阶。

关于除夕守岁，我写过散文《守岁》，写过中篇《大年》，写过长篇《农历》，但仍然觉得没有抵达那个"守"字，儿时那种一寸一寸品尝时光的情景，讲给现代人，恐怕也难以体会了。包括大年初一出行，迎喜神，大拜年。

但在这几天里，通过《中国年俗》的一组组镜头，我看到了当年的身影，它让我相信，在中华大地上，还有很多像我这样的大年迷，在津津有味地过年。

我喜欢编导们以"忙在腊月"为题讲腊月的年事，也喜欢"守在三十"这样的意象，但我把"乐在初二"改为"回在初二"。在我看来，初二是一个巨大的人伦美丽，这种美丽的背后，藏着我们无法言说的崇高。想想看，一个女子，从呱呱坠地，到长大成人，饱含着多少父母的辛劳，可是，正当他们有能力回报父母的时候，却离开了父母，转嫁他乡，为人妻，为人母，传人后，兴人家。对于娘家，这是怎样的一种舍，对于婆家，这又是怎样的一种得。

大年初二，中国人集体向这种养育之恩鸣谢。没有女子，就没有子孙后代，就没有家族血脉的延续。这女子，是岳丈岳母无私奉献的。他们把她们养大，奉献给婆家，传宗接代，繁衍生息，人类才得以延续。为此，初二女婿拜岳丈，就是再自然不过的事情。“桃之夭夭，灼灼其华。之子于归，宜其室家。”正是这些像桃花一样开遍大地的女子，在延续着一家又一家的命脉，也延续着人类的命脉。因此，初二回娘家，已不单单是女婿对岳丈岳母大人的回敬，而是一种天地伦常了。

作为中国年的一个经典意象，回娘家，既展现了中国人无限的感恩情怀，也演绎着中国礼仪的深厚和美丽。一个“回”字，让大年初二充满了亲情，也有了一丝甜蜜的忧伤；正是这个“回”字，让两家亲如一家，而让无数的两家亲如一家，正是华夏先祖梦寐以求的人间理想。

初一祭祖，迎喜神，给本族长辈拜大年，天经地义。初二带着妻子回娘家，给岳父岳母大人拜年，地义天经。

想想吧，这一天，中华大地上，有多少条道路，有多少个小夫妻，走在回娘家的路上。

想想吧，这一天，中华大地上，有多少双眼睛，在望着大门口，盼着女儿女婿和外孙出现在他们的视线里。

年三十的饺子还留在锅里，给外孙准备的压岁钱还装在兜里，只等那一声清脆的“姥爷姥姥”传到耳边。

如果说大年初一是一棵树杆，那么初二就是它的枝了，通过一根根华枝，亲情在大地上延伸；如果说大年初一是心脏，那么初二就是血管了，通过一道道血管，亲情在大地上流淌。

给岳丈岳母拜完年，接下来就要给所有亲戚拜年了。那将是乡村中国整整半个月的事情，之于重礼守义的中国人来说，它的重要不亚于春种秋收。就这样，人们通过大地，收获庄稼，通过走动，收获情义。

我不知道是否可以这样说，有娘的地方才是故乡，有年的地方才是中国。

人们之所以越来越重视大年，正是因为她是中华民族的根系所在，元气所在。

她无与伦比的精神力量、情感魅力，有效调剂着现代人的危机感、失落感，缓解着超快生活节奏给现代人带来的同样无与伦比的压力和焦虑。

无疑，大年是中国人最浓重的乡愁。

留住了大年，就留住了中华民族的根。

中华文化史上一件具有划时代意义的大事

2017年1月25日，在全国人民喜迎新春佳节的时候，中办、国办印发了《关于实施中华优秀传统文化传承发展工程的意见》，让这个鸡年的春节格外喜庆。在我看来，这是中华文化史上一件具有划时代意义的大事，也是中华民族复兴进程中具有里程碑意义的一件大事，是党和国家送给人民的最好祝福。国之将兴，必有祯祥。在我看来，这个意见的出台，正是古人讲的祯祥之兆，真是民族之幸，人民之福。伴随着打造人类命运共同体前进的步伐，它也必将给整个人类带来吉瑞。

《意见》指出："党的十八大以来，在以习近平同志为核心的党中央领导下，各级党委和政府更加自觉、更加主动推动中华优秀传统文化的传承与发展，开展了一系列富有创新、富有成效的工作，有力增强了中华优秀传统文化的凝聚力、影响力、创造力。同时要看到，随着我国经济社会深刻变革、对外开放日益扩大、互联网技术和新媒体快速发展，各种思想文化交流交融交锋更加频繁，迫切需要深化对中华优秀传统文化重要性的认识，进一步增强文化自觉和文化自信；迫切需要深入挖掘中华优秀传统文化价值内涵，进一步激发中华优秀传统文化的生机与活力；迫切需要加强政策支持，着力构建中华优秀传统文化传承发展体系。实施中华优秀传统文化传承发展工程，是建设社会主义文化强国的重大战略任务，对于传承中华文脉、全面提升人民群众文化素养、维护国家文化安全、增强国家文化软实力、推进国家治理体系和治理能力现代化，具有重要意义。"

因为热爱传统文化，我除了在拙著诸如长篇小说《农历》，散文集《永远的乡愁》，随笔集《寻找安详》《醒来》《〈弟子规〉到底说什么》等书中表现传统文化，近年来，还以文艺志愿者的身份，在全国宣讲传统文化，北到加格达奇，南到三亚，西到克拉玛依，东到威海、东营、烟台，对传统文化的生态有一些了解。感觉传统文化的复兴整体态势是健康的，但也有一些急需解决的问题。比如，上下热中间冷、两边热中道冷、局部热整体冷、话题热行动冷等问题。

上下热中间冷：中央殷切期望，群众无比期盼，但相当一部分地方领导却处在观望状态。一些领导，热情有，但不知从何下手。一些领导，知道从何下手，但多抱着多一事不如少一事的态度。像威海那样，非常明确地把传统文化作为治市方略，分管领导亲自深入传统文化推广平台一线，深入学习、发现问题、解决问题、引导发展、推动发展的地区是有一些，但不是很多。

两边热中道冷：要么特别左，要么特别右，要么唯中华文化是尊，要么唯西方文化为贵，要么复古泥古，要么离经叛道，能够走中道的不多。

局部热整体冷：一些地方传统文化已经呈燎原之势，一些地方却连星星之火都没有点燃。

话题热行动冷：不少地方，都在把传统文化作为一种炒作话题，而没有作为一种生活状态和行为方式去落地。

概括来看，之所以会出现这些状况，就是没有一个全国性的政策蓝图。因此，《意见》的出台，对于中华优秀传统文化的传承发展，无疑是四两拨千斤的务本治要之举。

一、为地方党委政府传承发展中华优秀传统文化提供了依据

2004年7月11日21:05，山东卫视播出了一档全新的电视栏目《天下父母》。一经播出，就引起了社会各界的强烈关注和好评，有人称之为传统文化冲击波。栏目格调昂扬向上，形式丰富多彩。以其“真诚、真心、真情”品质和“让家庭更和睦，让社会更和谐”的创作宗旨，唤醒了无数人孝亲敬老的良知。《光明日报》连续一周进行了全方位的报道，时任中宣部长刘云山批示:“电视是影响力最大的大众传媒,如何发挥电视作用,推动思想道德建设、社会风尚建设,应该是电视媒体的社会责任。现在电视上竞相开办相亲、选秀等过度娱乐化的节目,有的以低格调、媚俗取悦观众,片面追求收视率,产生了很不好的社会效果。要总结推广山东台《天下父母》的经验,多办一些这样品位高、有教育意义的节目栏目,扭转一些电视台的不良倾向。”但令人惋惜的是,这么好的一档节目,在坚持了十年之后却停播了,让多少观众扼腕叹息,锥心难过。原因何在,有多种说法,但我想,没有一个依据性的政策保障,恐怕是主要原因。现在,《意见》明确指出,要“实施中华文化电视传播工程,组织创作生产一批传承中华文化基因、具有大众亲和力的动画片、纪录片和节目栏目”,“综合运用报纸、书刊、电台、电视台、互联网站等各类载体,融通多媒体资源,统筹宣传、文化、文物等各方力量,创新表达方式,大力彰显中华文化魅力。实施中华文化新媒体传播工程”,这无疑给许多热心弘扬传统文化,又因没有政策依据而受到限制的媒体平台,提供了支持。

近年来,烟台丰金集团搞的“烟台市牟平区国学文化协会”“烟台市牟平区爱心公益协会”“烟台丰金书院”“丰金爱心在线”脱颖而出,成为民间力量弘扬传统文化的样板之一。截至目前,已有7000多人次参加培训学习。档案显示,有近500位原本婚姻关系濒临崩溃的家庭,学习之后夫妻和好如初;有300余位之前不孝敬父母、公婆,家庭关系紧张的学员,学习之后悔过自新,尊老爱幼;有1000余位以前性格压抑、人际关系紧张的学员,通过学习变得热情开朗、乐观向上。因其成绩突出,被区委、区政府授予“牟平区家庭伦理道德培训基地”称号。“丰金爱心在线”公益平台,长期全方位开展爱心公益慈善活动,包括“爱心助学”“救急救难”“大病救助”“敬老爱老”“白内障爱心复明计划”“免费爱心超市”“免费餐厅”“公益环保”等活动。已经有7000多名受助者及家庭得到了相应的帮扶救助。其中,仅向全国学校捐赠国学经典读物就200多万册。“丰金爱心免费餐厅”为周边大众尤其是老人、环卫工人及周边工地的农民工提供免费午餐,日平均用餐人数在300人左右,目前用餐总人数已有7万多人次。“丰金爱心免费超市”里，摆满了米、面、粮、油、家电、服装、书籍等学习生活用品，至今已为4000多户低保家庭发放了米面油等生活物资。设置在街面的两台大型“爱心冰箱”装满食品果蔬，24小时全时段为低保、特困、无劳动能力的残疾人和周边环卫工人，及其他有需求的过往路人提供帮助。我在参观后，感觉真有些大同社会的味道。2015年以来，集团又拿出5000多万元资金，兴建“烟台丰金国学学校”“烟台丰金国学幼儿园”，将公益行动向筑基务本的教育转型。为此，集团多次受到省市表彰奖励。

近年来，受该集团董事长李林才先生之邀，我常常前去讲课。每去一次，就感动一次，就特别想把烟台经验介绍到全国。虽然有不少企事业单位派人前去参观，但真正把烟台经验推广开来的不是很多，原因有诸多方面，但注册和报批不畅成了最大障碍，不少领导明明知道这是好事，却因为没有政策依据，就不敢大胆支持。

现在，《意见》的出台，明确指出要“充分调动全社会积极性创造性”；“坚持全党动手、全社会参与，把中华优秀传统文化传承发展的各项任务落实到农村、企业、社区、机关、学校等城乡基层”；“发挥非公有制经济组织和社会组织从业人员的积极作用，发挥文化志愿者、文化辅导员、文艺骨干、文化经营者的重要作用，形成人人传承发展中华优秀传统文化的生动局面。”这无疑会大大减少这种阻力，有效释放民间传统文化的生产力。

传统文化之所以出现上下热中间冷的现象，除了没有政策依据，还有一个原因，就是随着传统文化热的兴起，传统文化推广者队伍中出现了良莠不齐的现象，一些组织和个人因为操作不当，给传统文化造成了不良影响。

2016年国庆假期，我受邀到东营宜通传统文化交流中心讲了三天《寻找安详》。到了第二天，前排摆上了一位重要人物的席签：王吉能。他是分管教育的副市长。出乎我意外的是，第一天他就在会场，只不过坐在最后一排，和太太一起，穿着学员服听课。为什么第一天他不坐到前排呢？就是因为拿不准我讲课的内容是否符合党和国家政策。晚上，我们在一起用餐，才知他是经威海市副市长张波推荐前来听课的。原来，张波副市长这些年就是这么干的，她常常潜入一些传统文化课堂，先像普通学员那样学习，然后选择一些恰当的传统文化品牌，在当地推广。当天晚上，王吉能副市长就决定用这种长班方式办一期东营市全市校长、副校长和教务主任培训班。半个月之后，860 名教育精英参加的为期两天的培训班成功举办，他和大家一道听了两天课。随后，市长又发来拟在东营市幼儿园、小学、初中、高中选点培养典型，成熟后向全市推广的方案，让我提意见。

从中，我们可以管中窥豹地看到一些地方领导对传统文化的心态。像威海市张波副市长、东营市王吉能副市长这样，先潜入传统文化组织听课，之后再做出决定的领导，毕竟是少数。现在，《意见》明确提出，地方要把传承发展中华优秀传统文化纳入考评，让地方领导就再也不能抱着多一事不如少一事的态度了。

二、为民间力量弘扬中华优秀传统文化提供了蓝图

近年来，全国之所以能够掀起传统文化的热潮，除了国家积极倡导，民间力量的迅速响应功不可没。在民间推广形式中，大论坛小课堂成为生力军。以我近两年受邀前去讲课的规模性团队为例，就有烟台市牟平区国学文化协会、北京希贤教育基金会、山东宜通传统文化交流中心、北京德行天下传统文化中心、天津幸福家园大讲堂，等等。

希贤教育基金会 2013 年在广东省民政厅注册，会名取自世纪伟人邓小平青少年时期所用名“邓希贤”。现任理事长吕明晰，执行理事长李利。主要项目有德育版、德商版、德政版、德艺版、德乡版中华希贤教育试验基地建设。团结和凝聚全国 200 多位传统文化优秀讲师，组建了“希贤好活法宣教团”，团结近百位知名艺术家并成立“中华希贤艺术院”。“中华传统文化全国中小学校长高级研修班”“中华传统文化全国中小学师资培训”“中华德商研修大会”等影响较大。目前已经建立了 53 家“中华希贤教育试验基地校”和 6000 多家微善社，受益人群十分广泛。

宜通传统文化交流推广中心 2011 年在市民政局注册成立。截至 2016 年底，先后举办大中小型公益论坛和讲座 90 届，其中两千人大论坛就 26 届。摄制组还为全国各地的大型传统文化公益论坛义务拍摄制作视频。论坛直接受益者达几十万人次，光盘间接受益人群上百万。其开办的免费餐厅除了为大众免费提供健康营养餐，还进行全天候视频教学。百亩绿色生态百果园，既为餐厅提供源源不断的有机果蔬，还吸引大批学员前去体验田园生活。为此，中心多次受到省市表彰。

北京德行天下公益基金会，2012 年成立。该基金会已连续在全国各地成功举办 48 期“德行天下，幸福中华”大讲堂，每期少则千余人，多则近万人。还有其他系列课堂和培训班，受益人群极广。这个基金会的学习力非常强，核心层每过一段时间就开展主题式集中学习，比如 2016 年底，他们以央视纪录片《记住乡愁》为学习主题，用 10 天时间把 120 集节目全部看完，精选一部分节目，准备在全国论坛播放。

河北高碑店鑫华新锅炉制造有限公司不但在周边地区全方位开展传统文化推广，还向国际社会辐射。与其遥相呼应的还有围场家庭伦理道德促进会、石家庄弘贤婴幼园、北京修德谷国学教育基地、沽源度假村等。经由他们的推荐，我多次到石家庄教育局主办的骨干教师培训班和河北大学讲课。天津文庙和幸福家园养老院举办的幸福大讲堂，每次都在大礼堂进行，常常座位不够，连后台都是听众。在规模性推广平台中，特别受大学生和青少年欢迎的有广州福慧灯教育公司和上海火柴人教育，前者的青少年成长冬夏令营，挽救了不少问题青少年，后者的“少年创客训练营”，在培训青少年创业精神方面有独到之处。而苏州固德电子股份有限公司、恩雷斯国际美业、北京幸福养老大课堂、常州溧阳苏园、宁夏中铝集团、新疆新华保险、河南登丰了凡苑等企业举办的常年中型课堂，在全国影响较大。

在传统文化课程开发方面，影响较大的民间力量有中华书局下属的中华书局经典教育推广中心、北京诚敬和教育公司、北京四维国学书院、烟台才子国学、宁夏智慧宫等，他们的产品，或者取得国际影响力，或者取得全国影响力。

这些论坛和课堂，大多由爱心企业家赞助，免学费，提供免费午餐，中小型长班则提供全餐和住宿，给学员配发服装、学习资料。一些革命前辈的后代，甚至奉献家产，全力支持课程。一些志士仁人，不惜辞掉公职。其担当奉献精神，至为感人。

但实事求是地讲，各个团队目前都遇到了问题，如何再发展，成了他们常常讨论的话题。现在，《意见》的出台，特别是五项基本原则，无疑会为他们指明方向。

三、为创新性中华优秀传统文化传承发展品牌再发展提供了激励

《意见》指出，实施中华优秀传统文化传承发展工程，要遵循“创造性转化和创新性发展”的原则。于此，央视投拍的大型纪录片《中国年俗》《记住乡愁》的模式值得借鉴。

2013 年，央视中文国际频道以战时速度，赶制了 8 集《中国年俗》，播出后在海内外引起强烈反响。现在看来，正是《记住乡愁》的序幕。

2014 年，习近平总书记城镇工作会议讲话之后，大型中华文化传承工程、百集大型纪录片《记住乡愁》启动。

在给《求是》杂志写的约稿中，我说，自此，“乡愁”一词就承担起一个非常重大的文化使命，那就是寻找中华文化的基因链，寻找中华文明有机体的中气，寻找中华巨轮的发动机和压舱石，找到中华民族根本性的幸福底图和运转轴。经过三年艰苦卓绝的采拍制作和 100 亿人次的收视播出，终于让这一文化使命成功落地。

作为文字统筹和策划撰稿之一，我见证了 180 集《记住乡愁》节目的创作过程。随着节目的热播，“乡愁”一词渐渐完成了它的内涵扩展。现在，大家已经知晓，这个“乡愁”再也不是余光中诗中的那个“乡愁”了，也不是“乡”和“愁”两字相加所指的“乡愁”了，而是一个可以兼收并蓄优秀传统文化、红色革命文化、时代先进文化的新概念了。换句话说，它历史性地融会贯通了这三种文化，成为中华文明的一次大整编、大融合，成为中国文化史上具有里程碑意义的新概念，一个能够让历史和时代牵手进而拥抱的“中华文化同共体”，通常意义的上“乡”和“愁”已经完成了它的美丽蝶变，成为一个可以把一切美好存在、美好精神、美好情感装进去的新家园，具有无限的想象空间、拓展空间。我曾经试过，要妥当承担这一使命，换用“乡音”“乡情”等词汇，似乎都没有“乡愁”二字适合、有分量。特别是进入第三季后,革命文化内容铺天盖地而来,让我们始料未及。我们发现,前两季120集,传统文化是主体内容,革命文化和时代文化也有,但只是一部分。到了第三季,革命文化成了主体内容。那是否意味着,到了第五季古街区、第六季历史文化名城的时候,时代文化会成为主体?我们应该如何系统把握,如何进行整体性建构,让《记住乡愁》成为中华文明的一次全新融会?

随着第三季的采拍工作渐近尾声,我们的思路已经很明确了,那就是,我们要找到三种文化的最大公约数。找到古今、中外、公私、内外、上下的最大公约数,就是说,要找到无论是传统文化,还是革命文化,抑或是时代文化的认同者都有共鸣的那部分,把它放大。《记住乡愁》就会成为中华民族不可多得的凝聚力、向心力、感染力,也会为打造人类命运共同体这一宏大工程提供鲜活的文化支持。当然,这三种文化,说到底是从优秀传统文化之根上生长出来的,经过五千年时间检验的优秀传统文化是主线,红色革命文化和先进时代文化是这条主线上的明珠。因此,我们在拟定选题、采点、商讨选题、选择素材的时候,就要努力寻找三者之间的必然联系。把一集节目看成一棵精神性生命树,找它的根、干、枝、叶、花、果,这棵生命树就会很繁茂。这样的生命树集合而成的精神森林,自会为人们确立文化自信提供再自然不过的理由。

在山西碛口古镇,我们发现,那里至今依然保持着有难同当有乐共享的理念,就连镇上的旅游产业经营,也有一种小共产主义的味道。这在当今商业竞争非常激烈的今天,的确让我们眼睛一亮。拿"精神树"原理对应,这样的风尚,肯定有一个根脉,一梳理,果然如是。"碛口"这个镇名本身就来源于"大同碛",那是黄河水域仅次于壶口瀑布的一道险关。在我看来,这是天地设给碛口人的一道考题,就是为了让人们感受休戚与共的价值,就是为了让人们无比强烈地感受到,个体生命只有在群体性中才能找到安全感的事实。没有合作精神,单凭个人力量,几乎不可能闯过大同碛。只有同舟,才能共济。因此,大同碛是一个无比美好的象征,它凶险,但心肠热,现怒目金刚相的目的是为了教育,让人们认识到个体的渺小,群体的伟大。碛口之所以能够成为"水旱码头小都会,九曲黄河第一镇",正是整体性生命认同结出的美丽果实。

“大同碛”让我不由联想到《礼运·大同篇》中的“大道之行也，天下为公，选贤与能，讲信修睦。故人不独亲其亲，不独子其子，使老有所终，壮有所用，幼有所长，鳏寡孤独废疾者皆有所养”。这种思想源头，形成了中华民族整体性存在的心理结构，也造成了中华民族的集体主义精神。这种结构，这种精神，是和宇宙规律相对应的，也是和天地精神同频的。因此，休戚与共是天赋人性。从本体学的层面讲，“天地与我并生，万物与我为一”。从生存学的层面讲，“天地所以能长且久者，以其不自生，故能长生”。从社会学的层面讲，“天不私覆，地不私载”。

采拍这样的古镇风景，无论是从打造人类命运共同体和实现中国梦的宏大主题角度，还是从提高个人幸福指数的角度而言，意义都是非常重大的。把一个镇的同舟共济有难同当有福同享放大，就是人类命运共同体的基本形态。而要实现中国梦，需要提高中华民族的整体能量。而要提高中华民族的整体能量，就需要提高每个人的能量。从心理学的角度看，心量越大，能量越高，而人的健康、幸福，都是能量变的。从消除焦虑的角度看，自我越强大，和现实的冲突就越激烈，痛苦就越深重。自我越小，和现实的冲突就越小，痛苦就越轻。只有群体性存在方式才能给人提供安全感。只有安全感，才有归属感；只有归属感，才有幸福感。

这时，我们回头再看中宣部常务副部长、中央文明办主任黄坤明在《记住乡愁》第三季创作培训班上所讲的话——“中华文化的根本优势，在于有着生生不息、博大精深的中华优秀传统文化，这些宝贵资源铸就了中华民族持久而强大的凝聚力和向心力，滋养着当代中国的发展进步，是我们必须坚守的精神高地，也是我们保持文化自信的坚强基石。”——就格外意味深长。也正因为如此，《记住乡愁》团队在拼力工作。用执行总编导王峰女士的话说，大家都在超负荷工作；用制片人王海涛先生的话说，这是剧组同仁一次自愿自觉的超越极限的精神之旅。在我看来，团队的心力和体力都到了极限。现在，《意见》的出台，无疑会给这些致力于优秀传统文化创造性发展和创新性转化的传媒给予莫大的精神激励。

四、为符号化中华优秀传统文化传承发展品牌再发展提供了导航

2016年，受孔子基金会邀请，我去给200多名孔子学堂负责人讲课，得以深入了解该基金会面向全球创造性打造孔子文化品牌的一系列做法，让我对中华优秀传统文化的现代化转化和时代性发展有了更大信心。中国孔子基金会是1984年经中央批准，由政府拨付专款支持的全国性乃至有国际性的文化学术基金组织。首任名誉会长为国家原领导人谷牧。现任会长为韩喜凯，理事长为王大千。基金会以“引领儒学发展，深耕精神家园”为宗旨，建立了完备的学术体系、普及传播体系、交流合作体系、基金产业体系。在推动孔子思想及儒家文化实现创造性转化、创新性发展方面，做出了卓越贡献。特别让我感兴趣的是基金会不断推动中华优秀传统文化的生活化、社会化、现代化、年轻化、国际化，让传统文化接地气、深下去、活起来的工作思路。比如他们联合团中央网络影视中心、团中央学校部全国学校共青团新媒体运营中心共同主办的旨在倡导青年自觉净化网络语言的“青年之声·净语良言我承诺”网络大行动。比如“中华学子朝圣行”活动等。比如“孔子学堂”和“中国孔子网融媒体”两个平台，打通线上线下通道，为广大炎黄子孙亲近传统、了解传统、体验传统、传承传统搭建桥梁，切实让中华优秀传统文化在新时代、新形势下，落地生根、开花结果。现在，孔子学堂已经从“千堂行动”向“万堂计划”迈进。其“写好字”“读好书”“做好人”项目，让传统文化务实可感。中国孔子网融媒体平台，中华优秀传统文化经典数字化工程，已经取得了阶段性成果。儒家文化经典数据库已收录古籍360多种5万多页，完成文本化1000万字，支持繁简转换、版面还原和多种检索方式，并在常规数据库的基础上增加了作者小传和儒家人物库。中国孔子网全媒体平台建设基本完成。设在中国移动公司的自有机房搭建完成，享有100G宽带专线。2016年，中国孔子网融媒体全面上线，全球同祭孔活动被全球五万多人关注。同年，中国孔子网APP上线，与中国孔子网融媒体后台和儒家文化经典数据库实现共享。

像孔子基金会这样的符号化优秀传统文化品牌，发展到今天，更加需要一个具有世界性眼光的纲领性文件做深海导航，意见的18条无疑会给

这样具有探索热情和创新活力的组织提供新的灵感。同时，这样的老字号品牌，反过来也将会为《意见》在全国的推进提供主旋律样板。

五、为志愿弘扬中华优秀传统文化的义工提供了温暖

在全国传统文化平台，特别是一些宣讲团队骨干人员培训班上，我一直在强调一个观点：国家是传统文化推进主体，这是大前提，任何力量都需要依靠国家力量开展工作。另一方面，离开志愿者，中华优秀传统文化传承和发展的步伐也会大受影响。传统文化要真正落地，必须依靠这些知行合一的实干家。但是如何让志愿者的热情得到充分保护，就是一个非常现实的问题。

就我个人而言，之所以能够在宁夏大力弘扬传统文化，是和主要领导支持，分管领导给力，同事理解配合分不开的。

早在2005年，宁夏人民出版社就给我出版了小说集《大年》，并邀中国作协在京召开研讨会。2009年，在宁夏党委宣传部、自治区文明办、宁夏广播电视总台主持下，由我和宁夏卫视合作，录制了10集《我们的节日：春节》，在全国引起反响，多次重播。同年，我的散文《大年是一出中国文化的全本戏》在《光明日报》发表后，被宁夏党委书记批示宁夏日报社做成贺卡给全自治区领导干部赠阅。《宁夏日报》《银川晚报》等媒体还邀请我给全体干部职工讲课。

在生活方面，银川市委、政府领导亲自过问，帮助我解决一些实际问题。银川市文化局、教育局领导主动解决了我爱人的工作调动问题、孩子的上学问题，让我没有后顾之忧，能够安心工作。

为了检验优秀传统文化的生命力，从2008年开始，我鼓励几位同学开办“寻找安详小课堂”，不收任何费用，每周开课，风雨无阻。遇到节假日，又开办五天左右的长班，住宿由班主任提供，学员只需前去学习即可，取得了同烟台丰金书院同样的效果。宁夏区直机关工委原书记刘立言在视察了课堂后，说这是宁夏文化史上的一件大事，为教育工作探索出了一条新路，并积极向有关方面推荐。特别是小课堂以心理学家智然先生所讲《了凡四训》为课程主体内容开发的为期五天的视频教学模式，受到社会欢迎。截至目前，已经在银川、南宁、烟台、登封、石家庄等地进行了 25 期，其做法在中华书局出版的拙著《寻找安详》《醒来》等书中介绍后，被全国不少传统文化平台借鉴。

试想一下，八年来，能够把一件没有工资的事情坚持下来，没有志愿者精神，是不可想象的。这样的团队，如果得到政府的积极引导，会成为优化世道人心的积极力量。让我感动的是，宁夏各级党委、政府和有关方面给予他们的充分肯定和支持，班主任马占豹获批宁夏社会教育中心主任，主持人钟倩被银川市委、政府评为"最美银川人"，还有许多同学都得到单位的重用，也受到社会的尊敬，极大地保护了他们从事志愿行动的热情。

需要指出的是，相比于全国其他一些抛家舍业的专职志愿者，我们只是客串，根本不能和他们相提并论。但是并不是所有的地方都能够像宁夏一样支持这份"志愿"，因为屡屡受挫，不少志愿者就退出了志愿者队伍，这无论对社会，还是对他个人，都是非常大的损失。

现在，《意见》在压轴重要位置指出，要"发挥文化志愿者、文化辅导员、文艺骨干、文化经营者的重要作用，形成人人传承发展中华优秀传统文化的生动局面"，给了志愿者很大的温暖感、安全感、崇高感，对中华优秀传统文化的传承和发展，将起到四两拨千金的推动作用。

六、为"农历"和"安详"系列更加广泛地走向读者提供了推力

《意见》指出："善于从中华文化资源宝库中提炼题材、获取灵感、汲取养分，把中华优秀传统文化的有益思想、艺术价值与时代特点和要求相结合，运用丰富多样的艺术形式进行当代表达，推出一大批底蕴深厚、涵育人心的优秀文艺作品。""实施中国经典民间故事动漫创作工程、中华文化电视传播工程，组织创作生产一批传承中华文化基因、具有大众亲和力的动画片、纪录片和节目栏目。"

对于这一条，我算是一个较早实践者。从 20 世纪 90 年代初，我就从先锋创作转向"农历"和"安详"两个系列的开掘。其动机，我在拙著《醒来》一书中专门做过陈述。我的生命经历告诉我，文学作品可以直接影响到一个人的身心健康，甚至生死存亡。必须为读者特别是青少年读者提供绝对安全的精神食粮，用今天的生命能量原理，作品的能量级必须在二百级之上，否则就会把读者带向抱怨、焦虑、抑郁，甚至反社会倾向，包括放弃生命的冲动。因此，我常常告诫自己要带着父母心肠和祝福性姿态进行创作。也许正是因了这份发心，“农历”和“安详”系列发表和出版后，得到业界认可。短篇《吉祥如意》先后获得人民文学奖、小说选刊奖、鲁迅文学奖，长篇小说《农历》获得茅盾文学奖提名，在最后一轮投票中排名第七。由中华书局出版的《寻找安详》12 次重印。由上海文艺出版社首版，长江文艺出版社再版的《农历》也是 7 次重印。2015 年 11 月，《郭文斌精选集》由中华书局以精装七卷本的形式出版，首印 4000 套。据中华书局的编辑说，为一位现当代作家出版精装版文集，在中华书局出版史上并不多见。2016 年底，宁夏智慧宫文化传媒公司正式签订协议，将该文集向 22 个阿拉伯国家翻译出版。据公司负责人介绍，一位作家的文集，被一次性向国外译介，也不多见。从拙著《吉祥如意》在海外的反响看，这些文字翻译到海外，销量应该可观。2016 年，《农历》首版合同到期后，长江文艺出版社再版，和拙著散文集《永远的乡愁》以姊妹书同时出版，发行反馈良好。2017 年春节，中央电视台“一号线”以这两本书为蓝本，由唐经刚先生执导制作了 7 集动画片《六月说过年》，在央视网等平台播出，成为新闻性话题。今年，由青年编剧吴明晓根据拙著《农历》改编的同名电影将要被著名制片人李锐先生搬上银幕。还有一些公司拟把《农历》编排为少儿舞台剧在学校上演，这无疑都是传统文化内涵和祝福性文学观给我带来的福气。《意见》的出台，将会大大推动这些项目的进行，提高它们为世道人心服务的效率。

传媒的守和变

和去年一样，在收到《新消息报》邀我写元旦祝辞的电话时，我同样在中央电视台《记住乡愁》第三季剧组做文字统筹工作。

通过两年的艰苦奋战，备受人们关注的中华文化传承工程《记住乡愁》第一二季已经胜利完成拍摄播出任务，其中第二季摘得2016年度“金熊猫”国际纪录片最佳人文关怀奖、第22届中国电视纪录片系列片十优作品奖，创下了首播收视人数达20亿人次，重播加新媒体观众到达100亿人次的纪录。为提高中华民族的文化自信，增强中华民族的文化自觉做出了不可替代性贡献，也为人类可持续发展提供了实景范式。

让人欣喜的是，第三季60集又要在2017年元旦开播了。

在我看来，这三季180集节目，是电视人用三年心血编纂的“新《四库全书》”，筑就的新文化长城，开凿的新文化运河，修建的新文化航母，书写的新精神史诗，是中华文化的一次超常集成和空前博览，是中华民族精气神的跨时空汇聚，也是中华民族文脉的抢救性修复。相对于课堂式宣示、论坛式宣讲、文章式宣传，它更加生动、形象、鲜活，有温度，有情感，有大地泥土的芳香，有人间烟火的气味。通过一个个唯美的镜头，让我们看到了中华大地的好风水，感受到华夏儿女的好风气。它无疑是中华文化优良性、生机性、合法性、不可替代性的最广泛、最基础、最深厚的展示，它让人们确信，中华文化完全可以为打造人类命运共同体这一宏伟历史性命题提供模板。

在廉价的笑声、无底线的娱乐、无节操的垃圾几乎湮没我们的生活的今天，在戏弄历史，亵渎祖先、亵渎经典、亵渎英雄，去崇高、去价值、去意义，用无端的想象去描写历史，使历史滑稽化、虚无化成为潮流的今天，在急功近利，一味标新立异、追求怪诞、炫富竞奢、低俗媚俗的精神雾霾几乎让人们透不过气来的今天，《记住乡愁》无异于一道明媚的阳光，一缕清新的空气。

伴随着先祖们几千年的生存实践，中华文化的精髓早已融入人们的日常生活，成为中华儿女的另一片蓝天和大地，另一种阳光和空气，甚至日用而不觉。现在，编导们通过镜头生活化规模性重现，让人们反观到它的巨大价值，从心底升起对这种根性文化的深厚自信。

作为节目的文字统筹，两年来，我见证了这个拍摄制作团队是如何超负荷工作，无论酷暑，还是严寒，神州大地上，闪动着他们寻根的身影；无论边关，还是哨所，都洒下了他们探源的汗水。多少个假期，他们在剧组度过；多少个生日，他们在异乡举杯。想孩子了，看看视频；想老人了，打打电话。没有看到谁在敷衍，没有听到谁在抱怨。整个剧组时常处在一种攻坚状态。用制片人王海涛先生的话说，这是一次电视人的自愿长征，也是一次电视人的文化自觉，带着这种长征精神和文化自觉，他们走进第三季。

不同于第一二季的古村落，第三季的内容是古镇。众所周知，古镇有商贸、戍边、大户聚居等主要成因，那就意味着选题拍摄更有挑战性。在欣赏了已经完成的节目后，我非常欣喜地发现，较之前两季，无论是内容，还是表现手法，本季都有许多新的突破。

既然是古镇，就有不同于古村落的许多看点。如果说第一二季展现了农耕文明日出而作、日入而息、凿井而饮、耕田而食的天然之美，表现了父子有亲、兄友弟恭、夫唱妇随、长幼有序的伦常自觉，表达了资父事君、曰严与敬、孝当竭力、忠则尽命的职分自觉，讴歌了祸因恶积、福缘善庆、厚德载物、自强不息的生命自觉，那么，第三季则在继续深化前两季主题的基础上，侧重表现建章立制、尊约守契、义利有度、合作共赢的工商文明，重点挖掘传统文化中能够在当代有效传承、发展，能够充分融入当代人精神血液，为现代生活提供建设性精神营养的文化要素。

之所以写下这些文字，是想给《新消息报》及一切传统媒体送上一份信心，以此表达我对传统报人及读者最由衷的新年祝福。在我看来，任何事物要保持它的生命力，总不离处理好“守”和“变”的关系。《谏太宗十思疏》中讲：“臣闻求木之长者，必固其根本；欲流之远者，必浚其泉源。”如果说，“求木之长”是“变”，那么“固其根本”就是“守”。无疑，在自媒体迅速发展的今天，传统纸媒如何走出困境，是一个时代性话题。但是今年央视中文国际频道在全国52座城市获得收视第一，远超一些时尚性频道，包括那些曾经非常火爆的娱乐性地方卫视，给了我们新的启示。特别是大型纪录片《记住乡愁》的空前成功，让我们对传统媒体存在的时代合法性和不可替代性有了更大的信心。当初在论证《记住乡愁》选题的时候，专家们争论得非常激烈。不少人认为这样的选题，肯定没有几人收看，我个人对传统文化的热情甚至遭到了一些学者的冷嘲热讽；但是三年之后，事实说明了一切。这也许能给《新消息报》和同类传媒一些启示。的确，在手机已经成为第一阅读载体的时候，《新消息报》已经不可能成为“新消息”。但我们可以从另外一个角度重新去理解这个“新”，那就是当快餐败坏了人们胃口伤害了人们身体的时候，“慢餐”将成为读者渴望的“新”。这就是老子讲的“有无相生，难易相成，长短相形，高下相盈，音声相和，前后相随”。就像现在在一些大都市，恰恰有人拒用手机改用座机一样。因此，报纸要寻找真正属于它的心灵需要和情感共鸣点。就像我在公益论坛上常常讲到的，在今天，知识的获取已经不是一件难事，百度里一搜什么都有了，但是我们无法在百度里搜到安静。而给一个人提供生命力和幸福感的不仅仅是知识，更是安静力、和谐力。同样，当一份报纸能够给读者提供自媒体无法提供的安静、温暖、祥和、存在感、安全感、放松感时，其磁性自会把读者吸引到身边。在《记住乡愁》第三季，重庆偏岩古镇一集节目中，有一位王凤炳老人，创办了一个阅读室，其分门别类的剪报本挂了一墙，其情其景，感人至深，这也从另一个方面给我们存在的理由。相对于虚无缥缈的自媒体，纸媒至少会给人提供存在感、书香感，仅此，也会有一个十分稳定的订阅群。但正因为此，传统纸媒就更要扬长避短，去制作特定读者需要的不可替代的真正属于自己的蛋糕，让人们值得订、值得藏、值得传。如此，就对报纸的公益性要求很高，因为公益性是心灵共振的最持久频率。关于这一点，《新消息报》有非常好的传统，今后可以百尺竿头，更进一步，借以走进受众的心灵深处。

只有“生机”，才能“勃勃”，而人心所向，是最大的生机。

谨以拙文真诚祝福：愿《新消息报》及一切传媒、传媒人和读者朋友们新年吉祥如意！同祝宁夏大地和父老乡亲们新年吉祥如意！

心里有人民　肩头有责任
笔下有乾坤

“天地玄黄，宇宙洪荒，日月盈昃，辰宿列张。”2016 年 11 月 30 日，虽然是严冬，但庄严雄伟的人民大会堂里却温暖如春。这是中华民族演进史上具有里程碑意义的一天。这天，习近平总书记为中华民族重建“文道”，重修“艺德”。总书记的讲话既传统又现代，既理性又诗性；既有哲学高度，又有美学感染力；既有历史纵深感，又有现实厚重感；既有中国情怀，又有世界胸怀；既有宏观建设性，又有微观操作性。可谓新时代的“文心雕龙”。其韵似兰斯馨，其文如松之盛，可欣可赏，可吟可诵，一如“黄钟大吕”。

从中，总书记提出了新的文化观、人民观、创新观、理想观。整篇文章就像一棵郁郁葱葱的大树，文化观是根，人民观是杆，创新观是枝，理想观是花果。浑然一体，声情并茂，听来扣人心弦，引人入胜，极有历史穿透力和现实召唤力。

特别是总书记对文化自信的根基性、价值观的决定性、人品的首先性、艺术理想的引领性的强调，都具划时代意义。

在总论里，总书记指出：“中华民族生生不息绵延发展、饱受挫折又不断浴火重生，都离不开中华文化的有力支撑。中华文化独一无二的理念、智慧、气度、神韵，增添了中国人民和中华民族内心深处的自信和自豪。在 5000 多年文明发展中孕育的中华优秀传统文化，在党和人民伟大斗争中孕育的革命文化和社会主义先进文化，积淀着中华民族最深沉的精神追求，代表着中华民族独特的精神标识。”

在讲到五千年中华优秀传统文化时，总书记格外强调“传统文化是我们的宝，我到世界各地，只要一谈到中华传统文化，人们莫不表示敬重”。从中，我们可以设身处地地体会到总书记对中华传统文化的珍视，甚至体会到他内心的着急和希望作家艺术家弘扬光大的殷切期待。

接着，总书记讲道，“文运和国运相牵，文脉同国脉相连”，点出“文艺是国民精神的灯火”，让文艺家做到“胸中有大义，心里有人民，笔下有乾坤”，“昭示美好前景，描绘光明未来”。

为此，总书记为文艺家提出四点希望。

“鸣凤在竹，白驹食场，化被草木，赖及万方。”在第一点希望亦即新的文化观部分，总书记就像一位穿越历史又游历寰宇的归来人，不容置疑地告诉我们文化自信的不可替代性价值和根本性意义：“文化自信是更基础、更广泛、更深厚的自信，是更基本、更深沉、更持久的力量。坚定文化自信，是事关国运兴衰、事关文化安全、事关民族精神独立性的大问题。没有文化自信，不可能写出有骨气、有个性、有神采的作品。”

在此部分，总书记用特别严厉的口气指出，“绝不做亵渎祖先、亵渎经典、亵渎英雄的事情”，让人想到古人所说的“盖此身发，四大五常，恭惟鞠养，岂敢毁伤”。他要求文艺家要有“史识、史才、史德”，“不忘本来、吸收外来、面向未来”，“让我国文艺以鲜明的中国特色、中国风格、中国气派屹立于世。”

于此，由中宣部等部委推动支持中央电视台组织拍摄的百集大型纪录片《记住乡愁》即为有力的证明。节目在央视四套、九套、一套和一些地方台播出后，反响十分强烈，甚至有不少人进行了生活化复制和精神性借鉴，其中第二季多次获得国家纪录片大奖。一个家族能够传承千年，其历史跨度超过许多民族，许多国家。一部族谱能够保留千年，无论是战乱还是瘟疫，都未能让它从大地上消失。一个村落，能够成为状元村、翰林村、将军村、长寿村，能够几百年来没有刑事犯罪，能够做到路不拾遗、夜不闭户，活生生地证明了总书记关于文化自信的论断既是历史史实，又是生活真实。

在阅读这些台本的时候，我在想，一个受过重伤的人，最重要的是恢复元气。当下社会，各种危机困扰着人们，说一千道一万，其原因在于我们没有恢复这些隐藏在人民之中，深埋在岁月深处的原始生命力。于是，管理层辛苦得一塌糊涂，手忙脚乱，却是按下葫芦起了瓢，情况往往更加麻烦。就像古人几味草药就可以治好的病，现在动辄要成千上万元。这种高治理成本，源于我们迷失在头痛医头脚痛医脚的“技”之层面，而忽略了“技”之上有“术”，“术”之上有“学”，“学”之上还有“道”。一些在“技”层面需要千斤之力才能完成的事情，在“道”层面也许用四两力就够了。君子务本，本立则道生。这个“本”，就是总书记讲的“宝”，它是中华民族的最宝贵家底，是中华儿女理应继承下来的看家本领。

就我个人的文学创作而言，拙著“农历”系列、“安详”系列之所以能够得到读者欢迎，一印再印，正是得益于自己转身“回家”，从热衷于先锋性创作转向对祖先留下的中华优秀传统文化的深深礼敬和自觉书写。

“仁慈隐恻，造次弗离，节义廉退，颠沛匪亏。”在第二点希望也即新的人民观里，总书记的语气就像一位深谙宇宙秘密和人情世道的夫子给学生纠错：“文学艺术要让人民体会到人间真情和真谛，感受到世间大爱和大道。”“我们有责任写出中华民族新史诗”。在这部分，总书记特别强调“文人之笔，劝善惩恶。”“文艺创作的目的是引导人们找到思想的源泉、力量的源泉、快乐的源泉。清泉永远比淤泥更值得拥有，光明永远比黑暗更值得歌颂。广大文艺工作者要提高阅读生活的能力，善于在幽微处发现美善、在阴影中看取光明，不做徘徊边缘的观望者、讥谗社会的抱怨者、无病呻吟的悲观者”，不要视个人小悲欢为全世界。

近几年，我以一位文化志愿者身份，走遍了祖国的大江南北，对中华文化如何对接时代问题，如何让社会主义核心价值观“落小落细落实”，如何解决时代性精神空虚问题，如何引导人们走出价值迷茫，走出焦虑和抑郁，包括如何有效提高人们的幸福指数，在最朴素的日常生活和工作中享受生命，包括享受本职本分，进行了一些实践，效果让人惊喜。在中华书局出版的拙著《寻找安详》和《醒来》中，我收录了十六则案例，证明了总书记讲的“要用有筋骨、有道德、有温度的作品，鼓舞人们在黑暗面前不气馁、在困难面前不低头，用理性之光、正义之光、善良之光照亮生活”，“让人们看到美好、看到希望、看到梦想就在前方”是非常正确的。它让我切实感受到“离开人民，文艺就会变成无根的浮萍、无病的呻吟、无魂的躯壳。一切有抱负、有追求的文艺工作者都应该追随人民脚步，走出方寸天地，阅尽大千世界，让自己的心永远随着人民的心而跳动。”也让我切实感受到“用文艺的力量温暖人、鼓舞人、启迪人，引导人们提升思想认识、文化修养、审美水准、道德水平，激励人们永葆积极向上的乐观心态和进取精神”是多么重要。

“孔怀兄弟，同气连枝，交友投分，切磨箴规。”在第三点希望也即文艺的创新观里，总书记的口气就像一位循循善诱的夫子，在想方设法扩展学生们的心量：“中国人民不仅将为人类贡献新的发展模式、发展道路，而且将把自己在文化创新创造中取得的成果奉献给世界。”“让目光再广大一些、再深远一些，向着人类最先进的方面注目，向着人类精神世界的最深处探寻”，“为世界贡献特殊的声响和色彩、展现特殊的诗情和意境。”

仍然以《记住乡愁》为例。它让全世界人民看到，这个世界上，曾经有一种生活，是那么自足、自在、自得、自由、潇洒、浪漫、诗意、喜悦、幸福、圆满，但成本却非常低。它让全世界人民看到，这个世界上，有这么一个民族，其变得强大的目的是为了帮助弱小者，发达的目的是为了接济困难者，那里的人们“读书志在圣贤，非徒科第；为官心存君国，岂计身家”，奉行“第一等好事只是读书，几百年人家无非积善”，秉持“积善之家，必有余庆；积不善之家，必有余殃”。它让全世界人民看到，形象生动的中国之“中”，活灵活现的中国之“中”，其表现在生命上是清净、平等、觉悟，表现在为人上是温良恭俭让，表现在伦理上是孝悌忠信礼义廉耻仁爱和平，表现在管理上是诚意正心修身齐家治国平天下。

这个民族，她把生活成就和生命成就相统一，把个人成功和集体成功相统一，她既关注个人幸福，也不忘“人类命运共同体”。从这个意义上说，记住乡愁，不但是华人之福，更是人类之福，不仅是中国梦，更是人类梦的一个模型。

“德建名立，形端表正，空谷传声，虚堂习听。”在第四点希望亦即文艺的理想观里，总书记的口气就像一位母亲一样谆谆教导，语气中含着慈悲和爱护：“文艺是铸造灵魂的工程，承担着以文化人、以文育人的职责”，要“引导人们向高尚的道德聚拢，不让廉价的笑声、无底线的娱乐、无节操的垃圾淹没我们的生活”。我曾在《文学祝福性》一文中写到一位反社会青年因为读了《平凡的世界》和《了凡四训》而浪子回头、重新做人，最终成为一位道德模范的故事，印证了总书记这段教诲的重要。

总书记讲：“伟大的文艺展现伟大的灵魂，伟大的文艺来自伟大的灵魂。”“创作者要首先塑造自己。”“德不优者不能怀选，才不大者不能博见。”“要遵循言为士则、行为世范。”对此，我个人非常有感触。自己的一些演说和行为之所以影响了一些人，收到了一定的社会效果，也许正和自己意识到这一点有关。为了让大家对传统文化生起信心，近年来，我先后向全国公益平台捐赠了100多万码洋的个人著作，从中切实感受到了一种“知行合一”的感召效果，也切实感受到了一种放下“自我”的喜悦。为此，当我看到一所著名大学百分之四十的学生有生命无意义感，我就特别想告诉他们，当年的自己也是如此，但是通过践行中华传统文化，我终于走了出来。我现在不但没有无意义感，而且每时每刻都能感受到生命的喜悦和人生的幸福。为此，我特别能够意会总书记所引“江山留胜迹，我辈复登临”的生命情怀。

“笃初诚美，慎终宜令，荣业所基，籍甚无尽。”静夜再读总书记的讲话，感受到文中饱含着对传统的无限礼敬，对人民的无限爱护，对创新的无限鼓励，对理想的无限期许。

写到这里，我的眼前再次浮现出2016年11月30日上午，总书记站在中华民族复兴的大舞台上，用非常舒缓的语调，非常深厚的底气，非常优美的旋律，为伟大的中国梦勾画的新的蓝图，描绘的新的色彩，塑造的新的模型。

讲稿

《记住乡愁》，是中华文化的成功归位

百集大型纪录片《记住乡愁》第一季近日播放完毕，该片关注古老村落状态，讲述中国乡土故事，重温世代相传祖训，寻找传统文化基因，拍摄意义深远。

《记住乡愁》的拍摄是一次文化归位行动，实现了维护文化本体的价值。

历史一再证明，要想天下大治，国泰民安，必须让真正的文化归位。归于顶层设计，归于政府行为，归于百姓生活，成为人们心灵不可或缺的大米、阳光和空气。可我们看到的事实是，现在不少地方把娱乐当文化，把文化产业当文化，让文化严重狭隘化、低俗化、低能化。这样的认识，让本该用于支持真正文化建设的预算资金大多投向娱乐和产业，造成大量场馆闲置，节目浪费。而真正的文化是核心价值系统，它是一种改造力、引导力、建设力、和谐力：让不孝敬的人变得孝敬，不尊师的人变得尊师，不爱惜资源的人变得爱惜，等等，《记住乡愁》正具有这样的作用。

《记住乡愁》是一次成功的传统文化当代化工程，是对文化的正名。

《乐记》有言，“奸声感人，而逆气应之”，“正声感人，而顺气应之”。只有正念才能生正气，只有正念才能产生正能量。没有中华民族整体能量的提高，复兴中华民族就只是一个美好的愿望。而要提高中华民族的整体能量，首先要扶正中华民族的集体意识。而要实现这一整体性的扶正工程，需要国家强有力地倡导和推动，让基因性的中华民族优秀传统文化进决策、进教材、进学校、进企业、进机关、进媒体。一如礼乐，“在宗庙之中，君臣上下同听之，则莫不和敬；在族长乡里之中，长幼内外同听之，则莫不和顺；在闺门之内，父子兄弟同听之，则莫不和亲。”关键是要“同听之”，同生团结，团结聚焦能量。《记住乡愁》无疑是治世之音，是“中国符号”，应该在国家和地方频道一而再、再而三地反复播放。

文化最终体现在一个民族的思维方式、生活习惯上，一定意义上，它就是人们的思维方式、生活习惯。只有如此，文化才能成为永恒生命力。要让文化归位，就要让优秀的中华民族传统文化再度成为人们的生活方式、工作状态，“大乐与天地同和，大礼与天地同节。”这种与天地之“同感”，既是中华传统文化的精髓，也是中国人的基本思维方式。正是这种“同感性”，让“忠孝勤俭廉，仁义礼智信”成为中国人为人处事的立场、原则和方法。《记住乡愁》反映的正是这些中国人经过千余年岁月检验的具有强大生命力的思维方式、生活习惯。

《记住乡愁》拍摄，更让担当精神归位，实现了中华民族传统的典型引路。

毋庸讳言，传统文化断代一百年，要想系统恢复，需要一两代人的周期。可是，时代急需优秀传统文化，核心价值观的落地急需优秀传统文化，实现中国梦急需优秀传统文化，怎么办？近年来，一些出版社出版的书籍、光盘、动漫，一些媒体开辟的栏目，一些学校开设的课目，一些地方开办的书院、讲堂，特别是力行类大型公民道德公益论坛，已经为优秀传统文化的现代化普及提供了可供借鉴的经验，受到了老百姓的热烈欢迎。但这一切毕竟不能大面积推进，形成大气候，要想形成大气候，就需要央视这样的大传媒平台进行担当式推动。《记住乡愁》的拍摄，无疑是一个具有不可替代性的成功典型。

通过大年走进吉祥如意

按：这是2015年1月29日在教育部和《光明日报》举办的活动上的一篇讲稿，现贴于此，给博友们提前拜大年！祝大家新年吉祥如意！

越来越觉得大年之重要：

她是最强大的心理暗示，而心理学说明，暗示可以产生巨大生命能量。

她是生命和根部能量的一次总沟通，因为集体无意识是永恒存在的，通过大年的仪轨，个体生命通过整体生命得以充电，为此，旅游过年显然是不划算的。

她是千百年来天地交融人神共庆的永恒约定，特别是除夕，需要全神贯注的守岁，因此，春晚显然是一次集体走神，是一种打扰，为此，建议把春晚提前或挪后一天。

她是生命返乡本质需求的集中预演，需要从容，需要安静，需要日程，因此，建议把春节长假再延长一些。

她是一种回到娘怀抱的味道，有娘在的地方，就有大年，这个娘，有生身的，也有生心的。

虽然城市无法体味乡村的年味，但通过恢复年的祝福性，年味也会浓起来。祝福不分城乡。年味淡，本质上是我们把祝福性从年中剥离了。

直到今天，我才明白，大年是一种天意。

对我来说，大年的快乐如汪洋大海。且别说在现场，就是每一次回想，都让人的心灵为之战栗。在写完长篇《农历》之后，我再也没有经历过类似享受的写作流程，那真是一段记忆中的黄金。如果说我这一生还有什么足以让自己庆幸的地方，那就是我拥有如此黄金。我非常感激上苍没有把我降生在城里，包括豪门显贵之家，却投放到宁夏西吉县将台堡一个名叫粮食湾的小山村，它让我能够从童年开始就享受大年所带来的那种刻骨铭心的快乐，销魂的快乐，无缘无故的快乐。我曾在长篇小说《农历》中《大年》一节中写到一个细节，当五月和六月把新衣服穿上以后，正式守岁的时候还没有到来，他们俩就在院子里莫名其妙地跑，从这个屋跑到那个屋，从那个屋跑到这个屋，没有缘故，就像两尾鱼，在年的夜色的河流里穿梭。

那种没有缘故的快乐，在我人生以后的乐章中再也体会不到了。那种快乐之所以让我那样迷恋，就是因为它是纯粹的快乐，没有任何污染的快乐，没有任何杂质的快乐，纯天然的快乐。这个快乐我现在还说不透，它到底为何如此让人怀念，让人感动，让人难以忘怀，但有一点是肯定的，那就是它跟大年有关。

也许大年它本身就是童年的，或者说它本身就是人类的童年，本身就是无尽岁月的一颗童心，所以才如此让人彻骨地怀念和感动。所以，大年事实上已经不单单是一个节日，它是一种类似于母亲怀抱的幸福所在。在这个特有的母亲怀抱里，我们的灵魂得以舒展，得以灿烂，得以滋润，得以狂欢。

这让我每年腊八一过，心里就乱起来，做事不能专注，思绪总是往老家跑，就像着了魔一样。再看新闻，整个中华大地上都在涌动着回家潮，让人感动，也让人忧伤。这，到底是怎么回事呢？因为一个特殊的因缘，有一年，我只能在城里过年。在一种类似失恋的状态中，我站在大年的门外，重新打量，蓦然发现：大年本身就是吉祥如意。

通过感恩走进吉祥如意

感恩生吉祥。《说文》释“年”为五谷成熟。而五谷成熟之后呢？感恩啊！于是便有了“腊”，《说文》释“腊”为十二月合祭百神。把一年的收获奉献于祖先灵前或诸神的祭坛，对大自然和祖先来一次集中答谢，知恩思感，这便是中国人的逻辑。在品尝佳肴美味的时候，在享受五谷丰登之喜的时候，在沐浴合家团圆天伦之乐的时候，感念天地化育，感念风调雨顺，这便是“年”了。

这种感恩之情，渗透在大年的每一项活动中。诸如“三阳开泰从地起，五福临门自天来”这些对联，则是对天地直截了当的感恩词。每年必请的年画《孔子演教图》《三皇治世图》，则是对致力于改良世道人心的圣人的礼赞。一场场社火和大戏，更是中国老百姓全面系统的感恩和敬礼，他们把那些给了他们无限希冀和美好幻想的意象全部纳入歌颂之列、恭敬之列、感谢之列。

禅宗有句话头“因何而来”，是问人因何而来，生命因何而来。我想可能就是为感恩而来。所以我们最感动的时候，恰恰是在感恩的时候。如果我们有足够的细心去体味，就可以从一粒米中看到造化的恩情。一粒米，从作为一颗种子进入土地，到来年变成一株庄稼的过程，我们可以想象，其中包含着多少阳光、地力、风之调、雨之顺，包括时间，包括耕耘者的汗水和期待。年的意义，就是要让我们在大丰收之后，回到一餐一饮，回到一粒米，去发出我们内心的那一份感激，对阳光的，对大地的，对雨水的，对风的，包括对时间和岁月的。

感恩是乡土中国永恒的话题。它渗透在中华民族的每一个节日中，渗透在中国人的每一项活动中。寻根问祖也好，祭天祭地也好，给老人拜大年、走串亲戚也好，都是教人们不要忘本。连同一草一木、一餐一饮、半丝半缕，都在感念之列。真是岁月不尽感激不尽。

中国人把孝作为德行和伦理的基础，正是因为它能够保持人的感恩心。感恩心通道，道生吉祥如意。《弟子规》云：“身有伤，贻亲忧；德有伤，贻亲羞。”就是说，一个孝子，做学生应是一个好学生，做农民应是一个好农民，做官应是一个好官。为什么呢？因为任何人生的污点和道德上的缺失，都会使父母不开心，都是不孝。大年把孝以一种约定俗成的方式仪轨化，又以一系列仪轨神圣化。

在古代中国，大年的许多仪程都是在祠堂里进行的，它的核心内容是一个孝字。当一个人进入祠堂的时候，就不由得不心存高远，志在君国。因为只有如此，将来才有资格位列“仙班”，让子孙后代沐浴来自自己的光荣。一个人如果因为“德有伤”而被从祠堂开除，那对子孙后代将是一种怎样的打击？为此，每年的祭祖大典，既是感恩，又是鞭策，本质上是在演孝。

在故乡，大年初一，作为儿孙，都要很庄严地给祖父祖母和父母高堂磕上一头。那一刻，你会觉得不如此不足以表达对老人的祝福，只有当你的膝盖落在土地上的时候你才能体验到那种恭敬和崇敬，才能体会到一种站着或躺着时无法体会的感动和情义，因为那一刻你变成了一种接近于母体胎内的姿态。初二是一定要去岳丈家拜年的，娶了人家的女儿就意味着要承担一部分孝道。之后，是要给老师、亲戚大拜年的。

因此，我是不同意“年”是怪兽说的。如果说真有一种怪兽需要在岁尾年初去驱逐，那这个怪兽就在人的心里，它是贪婪、自私、嗔恨，包括无情无义，包括没有感恩敬畏之心。

通过和合走进吉祥如意

和合生万福。和是和谐，合是团圆。一年的奋斗和汗水，只有回到团圆，落实到和谐上才有意义。这，也许就是回家潮势不可挡的缘由吧？团圆饭，特别是除夕的团圆饭，它不是简单的一顿饭，在更多意义上是一个伦理上的象征。一家人一族人能不能坐在一桌上，它已经不单单是一顿饭的问题，而是这个家的圆满程度、幸福程度、昌盛程度。大年三十，习惯上我们都要吃饺子。而饺子呢？它不同于面条，不同于菜，它是一种包容，一种和合，一种共享，一种圆融，它象征着团圆、幸福和美好。

团圆之所以如此重要，还因为它是一个永恒的忧伤话题，从一定意义上讲它是分别的代名词，因为没有分别就没有团圆。团圆给人们的渴望因何如此强烈？就是因为这个世界上有太多的分别，而且分多合少；也正是因为分得太久，合才显得特别甜美。而作为人在这个世界上生存，奔波是难免的，出游是难免的，为了生计走南闯北是难免的，无论做官做商做工。

特别是现代社会，大多数人事实上都是游子，而游子盼归，这本身就是忧伤的话题。过完大年，点完明心灯，我们又要出发。所以大年是一个巢，也是一个港口；是归帆的地方，也是千舟竞发的地方；它是驿站，又是岸；最终是伴随游子走天涯的三百六十五个梦。

再说和合。可以作为中国人表情的年画《一团和气》，居然能让一个人端居圆中，甚至就是一个圆，真是再智慧不过。画上的那个人笑口常开，题画则是“以八千岁为春，以八千岁为秋，经百万亿劫不恼不怒，历百万亿劫无怨无尤”。当一个民族以这样的意象作为图腾，它，怎么能不万古长青？我们可以想象一下，设若一个人正在生气，看到这样的年画，脸上该转化为怎样的表情？什么是福，什么是禄，什么是寿，答案就在他们的脸上。

在我老家，只要有人家填了“三代”（在红纸上填写的祖宗三代神位），人们就都要在大年初一进去上香的，即便仇人。在老家，许多冤家就是于大年初一这天和好的。人家都能进门来，在“三代”前上香，在祖宗前磕头，我们还有什么不能原谅的？于是握手言和。就是再大的仇恨，如果这天不去人家“三代”前上香，那全村人都会看不起他；假如去了，对方不让进门，那全村人从此就会不进对方的门。正是基于这样的民间“条例”，大年成了一个天然的和事佬。包括大年初二之后的“走亲戚”，除了体现着感恩、孝和敬的主题之外，还是对乡村伦理的一种自然维护。

这种和合还体现在非人间伦理上。比如，大年期间门神、药神、土神、喜神、吉神、财神、井神、梯神、路神、场神、车神、水神、牛头马祖等等众神共庆的场面，无不上演着一出和合大戏，也体现着中国文化让人感动的包容性。三十晚上每个屋子都不能黑着灯，无论是牛窑羊圈还是鸡棚狗舍，都要给它一盏灯，都要“进火”，不能有一处黑暗，不能有一处光明的盲区。真是天涯共此时，光明共此时。元宵节的灯也一样，应该分配在每一个层面，包括仓屯、井栏、草垛、磨台、蜂房、燕窝，甚至桃前李下，都要和家中一样拥有一盏灯，都不能有遗漏。这就是中国人的“众生”理念和平等观，它的背后还是一个“合”。

中国人为什么以和为贵，为什么讲家和万事兴，因为只有通过“和”，我们才能抵达真正意义上的那个“合”:“天人合一”,才能实现真正意义上的吉祥如意。

在中国古老的哲学体系中,无论是儒,还是释,抑或是道,“天人合一”都是它们的核心旨归。为此,我们需要腊八的“难得糊涂”,需要从小年(腊月二十三)开始的除尘。“难得糊涂”是让我们从惯性和速度中解脱出来,从功利和世俗中解脱出来;除尘是让我们从污染中解脱出来,从尘垢中解脱出来。从一定意义上去讲,惯性和速度也是灰尘。我们之所以能够在井里看到自己,那是因为井的安静,我们之所以在湍急的河流里面看不到自己,那是因为河流的匆忙。人们只有扫净心灵的灰尘,回到当下,才能走进“天人合一”,才能和万物沟通,才能和天地同在。回到当下是对诸神最大的礼敬,也是对生命最大的关怀,因为只有你回到当下,你的心才在现场,而只有你的心在现场,你才在“生”之中,“忙”是“心”的“亡”。

为之,在大年中有许多具体的要求和程序。

听父亲讲,社火中陪伴仪程官的几大灵官,在上妆之后便不许说话,整个过程,多数情况下是整整一天。因为在进入“社火”之后,他们就不再是世俗意义上的人,而是傩,而傩就意味着是天地中介,人神共在,凡圣一体,任何世俗的表达都是不敬,都是冒犯,包括世俗的念头都要警惕,都要观灭。这种极为强烈的角色意识和纯粹的进入,贯穿在大年的所有祭礼中。从腊月三十开始的一个个祭礼,无不都是一种走进天人合一的门径。关于爆竹,也有许多说法,但在我理解,它既不是为了驱邪,也不是为了热闹,它仍然是唤醒世人的一种方式:通过那一声声一串串或脆或钝的响声,让我们从迷糊中警醒过来。

而元宵节点荞麦灯,带给人的更是一种大喜悦大安详。想想看,深甸甸的月色中,一桌的荞面灯渐次亮起。摇曳的灯苗把我们带入生命的原初,带入释家讲的那个“在”。那时,你会觉得,那灯苗,就是灵魂的形状,或者说是生命的形状,或者说是天人合一的形状。它本身给人一种召唤。我想每一个人在看到灯的时候、火的时候,都会有这种回到自身的感觉。我曾在一篇散文中写道,尽管暖气片给了我们热度,可我们觉得它是冰凉的，而炉火可能提供不了暖气片那样的热度，但是当我们看到那一束火苗的时候，一种莫名的温暖就从心底升起。这也就是为什么许多祭礼中都要出现火的缘由吧。

也许，火的状态就是一种当下的状态，火在点燃之前是沉睡，燃烧之后则进入另一个沉睡，只有燃烧的那一刻是醒着的。而只有亮着灯光的房间才是小偷不敢光顾的，可是一生中做客我们心宅的小偷何其多也。这也就是元宵节点灯时分，老人为什么不让我们心生任何杂念的缘故吧！他只让我们静静地看着，看那灯捻上的灯花是怎样结起来的。看着看着，我们就进入一种巨大的静，进入一种神如止水的状态。那一刻，我们的心灵可以说是一尘不染，就像头顶的一轮明月。真是敬佩元宵节的创造者，他能够把点灯时分和月圆时分天然地搭配，简直是一件再高妙不过的创造。你的面前是一片灯的海洋，头顶却是一轮明月，这一刻，你怎么能够不天人合一呢？

而那灯本身就引人思索。一勺油、一炷捻、一团荞面，就能够和合成一个灯，而且油不尽则灯不灭。而最终让这灯亮起来的则是人手里的火种，那么，人手里的火种又是谁点燃的呢？这难道不是生命和宇宙的奥秘吗？

为此，古老的元宵节，在我理解，它是古智者苦心为他的后人设计的一场回到当下的演习。相比点明心灯，城里的闹花灯事实上已经变成了一种竞技，或者说一个规模性的文化活动。而只有保留在民间的点荞面灯，还保存着心灵的意义，还保留着元宵节点明心灯的原始意味。

如此看来，人们把以纪念释迦牟尼成道之日的腊八作为大年的开始，把元宵夜点明心灯作为大年的结束，有着特别强烈的象征意义。因为在东方人看来，成道、明心见性，意味着大解脱、大自在、大安详、大快乐、大幸福。这些“大”，也许才是大年的真正含义，也是人们为何如此迷恋过年的秘密所在。

通过祈福走进吉祥如意

在大年期间，无论是年画、社火，还是大戏，还是各种祭礼，包括一言一行，都是祈福。《一团和气》《连年有余》《五福临门》《出门见喜》《天官赐福》这些年画，既是公认的中华民族符号，也是中华民族文化的核心意象，同时也是人们美术化了的祈福。而社火则纯粹是一种媚神之歌舞。社为土地之神，火是火神，社火中的仪程则是纯粹的祈福。比如《财神颂》："财神进了门，入着有福人。福从何处来？来自大善心。"就是说，财神进门是有前提的，那就是你首先要是一个有福人。而福从何来？福从善来。由此，我们发现，这个《财神颂》，实际上是告诉我们财神的本意。

比如祭祖。先人有言，儿孙福自祖德来。如此，托庇于祖先保佑，则是千家万户再自然不过的心愿。既然一切吉顺都来自祖先护佑，我们怎能不去认真地感谢祖德，去认真地祭祖呢！从这个意义上说，春节期间的祭祖，既是感恩，也是祈福，又是教育：你能有今天的健康，今天的平安，今天的荣华富贵，是因为你有一个大后方，那就是祖宗功德。

老人们说，祈福有四要素，一是真改过，二是真奉献，三是真感恩，四是真恭敬，缺一不可。不真改过，祈福无法发生；不真奉献，祈福无法发生；不真恭敬，祈福无法发生。如果带着功利心去求荣华富贵，是求不来的。

单说大年中的恭敬，它首先表现为一种静。大年中的一切仪轨，可能都是为了帮助人们进入这个静，包括社火和爆竹那种动态的静，尤其是守岁，守的就是一个静。老家把守岁叫"过夜"。我是反对简化汉字的，却喜欢这个"过"："走"上面一个"寸"，它告诉人，时间在一寸一寸地移动。当我们回到当下，去一寸一寸地体味时间的时候，那才是真正意义上的"过夜"，才是真正意义上的"过年"。

因此，我一再呼吁，对于年，春晚恰恰是一种打扰。对于一个正在一寸一寸地享受时间和空间的人来说，任何非自然的喧闹，都是一种打扰，何况像春晚那样人为的巨大的喧闹。因此，假如把春晚提前或挪后一天，可能会让年味大增。

通过教育走进吉祥如意

大年时时处处都在演教。无论是对联、年画、社火，还是祭祖、守岁、拜年，无一不是为了让人们回到生命本质。“第一等好事只是读书，几百年人家无非积善”这样的对联自不必说；“欲高门第须为善，要好儿孙必读书”这样的仪程词自不必说；《和气生财》《和气致祥》这些年画自不必说……

这种教育，还渗透在大年的每一项活动和每一个细节之中。在故乡，人们把初一到初七的七天分别名为鸡日、狗日、猪日、羊日、牛日、马日、人日。问父亲为什么把初一定为鸡日？回答是鸡是“五德之禽”，头上有冠之美是文德，足后有距能斗是武德，敌在前敢拼是勇德，有食招呼同类是仁德，守夜报晓不失时是信德。还比如，每家的老人都要叮嘱孩子，过年要断“三恶”：恶口、恶行、恶念。想想看，当每一个人都做到了断“三恶”时，日子该是多么的吉祥！

在乡土中国，大年还是一个文化展览和交流的平台。在我们老家西海固那一带，有许多人家藏着字画，但平时舍不得挂，害怕尘土把它们染脏，只有在每年除尘之后才把它们挂上。大年初一，大家在走村串户拜年的时候，一方面是在拜年，另一方面就是成群结队地去巡览字画。“一粥一饭，当思来处不易；半丝半缕，恒念物力维艰。”这些句子就是在小时候大拜年期间识得，并潜移默化记住的。

每年除夕，村里人都有一种习俗，就是到庙里去抢头香。而在庙中等待子时到来的时间里，大家在干什么呢？在看展览。展现在我们面前的，是整整一庙墙的对联，整个一面庙墙上全是红彤彤的对联。“古寺无灯明月照，山门不锁白云封”这样绝妙的句子就是在庙门上看到的。在那样绝尘、肃穆的环境中，看到这种超凡脱俗的句子，心灵经历的是一种怎样的美的洗礼！再比如，“保一社风调雨顺，佑八方国泰民安”，则是一种怎样宏大的境界！他们不但要“风调雨顺”，还要“国泰民安”，这就是中国老百姓的情怀。他祈祷，他祈福，但他没有说“保我家风调雨顺，佑我家荣华富贵”。还比如，我们最熟悉的“天增岁月人增寿，春满乾坤福满门”，它包含着一种多大的祝福，同时又有一种棒得无法言说的天地伦理。“天增岁月人增寿”，它的大前提是“天增岁月”，才能“人增寿”；“春满乾坤福满门”，它的大前提是“春满乾坤”，才能“福满门”。“岁月”在前、“乾坤”在前，“寿”在后、“门”在后，这就是中国人的逻辑。

中华民族在任何时候都在讲“国家”，讲“入世”，在讲儒家学说的核心概念“仁”，让我们走出小家，从一个人变成两个人，就是一事当前要能想到别人。那么推理开来，就是这个对联，就是“天增岁月人增寿，春满乾坤福满门”表达的要义。首先强调共体，再强调个体。每一个婴儿从诞生的那天起就在如此的教育体系中，这样的民族怎么会不绵延不绝呢？

而从腊八开始，回旋在村子上空铺天盖地的一出出古戏，更是绝佳的教育范本。在《葫芦峪》中我们接受忠义的感染，在《铡美案》中我们接受公义的熏陶。一种大慈大悲的旋律在村子上空回旋，一种善恶分判的节奏在土地上激动，荡人气，回人肠，催人泪，热人血，直人骨，正人髓。

大年是一出中国文化的全本戏，是一出真善美教育和传承的全本戏，是中华民族基因性的精神活动总集，是华夏子孙赖以繁衍生息的不可或缺的精神暖床，是中华民族的一种准宗教性质的体统。

它是岁月又超越了岁月，它是日子又超越了日子。它带有巨大的迷狂性和神秘性，这种迷狂和神秘，可能来源于中华民族的精神源头“巫”传统，其核心是“天人合一”。为什么要真改过真奉献真恭敬真感恩？为的就是能够“天人合一”。“天人合一”既是目的又是方法。为此，我们需要不打折扣的诚信和敬畏，需要不打折扣的神圣感，所谓“与天地合其德，与日月合其明，与四时合其序，与鬼神合其吉凶”。

如此可见，这大年，其实就是一个“合”字。和天地相合，和日月相合，和四时相合，和鬼神相合。这种迷狂，这种大喜悦大快乐，正是来自于这个“合”。为什么爱情那么让人着迷，因为它是一个合；为什么合家团圆那么让人着迷，因为它也是一个合。所以这个“合”字可以说是中华民族的一个代表性符号，或者说代表性的意象，我们也许只能从“年”的味道里去体味，从那种无缘无故的喜悦和狂欢中去体味。

正是这种迷狂性，才造成了海潮一样的回家潮，造成了季风一样的春运，才让人们在季节的深处不顾一切地回家，候鸟一样，不由分说地，无条件地，回家。为此我说，娘在的地方就是老家，有年的地方才是故乡。

我们甚至可以说，大年是中华民族的一桩无比美好的计谋，它把华夏文明的骨和髓，通过连绵不绝的仪式，神圣化，民间化，亲切化，轻松化，出神入化……

大年像一个循循善诱的导师，又像一个天才的导演，演绎着中国文化的无尽奥义。

懂了大年，就懂得了中华民族，也就懂得了生命本身。

一次关于中华民族的“护生”行动

认真研读习近平总书记在文艺座谈会上的讲话，总觉得其旨不独在文艺，它是一次关于中华民族的“护生”行动，对于一棵五千年的老树来讲，护生的关键莫过于把根留住。

为此，文艺能做些什么？

答案应该是连根养根。而要连根养根，文艺无疑要回到“文道”，回到“大前提”。

先觉是先行的前提。总书记强调，“作家艺术家要成为时代风气的先觉者、先行者、先倡者”，非常科学地道出了觉和行的关系，先觉是先行的前提。而要先觉，我们就要先把心安下来，就像一个湖面，只有风平浪静，才能映照星月。而要把心安下来，就要先“知止”，因为“知止才能有定，定而后能静，静而后能安”，这个“止”，正是传统所讲的内容。先觉的基础是传统。

常识是常态的前提。总书记强调，“追求真善美是文艺的永恒价值”。如何才能保持这个永恒价值，答案仍然在传统里。传统文化是常态文化，也是常识文化。而常态来自对常识的尊重和遵守。一个人要走得远，不能总是改变方向。中华民族之所以能够保持五千年的生命力，正是因为中华民族有五千年的文化常态。世界史上，有那么多民族你方唱罢我登场，各领骚几百年，正是因为他们没有保持常态。从一定意义上讲，常态是保持人民性的最好方式。一个总是更换根的树，无法成为参天大树，如果说参天大树的花果是人民福利，这个福利来自文化之根的坚定，也即常态。总书记讲,“要始终把人民的冷暖、人民的幸福放在心中”。要想实现这个“始终”,只有心里永远有人民;而要心里永远有人民,就要把人民视为亲人;如何把人民视为亲人,传统文化里有根本性答案。

人品是作品的前提。总书记指出,“文艺工作者要自觉坚守艺术理想,不断提高学养、涵养、修养”,“讲品位,重艺德,为历史存正气,为世人弘美德,努力以高尚职业操守、良好的社会形象、文质兼美的优秀作品赢得人民喜爱和欢迎”。细细品味这段话, 有着非常强烈的逻辑关系。“三养”最终要落在“修”字上,也就是“行”字上,否则无法完成真正的“养”。再看如何赢得人民的喜爱和欢迎。第一是高尚的职业操守,第二是良好的社会形象,第三才是文质兼美的优秀作品。“一”和“二”是生产“三”的前提。一个连合格证都没有的工厂,是很难生产出合格的产品来的。总书记讲,要彰显“信仰之美,崇高之美”,就要求作家艺术家首先有信仰,有崇高。

公益是效益的前提。总书记提出,“一部好的作品应该把社会效益放在首位,同时也应该是社会效益和经济效益相统一的作品”。强调了“首先”和“统一”的次第。试想,如果人心坏了,要再多的钱有什么用。试想,有再多的钱,能买回来已经坏了的人心吗。事实上,“蓝天上的阳光”和“春季里的清风”,是不愁没有市场的。现在,一些作家艺术家之所以用低俗代替通俗,用欲望代替希望,用感官快乐代替精神快乐,正是因为他们没有找到心灵的阳光和清风。

传统是传承的前提。总书记在讲话中一方面出题,“要引导人民树立和坚持正确的历史观、民族观、国家观、文化观,增强做中国人的骨气和底气”。一方面给出答案,“中华优秀传统文化是中华民族的精神命脉,是涵养社会主义核心价值观的重要源泉, 也是我们在世界文化激荡中站稳脚跟的坚实根基”。因此,作家艺术家,“要结合新的时代条件传承和弘扬中华优秀传统文化,传承和弘扬中华美学精神”。

总书记的讲话精彩点很多,精神可以概括为方向性、人民性、崇高性、倡导性、常态性、传统性。事实上,如果再浓缩,就是传统性。因为传统的核心就是方向性、人民性、崇高性、倡导性、常态性。

说穿了,总书记的话里有“归意”,因为我就是这么“归来”的。

写作,从西方到东方。

总书记讲,“文艺不能在市场经济大潮中迷失方向”。当年,我也曾狂热地学习并模仿了一段时间西方现代派,写了不少表现感官狂欢的作品。后来,我发现这些文字不敢让父亲看,不敢让老师看,再后来,不敢让孩子看。我才意识到出了大问题。从 1998 年开始,我把目光转向民间传统,转向生我养我的大地,转向亲我爱我的父老乡亲,写下了《大年》,发表后,反响果然很好。接着,在李敬泽、胡平、魏心宏等老师的鼓励、指导、鞭策下,创作了长篇小说《农历》,前后用了十二年时间。

文化,从时髦到传统。

总书记讲,“一部好的作品应该把社会效益放在首位, 同时也应该是社会效益和经济效益相统一的作品”。当年,我也曾受过“蓝色文明”的影响,一度时间热衷于现代主义,但是不久,我就发现它无法带给我真正的快乐。彷徨之后,我走进经典。2006 年,开始学讲孔子,受到欢迎,但也经历了巨大压力,好在其间我得到了主要领导的支持,加上自己从中感受到实实在在的快乐,就坚持了下来。2014 年以来,总书记在曲阜、中央政治局十四次集体学习、访欧、北师大、第五届儒学大会上的系列讲话,一次次安定了我的心; 这次文艺座谈会关于传统文化的强调, 更让我吃了定心丸。现在,由中华书局出版的《寻找安详》已经发行近十万册,由上海文艺出版社出版的长篇《农历》、由浙江文艺出版社出版的散文集《守岁》等拙著也多次重印,从另一个方面证明,传统不但能够取得社会效益,也能够取得经济效益,而且,这种市场效益将是长久的,非泡沫的。

做人,从利己到利他。

总书记讲,“文艺工作者要自觉坚守艺术理想,不断提高学养、涵养、修养”,“讲品位,重艺德,为历史存正气,为世人弘美德,努力以高尚职业操守、良好的社会形象、文质兼美的优秀作品赢得人民喜爱和欢迎”。曾经，我也是一位利己心很重的人，通过深入传统，我意识到自己错了，便下决心改正。经过十几年的努力，特别是近两年做文艺志愿者的经历，让我切身地体会到，真正的幸福在利他里。现在，我可以毫无纠结地向全国大面积捐赠拙著，可以把多数精力放在公益事业上，切实体会到，没有更高级的精神享受是无法超越强大的感官享受的。长篇《农历》在第八届“茅盾文学奖”评选中得票第七，好多出版社向我约稿，稿酬也出得很高，有些编辑甚至直说，他们会以精品书高调出版，冲刺下届茅奖。这次得票第七，下届可能很大。我也为之动心，开写一部长篇，但写到一半，我就停笔，以一位文艺志愿者的身份，投入文化公益事业，因为我知道，如果不接地气，不提高人格，不打开心量，再写也是重复，也很难超过《农历》，这对生命是浪费。现在看来，这种选择是对的。两年的文艺志愿者实践，让我走出象牙塔，真正深入到人民中间去，体会他们的喜怒哀乐，积累了大量素材，接下来，我想再用十年的时间，写一部真正接地气的长篇。

工作，从应景到常态。

文艺要“彰显“信仰之美，崇高之美”，“要引导人民树立和坚持正确的历史观、民族观、国家观、文化观，增强做中国人的骨气和底气”；“中华优秀传统文化是中华民族的精神命脉，是涵养社会主义核心价值观的重要源泉，也是我们在世界文化激荡中站稳脚跟的坚实根基”；“要结合新的时代条件传承和弘扬中华优秀传统文化，传承和弘扬中华美学精神”；“只要中华民族一代接着一代追求真善美的道德境界，我们的民族永远健康向上，永远充满希望”。

作为银川市文联主席、《黄河文学》主编，我倒是基本没有偏离方向，2004年任职之后，经过一段时间探索，便进入常态工作。

主持刊物方面——

早在西海固负责《六盘山》时，在领导支持下，我就把培养文学新人作为重点，多次编发校园文学小辑、专号。现在，不少活跃在宁夏甚至全国文坛的青年作家，就是从中启航的。比如作品入选《三十年散文观止》的王正儒，获得“五个一工程奖”的马金莲，获得“人民文学奖”的高鹏程，被中国作协重点扶持的刘汉斌，在《人民文学》《小说选刊》等大刊发表作品的杨建虎、穹宇、苏炳鹏、李义、马占祥，等等。

任《黄河文学》主编之后，提出了“三个倡导”：倡导办一份能够首先拿回家让自己孩子阅读的杂志，倡导办一份能够唤醒读者内心温暖、善良、崇高和引人向内向上的杂志，倡导办一份能够给读者带来安详的杂志。

近十年来，刊物从未刊发广告和有偿稿件，保持刊物的纯粹性。即使在经费最困难的日子里，也婉谢广告投资、婉谢有偿栏目意向，从未给编辑摊派征订和创收任务，让编辑安心工作。

组织了《黄河文学》签约活动。和其他地方投重资面向全国签约名家不同，我们把目光投向文学新人，投向最基层，其中有大学生，有自由职业者，有在最偏远山区工作的小学教师，马金莲就是其中之一。现在，他们已经成为作家中的栋梁，马金莲获得“五个一工程奖”，唐荣尧、张涛等多次承担了自治区重大创作项目。组织了“全国高校文学”联展。今年第12期又编发了草根文学专号。

开设具有“另一种文学史”意味的探索性栏目“话题：文学的干净”，以大访谈形式，下大力气，先后采编了周国平、史铁生、陈忠实、陈建功、张贤亮、杨绛、王安忆、韩少功、陈世旭、梁晓声、高洪波等文坛大家，超过三十万字，在业界引起较大反响。十几年不变的封二“名家留言”已经成为一份难得的名家文学观档案。

2012年，在读了已经被一家大型刊物留用的长达七万字的长篇散文《娘》后，我们觉得和刊物理念十分吻合，便动员作者彭学明改投，由《黄河文学》破例全文一次性推出。发表后，被《新华文摘》等多家选刊转载。编辑部在一些高校组织诵读活动，场面无比感人。单行本发售出现了警察维护秩序的场面。除了获得“2011年度华文最佳散文奖”等奖项，在由中共中央宣传部、中央电视台联合摄制的全景展示党的十六大以来，文艺战线取得新成就、新突破的大型电视文艺专题片《为时代放歌》第二集《荟萃》中作为文学类的成就被重点介绍。

通过同仁近十年的共同努力，刊物日益获得全国影响力。连续四年进入新闻出版总署农家书屋推荐目录，为同类同级文学刊物中唯一一家。使刊物印数由2004年的1500份到2012年的10000份。所发作品多次获得全国奖项，持续被权威刊物和各种选本转载，转载率保持在10%左右。被国内权威媒体介绍。2012年，《人民日报》以整版篇幅刊发大型文章《文学期刊：差异性建构文学的共同体》重点介绍了国内十余家刊物，《黄河文学》被作为话题之一，配封面与《人民文学》等国内知名文学刊物共同引介。

文联工作方面，在服务中心工作，加强“联络、服务、协调”的同时，我认为还要倡导正面价值，引导社会风气。为此，我们提出：“文化不是娱乐；文化首先应该具有改造力、和谐力；文学首先应该具有祝福性、建设性；作家艺术家应该带着父母心肠写作，用干净、温暖、诗意的文字和作品点亮读者的心灯，安妥读者的灵魂，让文学成为读者的精神家园；阅读决定一个民族的生命力”等观点，得到市委主要领导肯定和分管领导的支持，便在工作中实践。

从2007年开始，开展了三届诗歌节。其中第二届以传统文化为内容，银川市大多学校参与进来，有人称为银川市的一次传统发蒙活动，在全国引起不小反响。连续五届赏月诗会，群众参与广泛而又热烈。让文艺走进单位、学校、社区、工厂，向社会捐赠刊物书籍数万册。协助央视拍摄大型纪录片《中国年俗》和一百集古村落，协助宁夏电视台拍摄有关传统文化节目，配合《宁夏日报》送文化进监狱。等等。

在银川市第七次文代会期间，报请市委表彰了有突出贡献的专家和十位草根文艺家，给他们每人奖励一万元，落实十大协会活动经费，在全国引起很大反响，极大地鼓舞了文艺家特别是基层文艺家。感动韩美林先生投资五十万元资助基层文艺。今年，在出版首届十卷本“文学银军”丛书的基础上，又组织出版五十六卷本银川文艺家精品集，计划近两年内出齐一百册。

心态，从抱怨到感恩。

曾经的我心里有不少抱怨。走进传统文化之后,觉得这种心态是错误的,渐渐由抱怨转向感恩。再读总书记讲的"各级党委要营造有利于文艺创作的良好环境",扪心自问,不但没有意见可讲,反倒觉得十分惭愧。世界上,恐怕没有哪个国家像中国这样养育作家艺术家。就我个人来讲,就受到国家太多的恩惠,得到中宣部,国务院,各级党委、政府和社会各界太多的关怀,都是以文学的名义。来自各级作协的扶持就更不必说。每每想起市委主要领导说:"文斌,你好好干,我会继续支持你。"就觉得肩上的担子很重。

因此,心存感恩,回报社会,就是对讲话精神的最好落实。

核心价值和传统文化

习近平主席在2月24日中央政治局集体学习时讲，“一个国家的文化软实力，取决于一个国家的核心价值观的生命力、凝聚力、感召力”；“培育和弘扬社会主义核心价值观必须立足中华优秀传统文化”；“抛弃传统，丢掉根本，就等于割断了自己的精神命脉”；“不忘本来才能开辟未来，善于继承才能更好创新”。这些论断，非常科学地阐明了传统文化和社会主义核心价值观的关系。

我这些年也随中国作家代表团到一些国家去访问，遇到了许多提问，甚至不少刁难。无非就是在表达一个意思：你们中国人没有核心价值观，你们中国人放弃了传统，我们瞧不起你。从这个意义上来讲，党和国家在这个特定的历史时期，提出核心价值观，具有里程碑的意义。“富强、民主、文明、和谐、自由、平等、公正、法治、爱国、敬业、诚信、友善”。尽管仍显繁琐，不好传诵，但能概括到这里，已经很不容易了。

正如习主席所讲，优秀的中华传统文化，是我们在世界文化激荡中站稳脚跟的根基。如果我们不走这一条路，我们连脚跟都站不稳，又何谈其他。随着时代的发展，我们越来越感觉到中华优秀传统文化的世界性意义。日本有一位叫稻盛和夫的企业家，被誉为“经营之圣”，创造了两个世界五百强：京瓷和KDDI。当年日航面临倒闭，七十多岁高龄的他临危受命，受首相拜托，零工资出任日航总裁，出乎人们意外的是，他竟然用一年的时间就让日航复苏，而且赢利一千四百亿日元。有人就问稻盛和夫，您靠什么创造了这一奇迹？稻盛和夫说，我靠中国的孔孟哲学。当我看到这段报道后，既激动又羞愧。激动的是，稻盛和夫为孔孟哲学做了证明；羞愧的是，我们的传统文化已经变成了他人的生产力，而我们还在讨论是否需要弘扬它。

现在，当党和国家把社会主义核心价值观和传统文化进行科学对接，无疑是一种连根养根的英明之举，只有根深才能叶茂，如此，除了能够提高中华民族的生命力、和谐力，还会在全球增强中华民族的认同感和归属感，提高中华民族的凝聚力。

五福临门与传统文化

现在，一提到幸福，人们都会说，它是一种感觉，是摸不着的，虚无缥缈的。传统不这样认为，传统讲幸福是实实在在的，而且有很具体的指标，那就是"五福"：长寿、富贵、康宁、好德、善终。而这"五福"的基础是"好德"，这个"德"，在我看来，就是核心价值系统。它是长寿、富贵、康宁、善终的图纸，没有这张图纸，我们无从建设长寿、富贵、康宁、善终的生命大厦，人是如此，国家是如此，民族也是如此。

据研究，一个人应该活到的年龄是一百五十岁左右，可是我们现在看到一位百岁老人就羡慕得不得了。可见，我们把长寿这一福给弄丢了。富贵是既富又贵，"富"好理解，"贵"是受人尊敬，可是，现代社会，又有多少人受人尊敬呢？康宁是没病没灾，现代社会，有几个人能保证自己没病没灾呢？好德，现在人们普遍地好色、好财、好名、好利，唯独不好德。善终指的是寿终正寝，无疾而终，这对现代人来讲，也多是奢望，因为很少有人不死在病床上。根据国家统计局数据，全国每年有 890 万人死亡，其中 320 万是非正常死亡。

那么，"五福"的根本是什么呢？如果我们把长寿看作面条，把富贵看作面包，把康宁看作面饼，把善终看作面粥，要吃到这四样东西，首先得面缸里有面粉。而如何才能让面缸里有面粉？方法是"好德"。

这个"德"，就是生命原料"面粉"的生产之道，它是生命的根本性。

由此理解"五福"，它也是"一福"，那就是能量。社会病相就是错用能量的结果。面缸里的面粉应该平均分配给长寿、富贵、康宁、好德、善终，可是现代人全拿去发财了，生命处在一种非和谐状态。

现在，我们把用于发财的这一部分面粉拿过来重新让它归位，该长寿的分配给长寿，该善终的分配给善终，该好德的分配给好德，该康宁的分配给康宁，该富贵的分配给富贵，五朵花就能够同时盛开、绽放。在我理解，这就是社会主义核心价值观所描述的富强、民主、文明、和谐状态。

价值“落小”与传统文化

习主席讲，核心价值观要落细、落小、落实，这和传统文化的方法论不谋而合。就“落小”而言，传统文化认为，如果一个人找不到自己的幸福，是不可能给别人幸福的。那么，一个人如何才能找到自己的幸福？

依拙见，要首先认识生命。

我们每天都在奔忙，却忽略了一件大事，那就是认识自己。我们买一件东西，都要看说明书，但很少有人去读生命的说明书。为此，不少人活在一种焦虑和抑郁之中，可又不知道焦虑和抑郁的原因是什么。很少有人不抱怨，人家的先生怎么那么有出息，人家的太太怎么那么贤惠，人家的儿女怎么那么好学，人家怎么那么富有，我怎么就没有这些？抱怨就生气，一生就在抱怨和生气中度过。岂不知抱怨和生气既伤害自己又伤害别人。

听听人们所说，看看人们所为，我们就知道这个社会处在一种集体抱怨之中。

有人做了一个实验，把盛怒之人呵出来的气收集液化，注入到小白鼠体内，小白鼠当场倒毙。可见我们生一次气，体内有多少个小白鼠倒下了，但又有谁能管得住自己不生气呢？我们被生气折磨，那么，为什么会生气？生气这一株植物到底是怎么从我们的生命大地上长出来的呢？

夫妻吵架，太太说：“你有本事就动手吧。”先生说：“你以为我不敢？”太太说：“那你动啊。”先生的菜刀就过去了，两条人命就没了。两条人命没了是一个结果，原因是什么呢？生气。生气的原因又是什么呢？如果我们把生气看作一根一根羊毛，这个羊毛之所以存在，是因为羊皮存在，羊皮之所以存在，是因为羊存在。要想让生气的羊毛不存在，只有一个办法，让羊不存在。那么，如何让这个“羊”不存在呢？

这正是传统的长项。

传统告诉我们，在我们的生命中有两个“我”，一个是行住坐卧的“我”，一个是能够欣赏行住坐卧的“我”，也即一个是客人，一个是主人。“菜刀先生”的菜刀过去的那一刻，主人不在现场。复旦投毒案林森浩投毒的那个生命片段中，主人不在现场，客人在那里做了主。就是说，他们的悲剧之所以发生，是因为他们没有在那一刻当家做主，说得严重一些，他们很有可能压根就没有意识到生命还有一个主人在。

我们口口声声说要民主，我们都给自己不能当家做主，何谈民主？我们都拿着菜刀在那里挥呢，拿着毒品往人家饮水机里投呢，何谈民主？没有这个“主”，何谈自由、平等？公正更谈不到。

所以，找到主人就成了重中之重，它是一切价值之核。只有先给自己当家做主，才能给别人当家做主。为此，儒家先谈修身，再谈治国平天下；而修身，从格物开始；格物，就是不要被物做主，要让生命主体做主。

我们想一想，一生有多少次给自己当家做主呢？走、走、走，搓一把，就跟人去搓了；走、走、走，喝两杯，就跟人去喝了。看到别人贪，我也去贪；看到别人盗，我也去盗。当家做主的时候不多。杭州原副市长许迈永，两亿存款、二十五套别墅，他的生命列车开到五十二岁的时候被叫停。显然，他没有当家做主的能力。

不少人活在一种假醒状态，看上去醒着，但其实在睡觉。梦中不知在做梦，气中不知在生气。如果知道在做梦，就醒来了，如果知道在生气，就不生气了。就像捉迷藏，你藏在哪儿，对方都能发现，你就不愿意跟他玩了。菜刀先生是在梦中把人杀掉的，许迈永是在梦中走向末路的，林森浩是在梦中制造悲剧的。

相对于一个做梦的人，核心价值就是醒来。

传统告诉我们，就连生气都是一个假象，我们被假象折磨了一辈子啊。就像一个黑板，我们在上面写了无数的“生气”，我们以为真生气了，现在拿一个板擦，唰唰唰几下，黑板还是黑板，没有“生气”两个字啊。由此类推，痛苦也是一个假象，仇恨也是一个假象，抱怨也是一个假象，焦虑也是一个假象，抑郁也是一个假象，只要找到那个黑板。

本质状态的生命里，只有五样东西，喜悦、圆满、永恒、坚定、心想事成。它本身就是一个喜悦，没有痛苦，没有烦恼；它本身就是一个圆满，什么都不缺，长寿、富贵、康宁、好德、善终，要什么有什么；它本身就是一个永恒，打个比方，衣服常常换，里面的人不换，手机常常换，那个号不换；它本身就是一个坚定，不受诱惑，不可动摇；它本身具有心想事成的能力，因为它是本能，而本能，无所不能。

这就是古人讲的生命圆满状态。

而要实现这种圆满，需要我们把每一个生命细节做到完美。打个比方，我们要拨通一个人的电话，需要把对方的每个号码拨对才行，如果对方的号码是七位数，我们只拨对了六位，电话是通不了的，因为它不圆满。在日本，工人即使对老板非常有意见，也不会敷衍工作。他会在头上绑一根白布条，表示抗议，但对手中的工作，永远尽心尽力。因为他知道，工作是在完成自己，跟老板没有关系。

一个人因为对老板的不满生产了一个次品，他生命的账单上就永远留下了一个漏洞，对于生命本体来讲，这是一个永远无法弥补的遗憾，因为时空的特性是不可再来，不可复制。如果我们在一个特定的时空点把一个工序做错了，把一句话说错了，将不再有可能更正，因为那个特定的时空点已经永远像流水一样流走了。这正好反证了“当家做主”的重要。因为一个人如果不能“当家做主”，事实上是不可能不犯错误的。

而要“当家做主”，我们就要随时回到生命的“现场”。有以下几种方式可以采用。

一是找到现场感。所谓现场感，就是不要离开本体，或者说和本体保持同步。这个“感”，近似于“感觉”，又不同于“感觉”，它是感觉的总部，比感觉更自觉、更主动、更永恒。就像一棵树上的花朵虽然有别，根却只有一个，这个“根”，就是现场感。热是感，冷是感，饥是感，寒是感，疼是感，痛是感，都是感。热、冷、饥、寒、疼、痛有别，但“感”无分别。这个无分别的“感”，就是本质所在，就是整体所在，就是永恒生命力所在。由此可知，只有进入这个“感”，才能进入平等。

为此，古人为我们设计了许多方便，《弟子规》讲，“执虚器，如执盈”，端着一个空杯，就像端着一个满杯；“缓揭帘”“宽转弯”，只有“缓”，只有“宽”，我们才能“感到”自己。

具体来说，吃饭时要明明白白地尝到每一口饭菜的味道；喝茶时要明明白白地让口唇、舌头、喉咙、食道感觉到，明明白白地跟踪它，一直到胃里；走路时要明明白白地觉到每一步提、移、落、触的过程；睡觉时要明明白白地听到自己的心跳；说话时要明明白白听到自己在说什么；起心动念时要明明白白知道如何“起”，如何“动”，如何“落”，等等。

之于生命来讲，这个“明明白白”太重要了。如果我们在品“这一口”茶时错过了茶，即使把《茶经》背个滚瓜烂熟，也找不到茶。如果我们在喝“这一口”水时错过了水，即使泡在大海里，也找不到水。

当我们体尝过一段时间“现场感”之后，就会发现“感觉”比“思想”离本体更近，离安详更近，离喜悦更近，也离能量更近。就是说，它更有价值。这从能量的补充上我们可以切实体会到，如果思想没有停止，或者说是意识没有关闭，能量是无法有效补充的。

“感”是我们和大本体的通道，它通过眼、耳、鼻、舌、身、意发生，它本质上是我们的“神”，是一种来自整体性的能量。

当这种“感”稳定下来时，本体能够时时刻刻跟踪“我”。同时我们会明明白白地感觉到我们和大本体的同根性、同源性。随之，我们会有一种安全感、力量感，因为同根，因为同源。这时，焦虑自动消失，烦恼自动消失。这时，我们不由得不感恩。这，也许就是“感恩”一词的来处，这个“恩”，因“感”而生。

一个人，只有他的这个“感”出来，才能和天、地、人“交流”，否则，他是一个闭塞的系统,一个“伪生命”系统,维持生命运转的就是惯性,不是本性。本性的枝叶是“感”,本性的触须是“感”。

当一个人的“感”打开,喜悦之泉就会打开,这时,幸福就不再是装在杯里的水,而是源源不断地流淌。现在有不少人在讲成功学,但大多在讲如何把水存在壶里,倒在杯里,而不是让它汩汩流淌,源源不断。就是说,他讲的还是“流”的原理,不是“源”的原理。有了“源”,就有了一切,因为“源”来自大本体。“会心当处即是,泉水在山乃清。”“是”什么?“是”真之所在,“是”美之所在,这个“是”,正是通过现场感获得的。如果我们舍近求远,舍本求末,结果是一生都在追逐,到头来既见不到“山”,也见不到“水”,当然也见不到“心”。

一个人如果找不到现场感,是无法让生活圆满的。比如我们常常犯的错误,打开水龙头往桶里接水,心想还得等一会儿才能接满,就去干别的事了,可是这一干,就把接水的事给忘了,结果让水溢了一地。再比如上网,本来是要到网上搜索一句话的,但搜着搜着,就被别的信息勾引跑了,上网的初衷被忘得一干二净,甚至一两个小时都浑然不觉。可见,正是因为走得太远,我们常常忘了因何出发。而一个有过现场感训练的人,他会分配他的知觉的,“分知觉”的“目”在劳动,“总知觉”的“纲”永远把控着这个“目”,而不会因为“目”的精彩而忘了“纲”。由此可知,现场有大现场和小现场,知觉有总知觉和分知觉,人格有大人格和小人格。

据我的经验,一个人是否找到了“现场感”,有如下几个标志:

一是当下感。能够随时回到当下,随时清晰地“感”到呼吸,甚至感到“呼吸之根”。会对身体非常敏感,接着对环境非常敏感,身体对环境也非常敏感,冷热痛痒都有种放大之感,比如累了,会知道那个“累”是在什么地方发生的,如果能够成功跟踪这个“累”,它会渐渐化掉。后来还会有宏观和微观通感,虚空和微尘通感。可以随时“入流”,但不“忘所”。

二是喜悦感。觉得生命中时时都有一种喜悦感,也就是焦虑感消失。如果一个人的焦虑还在,说明还没有找到现场感,因为“现场”中无焦虑。比如,去交电话费,如果前面排着长队,找到现场感的人将不再着急,不再催促，如果他还着急，还埋怨工作人员怎么这么慢啊，说明还没有找到现场感。

三是享受感。觉得时时事事都在享受。这才发现，快乐就在“现场”，就是“现场”的一种“感”。因此，回到“现场”是一个境界，体会这个“感”又是一个境界。回到“现场”是寻证，而“感”既是寻证，又是享受寻证。由此，曾经让我们厌烦的工作转为我们喜悦的资源了，工作量变成了喜悦量。一个找到现场感的人，他对世界的感知力提高了，世界在他面前变得更丰富，更有层次感、维度感，更有诗情画意，更有生命力，他的幸福指数自然就大幅度提高了。这才明白，无用之用，才是大用。相对于世俗目标来说，现场感是无用的，但事实上，它是大用，是生命的全部，因为我们恰恰在这个“无用”中，尝到了生命的原味。

四是同味感。如果我们找到现场感，就会发现这个世界上还有一种不是甜却又在甜中、不是辣却又在辣中、不是苦却又在苦中的味，这个味，就是“无味之味”，它事实上是一种更重要的味。就像水，它不是咖啡，但没有它我们尝不到咖啡味，它不是茶，但没有它我们也尝不到茶味，等等，它是味的“底”。这样，我们就能够全然享受生活，包括曾经厌恶的生活。

五是超然感。他能超然于生活之外，甚至生命之外，但又不排斥生活，不排斥生命。他会非常淡定，又非常积极。他在奔走、奉献，但心如止水。可谓“从心所欲，不逾矩”，可谓“穷则独善其身，达则兼善天下”。

回到现场的第二种办法是“后退”。

比如，我们看到或者想到了一个目标，心里有了占有的念头，马上意识到进入了“想法”，立即从这个“想法”里“后退”，退到一个“没有想法的地带”，发现因占有欲而产生的焦虑消失了，我们重新回到喜悦中。同时还会有种荒唐感，觉得自己刚才怎么动了这么一个无聊的念头。这个“没有想法的地带”，应该就是本体地界，或者说是本体地界的通道了。

一切焦虑都产生在“想法层”。理论上来讲，当我们把“想法层”端掉，焦虑的根就被挖了。但事实上，对于现代人来讲，要把“想法层”彻底端掉，几乎是不可能的，因为这本身就是一个生产“想法”的时代，面对洪水一样的意识流,怎么会没有“想法”。因此,用闭关自守、逃脱生活、减少意识关联点、消灭“想法”诱因的办法,已经无法做到。可以采用的办法是随起随退,就是“想法”才起,马上就“退”,让焦虑没有浮出水面的机会。当然,要马上“退”,首先要我们马上意识到“想法”已经起来。通常情况下,当我们意识到时,“想法”自动破灭。这种“马上”的功夫,决定了一个人回到现场的功夫,也在一定意义上决定着一个人的幸福指数。如果没有这种“马上”的功夫,生命会常常被惯性掌控。

换句话说,更多的时候,生命都由惯性体操作,本体在沉睡。当我们能够随时发现惯性体,本体就会随时醒来。原来平时跟我们捣蛋惹我们烦恼的正是惯性体。比如,等我们发现,水已经倒在杯里了,你会惊讶,是谁指挥身体倒的? 是惯性体。那个指挥者是如何发出的指令,我们不知道。可以肯定的是,那一刻,我们不在现场。许多错误都是在那时发生的,因为惯性体没有无条件准确性。

只有我们能够随时发现“想法”,认清“惯性”,才能真正回到现场,走进安详。人之所以烦恼,是因为“走丢了”的结果。而消除烦恼的唯一途径就是“回归”。

由此可知,在现场是一种身心全然在场又被“感”的状态,特点是“这时”“这事”同时和“身”“心”“感”发生关联,更多的时候,我们身在心不在,或心在身不在,因为我们的身心没有一个调和者:“现场感”。

回到现场是瞬间发生的, 就像一个动作突然停止一个思绪突然停顿,它是一个着陆的过程,只不过很快,不需要过渡。训练有素之后,我们会发现,烦恼是雪,现场感是阳光,阳光出来,雪自动化掉;烦恼是黑暗,现场感是阳光,阳光出来,黑暗自动消失。我们还会觉得,现场感是一个巨大的熔炉,无论多么顽固坚硬的烦恼之木、痛苦之铁,一旦进入它,都会顷刻熔化。

就这样,当回到现场成为一种习惯,当家做主也就成为一种习惯,当家做主成为一种习惯,爱国、敬业、诚信、友善也就会成为一种习惯,因为爱国、敬业、诚信、友善,是主体的几种天然品质。

价值“落细”与传统文化

核心价值观要求我们爱国，可是什么是爱国呢？爱国是要落到实处的。2010年，民政部规划财务司统计，我国有196.1万对夫妻办理了离婚登记手续。这意味着什么呢？意味着有一百多万个孩子有可能成为问题青年，而一百多万个孩子成为问题青年，将会给国家带来多大的麻烦！

离婚是一个结果，原因是什么呢？原因是人们找不到根本幸福了，总觉得幸福在对象那里。

那么，如何才能找到根本幸福？

这也正是传统的长项。传统让我们在生命内部寻找幸福，只要我们把目光折回来，会发现幸福就在最近的地方。我们做一个手的起落动作，通常情况下，人们在手上寻找起落的动因，传统不，传统明白，一切都是念头决定的。我们动一个举手的念头，手就举起来了；动一个落手的念头，手就落下来了。念头组合得高级，能量就高；念头组合得低级，能量就低。

现在我们就会明白，为什么共产党用小米加步枪能打败飞机加大炮？正是共产党有一套打败国民党的核心价值系统，是它让小米加步枪这样的简单物质产生了几何倍数的能量。

因此，国强是因为核心价值观强，国弱是因为核心价值观弱。

要真正实现核心价值观中的“爱国”“敬业”，仍然要让“当家做主”起作用。

监督有用，但不能从根本上解决问题。如果没有自觉性，即使我们把摄像头安到员工头顶，也没多大用。我们管住的只是他的身体，不是心。再说，这种监督，本身已经伤害了人的尊严。可是，当人一旦找到根本性，找到主体性，明白了潜意识的四个功能：自动记录，自动收藏，自动播放，全息感知，他一下子就会自觉起来，敬业起来。我们再不需要说举头三尺有神明，我们做任何事潜意识都在自动记录，永久收藏，对等播放，包括起心动念。

中华历史上为什么出现了那么多忠臣良将？正是受到传统熏陶，传统告诉人们，忠和良本身就是能量。按照传统整体性理论，信息和能量是对等的，我们动一个爱国的念，意味着我们启动了根本性中对应的高能量，因为国比家大。为什么要“全心全意为人民服务”？因为“全心全意”对应的是没有缺陷的能量。如果有百分之一的心没到位，就不是“全心全意”，只要有一分私心在，就不叫“全心全意”；相应的，我们得到的能量就是局限能量。

一个苹果上之所以有一个疤，是因为有一个子系统没有正常运行；一个人的鼻梁没有另一个人的挺，也许正是他在之前的生命现场，把一件活儿没有做到尽心尽力；敷衍塞责的底片一定会播放出来敷衍塞责的电影。

生命就是一场场电影。我们想看“甜蜜的岁月”，现在就要拍摄“甜蜜的岁月”，想看“悲惨的世界”，现在就要拍摄“悲惨的世界”。当人们明白这个道理之后，自会爱国，自会敬业，自会把工作中的每一个细节做圆满，“不用扬鞭自奋蹄”。

这是一种来自传统的四两拨千斤的活法，也是一种四两拨千斤的管理办法。

再看“自由”“平等”。传统的“自由”是夫子所讲的“七十而从心所欲，不逾矩”，我怎么做都正确，怎么做都是人民欢迎的，这才叫作真自由。也就是说，我的自由不会给他人造成伤害。

事实上，更加究竟的自由在生命的本体界面上。打一个比方，跟面条、面包、面粥相比，真正的自由是什么呢？是面粉。面包做不了面条，面条做不了面包。但面粉永远可以做出各种花样，这叫自由。只有到这一个层面，我们才能理解自由，才能理解平等。面包相对于面条来讲就叫不平等，有人爱吃面包，有人爱吃面条，可是，往后一退，退到面粉的时候，哦，面包也好，面条也好，面粥也好，原来都是它，这才叫平等。这个世界上有七十亿人，相当于有七十亿生命的花样，面条、面包、面粥、点心、饼干，等等，当我们往根本性退一步，退到面粉的时候，“七十亿”也是“一个”，这才是平等性。

所以，当我们爱别人的时候，也是爱自己。为什么呢？我们都是面粉。

所以,夫子讲"吾道一以贯之",他没有讲吾道二以贯之,只要有"二",就变成面包和面条了。"吾道一以贯之",正是讲的平等性。

现在的情况是,面包主持一套民主规则,要面条遵守;面条制造一套民主规则,要面包遵守。到底谁正确呢?传统告诉我们,都不正确,只有面粉来主持才是正确的。传统让我们在整体性层面制定规则,只要在局部,就会有私心,只要在局部,就会有倾向,"全心全意为什么服务",强调的正是整体性,只要我们有一分局部意识,就不是"全心全意"。

这个"整体性",才是真和谐的基础,没有"整体性",谈和谐,都在渐近层面。

同时,它也是真幸福的基础。

所有的痛苦都是因为"小"造成的,宇宙、苍生、人类、国家、家族、家、小家、我,层层隔离,逐次成"小"。为了捍卫这个"小",焦虑产生了,痛苦产生了。

这是我的,那是我的,得到喜,失去苦。一个宝物,到了我家,我高兴,到了别人家,我沮丧。但在"整体者"看来,放在谁家都一样啊。

可见,分别越小痛苦越小,分别越大痛苦越大。

反之,当这个"小"按照我、小家、家、家族、国家、人类、苍生、宇宙这样的次第扩展,来自小我的焦虑便逐次削弱,直至于无。

可见,这个"小"是被"分别"出来的。如果我们反其道而行之,通过把自我认同的财富、力气、智慧给予他人,我们的心量就打开了、扩大了,结果是,焦虑消失,安详到来。

对于一个村落级心量的人,家的得失已经不会对他造成焦虑了,对于一个世界级心量的人,村落的得失已经不会对他造成焦虑了。而对于一个以"大整体"为家的人,终极归属的焦虑也消失了。

因为在整体中,我们释然;因为在整体中,我们安然;因为在整体中,我们放心;因为在整体中,我们放松;因为在整体中,我们自信;因为在整体中,我们满足。就像一个孩子,当他回到家里,回到父母身边,就再不需要提心吊胆一样。同样,因为整体,我们能够听;因为整体,我们能够看;因为整体,我们能够呼吸。以呼吸为例,它的无条件关联性、生生不息性告诉我们,所有生命都是整体的一部分,所谓同呼吸、共命运。因为同呼吸,所以共命运。相反,因为共命运,所以同呼吸。既然整体如此优越,那么我们只需要把自己交给整体即可,因为整体什么都不缺,什么都不坏,它的特性是生生不息,圆满自足。因为这种整体性,人的念头一起,会在瞬间充满宇宙。那么,一个人念一句善,意味着全宇宙都知道,念一句恶,同样全宇宙都知道,而且每个念头动处、落处,都有一个反应、一个结果,它不会无功而逝。这时,真正的敬畏心就生起了。

再说"诚信""友善"。当我们想到大家都是面缸里的面粉,都是一家人的时候,哦,这一千块钱装在你兜里,跟装在我兜里有什么区别呢?这就是真自由真平等产生的一种效果,它叫"诚信""友善"。为什么要诚?为什么要信?因为我们是一家人,我们用得着欺骗吗?所以,真正的"诚"产生了。如果不守信用,我欺骗了我的本质性,我欺骗了摄像机,摄像机明明白白,再欺骗,那就是自欺。

当我们"全心全意为人民服务"的时候,没有了自己;没有了自己,就没有恐惧,心就是安的,当然就是平的,自然就是灵的;就像一汪湖面,天上的任何一片云彩都映照得清清楚楚,整个世界都收在我们眼底,我们还要跑到远方看风景吗?我们不用跑到远方看风景,还需要备那么多路费吗?就会把财富拿出来让大家分享,真正的"友善"产生了。

既然世界在我们眼里一望无余,贪污受贿不就是自欺吗?"若要人不知,除非己莫为",这时我们才能真正理解这句话。因此,一个人回不到根本性,不可能有真诚信。

当一个人找到了真诚信,再听到"这件事只有你知我知",他就会觉得可笑。他知道,潜意识就是一刻也不离开我们的纪检委、公检法;他知道,一切言行,在下一个生命片段,都要播放,那我就要当家做主,光明正大做人。

事实上,诚信是两个境界,信来自于诚,诚来自于自由和平等,自由和平等来自于我们对生命本体"一"性的认识。既然是"一",我们就不应该挑三拣四，在任何岗位上好好工作都一样的。我在我的岗位上，动了一百个“全心全意为人民”的念头，跟他在他的岗位上动了一百个“全心全意为人民”的念头，从本质上来讲，是一样的。为什么呢？都是一百个“全心全意为人民”的念头。在心的收获上是一样的。这是一种平等性。

所以，没有平等性，就没有自由性，没有诚信可言，没有友善可言，这是核心价值观的逻辑关系。

同样的一缸面，为什么他那个面缸大，我的面缸小？由谁决定的呢？也由自己决定的，由我们的核心价值系统决定的。天在下雨，给每一个人都是公平的，它没有说谁是它的亲戚它多给点，谁的级别高它多给点，谁长得漂亮它多给点。决定了得到雨水多少的是什么呢？心量。你拿出盆，它给你一盆，拿出碗，它给你一碗，拿出缸，它给你一缸。

这时，我们就能够理解古人为什么要强调他的子孙后代拓展心量，核心价值观描述的图景大，他的能量就高。他的面缸能装多少人民，他就有多大能量；当他每天想着为国家服务的时候，他的面缸就国家那么大；当他每天想着为自己服务的时候，他的面缸就缩成自己那么大。所以，美国心理学家霍金斯发现，当人一动“我要”（渴望欲望）这个念头的时候，他的能量马上降到125级，一动“我爱你”（爱与崇敬）这个念头的时候，能量马上上升到500级。

我们这才明白，长寿、富贵、康宁、好德、善终，全在一个人的核心价值系统。

生活中，我们往往发现，有些人不提拔还好，一提拔马上出事，为什么呢？他就那么一缸面粉，还想做两缸的面包，不够啊。当一个人想清楚这一点，他会活得特别轻松，也会很心安，再也不会跑官，不会贿选，他只是一心为人民服务。为什么呢？该你的那个面包做多大，取决于你面缸里有没有面粉，跟外在没关系。

他就会只顾“爱国、敬业、诚信、友善”，不考虑结果，结果肯定是“富强、民主、文明、和谐”，肯定是“自由、平等、公正、法治”。所以，人活到这个份上，真是像活神仙一样，为什么呢？你不求人了，让钱跟着你跑，不要让你跟着钱跑，让级别跟着你跑，不要你跟着级别跑。你只会“但行好事，莫问前程”。

孔子家族之所以昌盛，只不过是孔子给他的家族启动了一个高能量的核心价值系统，就像一辆车，用的是同一个说明书，同一张图纸，同一个厂家，同一套生产程序，造出来，就是同样的品牌。所以，《了凡四训》讲：“有百世之德者，定有百世子孙保之；有十世之德者，定有十世子孙保之；有三世二世之德者，定有三世二世子孙保之。”

我们看专题片《大国崛起》。世界上那么多民族，你方唱罢我登场，但都各领风骚几百年，唯独中华民族能够保持五千年的生命力，就是因为中华民族这个面缸太大了，面粉太多了。为什么大，为什么多？因为中华民族有一套让面缸的面粉多的核心价值系统。就是习主席讲的“讲仁爱，重民本，守诚信，崇正义，尚和合，求大同”，就是这几个词，让中华民族获得了生命力。

科学已经证明，任何东西都由三要素构成：物质、能量、信息，我们的生命大系统中有三个子系统，一个是物质运行系统，一个是能量运行系统，一个就是核心价值系统。后者是中枢。人是如此，民族也不例外，企业也不例外。

“三聚氰胺”事件让三鹿集团倒闭，可谓再典型不过的例子。相反，同仁堂历经三百余年风雨，仍然屹立于世界企业之林，正是坚守企业道德的结果。“炮制虽繁必不敢省人工，品味虽贵必不敢减物力”，“修合无人见，存心有天知”，是他们几百年恪守的祖训。“修”是对药材的炮制，“合”是对药材的组合，意即：我们做事，虽然无人监管，或无法监管，但我们所做的一切，上天都是知道的。由此，我们就知道这个企业为什么要以“同仁堂”为名。当“仁”成为一个企业的目标，它怎能不受大家的爱戴。而一个受大家爱戴的企业，它怎能不成功。“爱人者，人恒爱之；敬人者，人恒敬之”。

“同修仁德，亲和敬业，共献仁术，济世养生”，透过同仁堂的这一训条，我们会觉得，它不单单是一个企业的经营理念，而是华夏五千年文化之精髓。如果我们把这个“术”看为经济，它的前提是“仁”，它的动机是“济世养生”，它的基础是“同修仁德，亲和敬业”。

“物格而后知至，知至而后意诚，意诚而后心正，心正而后身修，身修而后家齐，家齐而后国治，国治而后天下平。”《大学》中的这句话，讲尽了“同修仁德”和“济世养生”的关系。同样，一个经济体要想健康发展，是需要以每个员工的修身为前提的。如果每一个员工都能够做到格物致知正心诚意，那么他们就会把任何一个生产环节都做到尽善尽美，而一个能够把任何生产环节都做到尽善尽美的企业，还能不被受众拥戴吗？

对于现代企业来讲，重建诚信成了当务之急。企业如此，国家也同样。

而要重建诚信，我们大概需要向传统文化问路。

一对青年约定在大桥下见面，男青年先到了，等女青年，等也不来，等也不来，再等，大水就过来了。但这个男青年坚信，女青年一定会来的，就抱着桥柱子等，等啊等，女青年始终没有来。大水就漫过男青年的脚、膝、腰、胸，最后把他带走了。《庄子》里所记的这位尾生，在今人看来，如果不是一个傻子，也是一个精神病患者，但在我理解，一部中华诚信史，正是由这些“尾生”们写成的。

广东有位先生，长期在一位名叫林海燕的体彩业主那里买彩票。有一天他出差，就委托林海燕帮他打彩票号，结果打出来的这张彩票中了518万元的大奖。但林海燕信守承诺，给这位先生打电话说，您的彩票中了518万元的大奖，请您出差回来拿彩票。当时这位先生还怀疑是不是催他回去结买彩票的钱。大家知道，彩票是不记名的，这张彩票在谁的手里谁就可以拿去兑奖，但是林海燕却一直把这张彩票留到这位先生回来。拿到彩票，这位先生感动得有点不知所措了，他根本不相信会有这样的事情，有人还能经得起这样的诱惑。

说林海燕傻的也大有人在。显然，在幸福和富有之间，林海燕选择了幸福，因为林海燕是一个懂“经济”的人。

也许，真正的“经济”就是通过一种行为把生命的幸福最大化，而这个“大”，就在“诚”字里。这时，我们就会明白，孟子为什么说“诚者，天道也，思诚者,人之道也”。既然“诚”是天道,那么,它无疑代表着成功、幸福、圆满、永恒。可见,它也应该是经济之道。

这时,我们再看同仁堂的训条,就会发现,古人经营企业、家业,事实上也是在完成道业。他们在行走,但永远没有忘记因何出发。而一个没有忘记因何出发的人,他的行走,在我看来,就是“经济”了。

在中国古人看来,人之所以要来到这个世界上,就是为了完成道德。而现代人理解的生命价值是什么呢?大多是赚钱、享受。但到头来却发现这个享受要么是短暂的,要么是虚幻的。钱是赚了,但得到的却是伪快乐伪享受。为什么呢?因为这个快乐不是来自源头活水。换句话说,赚钱是会给人带来快乐,但不会是根本快乐,根本快乐在道德里,在诚信里。古人把“诚”视为“真心”,一个人失去了“诚”,就意味着他已经失去了“真心”,而一个失去了“真心”的人,他已变成一个“假”,对于一个“假”来说,真正意义上的成功和幸福就无从谈起了。

这,也许就是“厚德载物”的本义。当然,在商业社会,我们肯定不能反对“物”,但更不能丧失“德”,因为“德”为“物”之母。由此看来,“厚德载物”也是经济原理,无疑,它是当代社会最需要人们明白的逻辑关系,也是我们最需要倡导的核心价值。

价值“落实”与传统文化

种子只有落地才会长成庄稼,才会成为营养。那么,核心价值观如何落实?我理解,要通过这么几个方面。

一是让文化归位,维护主体。

历史一再证明,要想天下大治,国泰民安,必须让真正的文化归位。归于顶层设计,归于政府行为,归于百姓生活,成为人们心灵不可或缺的大米、阳光和空气。

可是,我们看到的事实是,现在不少地方把娱乐当文化,把文化产业当文化,让文化严重狭隘化、低俗化、低能化了。这样的认识,让本该用于支持真正文化建设的预算资金大多投向娱乐和产业,造成大量场馆闲置、节目浪费。真正的文化是核心价值系统,它是一种改造力、引导力、建设力、和谐力:让不孝敬的人变得孝敬,不尊师的人变得尊师,不爱惜资源的人变得爱惜,不爱国的人变得爱国,不敬业的人变得敬业,不诚信的人变得诚信,不友善的人变得友善,低趣味的人变得高雅,低能量的生命变得能量高,等等。它应该是优秀的中华传统文化的当代化,优秀的西方文化的中国化。

《乐记》有言,“奸声感人而逆气应之”,“正声感人而顺气应之”,只有正念才能生正气,才能产生正能量。没有中华民族整体能量的提高,复兴中华民族就只是一个美好的愿望。而要提高中华民族的整体能量,首先要扶正中华民族的集体意识,强化中华民族的集体无意识。要实现这一整体性的扶正工程,需要国家强有力地倡导和推动,让基因性的中华民族优秀传统文化进决策、进教材、进学校、进企业、进机关、进媒体。一如礼乐,“在宗庙之中,君臣上下同听之,则莫不和敬;在族长乡里之中,长幼同听之,则莫不和顺;在闺门之内,父子兄弟同听之,则莫不和亲”,关键是要“同听之”,同生团结,团结生力量。

为此,优秀的中华民族传统文化不但应该进学校、进企业、进机关、进家庭、进媒体、进决策,而且应该成为社会主旋律,只有如此,才能保证这个“同”,否则,就会产生“五”加“二”等于“零”的现象,学校在教,家庭在消解,政府在倡导,社会在消解,结果只能是零。这也就是古人讲“礼乐不可斯须去身”的原因,因为“心中斯须不和不乐,而鄙许之心入之矣;外貌斯须不庄不敬,则易慢之心入之矣”。

“治世之音安以乐,其政和;乱世之音怨以怒,其政乖;亡国之音哀以思,其民困。”艺术如此,文学如此,传媒更是如此,包括官风民意、社会舆论。为此,国家在让传统文化全面进入社会各个层面的同时,还要下大力气净化大阅读环境、大视听环境、大传播环境,让“安”和“乐”成为传统文化的基本“配乐”。

要实现中华民族优秀传统文化全民“同听”的效果,要适当校正当下盛行的强化地方个性符号的影视剧拍摄之风,以整合散点,减少杂音,降低干扰。从一些调查报告和媒体报道可知，全国有不少省市甚至县乡在不惜代价上相关项目，但真正做成功的很少，却把相当比例的地方财政用在一两部影视剧拍摄上，饱了外请明星的私囊，苦了当地百姓，造成巨量资金浪费不说，更重要的是，过分强调“地方符号”，强调“异”，会弱化“中国符号”，弱化“同”。当然，如果拍摄的作品能够以小见大，体现中国精神，传递中国声音，讲好中国故事，弘扬传统文化，那是好事，但是相当多的影视剧，为了吸引眼球，打地方性猎奇传奇牌，戏说历史，曲解人文，甚至反面人物正用，低级调子高唱，这无疑不利于核心价值观的全面有效落地。

文化最终体现在一个民族的思维方式、生活习惯上，一定意义上，它就是人们的思维方式、生活习惯。只有如此，文化才能成为永恒生命力。因此，要让文化归位，就要让优秀的中华民族传统文化再度成为人们的生活方式、工作状态，中央“反对舌尖上的浪费”“八项规定”等倡导和政策相继出台后，中国进入一种节爱的生活工作状态，官风归亲，民心归敬，就是真文化归位的成功实践，也是核心价值的有效落地。“大乐与天地同和，大礼与天地同节”，“春作夏长，仁也；秋敛冬藏，义也”，这种与天地之“同感”，既是中华传统文化的精髓，也是中国人的基本思维方式。正是这种“同感性”，让人们心中有孝，有敬，有惜，有谦，有中，有正，有和，有爱。让孝、敬、惜、谦、中、正、和、爱成为中国人为人处世的立场、原则和方法。

我之所以花十二年时间写拙著长篇小说《农历》，就是想梳理一下中华民族经典化的民间传统。历史证明，经典传统会被人为地断代，但民间传统永远不会断流，没有谁能够取消中国人过春节的习俗。中华优秀传统文化之所以生生不息，正是因为它能够并已经成为人们的生活习惯，成为人们的思维方式，化为乡规村约、民风民俗。这也是为什么党的政策春风一到，传统文化就迅速复苏的深厚土壤因素。

有位触犯刑律的县委书记，刑后抗拒改造，十分顽固。没想到在一次监狱开展的祭祖仪式上，长跪不起，痛哭流涕，之后全面接受改造，情景十分令人感慨。由此可见中华民族“孝思维”的力量。当下，治贪之所以成为一个难题，我想，正是因为人们的“孝心”是沉睡的，“我”的“幸福”就自然凌驾在家族幸福、民族利益之上了。当人们的孝心一旦打开，个人的欲望冲动往往就会被光宗耀祖的信念制伏。“身有伤，贻亲忧；德有伤，贻亲羞”，为了不让双亲忧，我们就爱惜身体，克制感官享受；为了不让双亲羞，我们就爱惜荣誉，保持名节。为此我以为，唤醒人们的孝心，培养人们的“孝思维”就成了文化归位关键中的关键。

二是让教育归位，维护本性。

传统教育维护人的本能。可是我们现在常常在损害孩子的本能，把孩子带到技能。今天送孩子到面包学校学面包技术，后天送孩子到点心学校学点心技术，让孩子不堪其累，却唯独没有学如何往面缸里装面粉，所以，到头来面包也做不出来，点心也做不出来，还得啃老。要让核心价值落实，教育一定要回到对人的本能的维护上，回到根本性的教育上，回到孝敬中和等基本价值上，回到首先培养崇高人格上，回到连根养根上。

要想让中华民族复兴，要想实现中国梦，我们必须提高接班人的生命能量，让他们每一个人面缸里的面粉都满满当当的。只有他们面缸里的面粉满满当当，祖国面缸里的面粉才会满满当当，中华民族才能保持高能量状态。要让面缸里的面粉永远是满的，就要做到两个方面，一方面不断往面缸里装面粉，一方面要堵住面缸的漏洞。而要实现这两点，首先要我们把心态归位。

要让心态归位，就要让当下的“能量说”和传统的“福气说”进行科学对接，让人们明白，读典可以生福，改过可以生福，养谦可以生福，止怨可以生福，恭敬可以生福，赞美可以生福，回到当下本身就是福，因为这些心态，都是我们打开生命正能量，接收天地正能量的开关和频率。

总之，要让中华民族从集体抱怨回到集体祝福心态之中。

第一，诵读经典，改过生福。经典之所以为经典，正是因为它有生命力，能量高，否则，它早就在人类发展的长河中被淘汰了。按照霍金斯的理论，流行文化的能量都很低，我们每天接受它，就在降低生命能量；经典的能量都很高，我们每天读它，就在提高我们的正能量。全民性经典诵读正是我们重铸中华民族集体意识的最好办法，当全民普遍认同并诵持同类经典的时候,复兴中华民族就有了希望。从一定意义上讲,民族的复兴首先是认同感和归属感的复兴。当人心指向同一个家园的时候,凝聚力、向心力就产生了,同时,民心就会大安,人心就会大定,因为所有的恐惧都来自心无所依,心无所归。

“人非圣贤,孰能无过?过而能改,善莫大焉。”可见改过是第一善。但通常情况下,人们不觉得自己有多少“过”。这就要读经典,被经典的镜子一照,“过”就显现出来了。《弟子规》《了凡四训》和《太上感应篇》之所以代代相传,正是因为它们更加具有镜子的功能,更加方便人们逐条对照改过。通常情况下,人的“第一念”都是有“恶倾向”的,因为我们平时生活在惯性中,这个惯性,一定意义上讲就是习性。就拿我们的日常生活来说,公交车来了,第一念往往是“我先上”,虽然我们会让给别人,但那已经是第二念做出的决定了;单位要向上级报一个先进,第一念往往是“那当然是我了”,虽然我们接着会让给别人,但这已经是第二念做出的决定了。因此,古人讲,“三思而后行”,是非常有道理的。事实上,不需要“三思”,只要“二思”就够了。经典的价值之一就是把我们从惯性的道路上唤回来,换句话说,它们都是在提醒我们警惕“第一念”。古人之所以让我们“见人之得,如己之得;见人之失,如己之失”,就是因为我们见人之得,往往嫉妒,见人之失,往往幸灾乐祸。古人之所以告诫我们“过能改,归于无,倘掩饰,增一辜”,就是我们平时犯了错误,往往不是忏悔、改正,而是设法辩解,设法遮掩,设法推诿。我非常敬佩民间礼仪中的让饭让茶,家里来了客人,父母明明知道对方不会吃的,但总要我们礼让一番。即使出门在外,面对陌生人,也要这样。现在想来,其实就是培养我们”一事当前先想到别人”的潜意识。

改过,有一个总开关,那就是常说“我错了”,犯了错误,马上说“我错了”。如此,会把复杂问题简单化,把生命成本大大降低,把幸福指数大大提高。小而言之,如果人人都能常说“我错了”,生活中的许多悲剧都可能免于发生;大而言之,如果人人都能常说“我错了”,世界上都有可能没有战争,历史上,有多少战争,皆是因为双方都在说“你错了”。

所以说，改过本身就是核心价值，能够真诚地说声“我错了”，本身就是爱国、敬业、诚信、友善。

第二，看人优点，止怨生福。当我们明白了正念产生正能量，就会明白看别人优点就是吸收正能量，因为看人优点是我们动了一个“优点”的念。人们之所以活得不开心，正是因为常常看人缺点。一看缺点就抱怨，就生气。一生气，能量就漏掉了。因此，我们要训练从任何人身上看到优点，哪怕是不喜悦的人。包括对这个社会，也要多看优点，多表扬，少批评，新闻媒体要以宣扬正面事迹为主，少报道缺点，因为优点会点燃优点，缺点会引发缺点，优点会引发祝福，缺点会引发抱怨。而祝福提高我们的能量，抱怨降低我们的能量。

表扬使人谦虚，批评使人骄傲。老师表扬一位学生字写得好，他会谦虚地说，还差得远呢。如果老师说，写的什么破字！他嘴上不说，心里却说，你写得好，写个我看看。更重要的是，我们会把孩子的信心打掉。而霍金斯研究发现，生命能量以信心为分水岭，一个人一旦失去信心，他就不可能进步了，换句话说，他就不可能提高生命能量了。

我们不但要从每个人身上看到优点，还要从任何事物上看到优点，一草一木人格化，一餐一饮人格化，如此，才会真正生出感恩心。再看到一个水果，都会有一种感觉，它是一个十分自足的世界，那么美妙，那么不可思议。面对它们，有时会有种非常强烈的感觉，仿佛能进入它们的内部，因为它本身就是一个世界，完美的世界，都有些不忍心吃它们，一个人的慈悲心就生起了。这时，我们就会变得“小心翼翼”，就会对物件轻拿轻放，时间久了，也会对感情轻拿轻放，伤感情的话就会少说，伤感情的事就会少做，家庭冲撞就会减少，和谐就会增多。到单位也同样，到社会也同样。一个人总是对物件轻拿轻放，时间久了，也会对责任轻拿轻放，小心翼翼，错误就会减少，遗憾就会减少。同理，他也会慎重对待欲望、诱惑。

第三，养谦去傲，恭敬生福。八八六十四卦，唯有谦卦全吉无凶。因为谦是天地第一生机。一个人谦到极致，事实上已经同天地同频了。那么天地的富有也是他的富有，天地的能量也是他的能量了，心想事成就会成为一种生命常态。就像大地,我们种下去什么,它就会给我们长出什么,问题是,我们要首先成为大地,而要成为大地,就要学习大地默默无闻、无私奉献、厚德载物的品质。

为此,教育要紧紧盯着“谦”字进行,如果一个孩子因为学习变傲慢了,那还不如不学。为此,社会主义核心价值,也要紧紧盯着“谦”字推广。因为谦是孝,是悌,是忠,是信,是礼,是义,是廉,是耻,是仁,是爱,也是和平。一切错误都是因为傲慢,一切冒险也是因为傲慢,一个谦德深厚的人,是不可能贪腐的,一个谦德深厚的人,他会习惯性地为他人着想。

而恭敬,首先要恭敬“天地逻辑”,那就是“积善之家,必有余庆;积不善之家,必有余殃”。如果这条法则被忽视,人们必定会只重眼前利益,而只重眼前利益自然会让欲望成为生命主导,传家的意识就会淡薄,为祖先为儿孙负责的责任心就会丧失,更不要说“为天地立心,为生民立命,为往圣继绝学,为万世开太平”了。传统文化之所以在近年被人们抛弃,正是因为明清不少读书人本身不再信“天地逻辑”了,当人们看到读孔孟之学的人做了官后在贪在腐,不做官的变得下流,人们就把问题看在孔孟学说本身了。这就是孔孟学说成为入仕工具带来的后果。孔孟之学的本义是维护天地精神,和谐人伦关系,养人浩然正气,提高生命能量,但是到了明清却被玷污、篡改、买椟还珠,被打倒也就成为必然。

第四,回到现场,当下是福。就是做任何事情,我们都要“明明白白”。当“菜刀先生”的菜刀“明明白白”过去的时候,菜刀就被放下了,当林森浩投毒的时候,在“明明白白”当中,他就不会投了,因为没有人愿意偿命。吃饭的时候要“明明白白”吃,走路的时候要“明明白白”走,睡觉的时候要“明明白白”睡,工作的时候要“明明白白”工作。否则,我们就在错过,而错过是罪。

如果我们在吃饭的时候错过吃饭,睡觉的时候错过睡觉,走路的时候错过走路,工作的时候错过工作,就会在幸福的时候错过幸福。

所以我理解,“现在拼命赚钱,将来去享清福”的观点是极其错误的。如果我们在平凡的工作岗位上找不到幸福,将会永远找不到幸福,因为生命是由无数的“这一刻”构成的，我们把每一个“这一刻”都错过了，哪里有幸福可言呢？如果我们在每一个“这一刻”都是幸福的，肯定就是永远幸福的。因此，正确的观念应该是，我学习，我快乐；我劳动，我快乐；我奉献，我快乐。如此，我们就会在最简单最朴素的工作现场体会生命最大的幸福。

在拙著《寻找安详》中，我用了大量篇幅探讨了“现场感”对于保持能量的重要性，探讨了回到生命最基本状态“在”对于生命的意义。当我们在任何一个“现场单元”都能保持在“在”状态，我们就会永远“在”，生命的第一恐惧就消失了。究其根本，贪心来自恐惧，正是因为我们觉得不永恒，才想抓着一个什么，就像一个人吊在悬崖上，必须抓着一根救命稻草一样，当他一旦回到大地上，他就会自动放开那根稻草。

而诵读经典、弃恶从善、省身改过、看人优点、止怨生喜、养谦去傲、感恩恭敬、回到当下、享受现场，既是让核心价值落地的方法，也是核心价值的内涵所在，因为就传统而言，价值观和方法论，是“一”，不是“二”。

三是让担当精神归位，典型引路。

天下兴亡，匹夫有责。就像当年安徽大包干为农村改革典型引路，深圳特区建设为城市改革典型引路，当下核心价值观和传统文化的落地，也需要一个地方典型。这就需要一些有远见的地方党委、政府首先深入学习传统文化，实践传统文化，应用传统文化，为传统文化全面现代化率先探索出一条可供推广的路子来。

毋庸讳言，传统文化断代一百年，要想系统恢复，需要一两代人甚至几代人的周期，可是，时代急需传统文化，核心价值观的落地急需传统文化，实现中国梦急需传统文化，怎么办？近年来，一些出版社出版的书籍、光盘、动漫，一些媒体开辟的栏目，一些学校开设的课目，一些地方开办的书院、讲堂，特别是力行类大型公民道德公益论坛，已经为传统文化的现代化普及提供了可供借鉴的经验，受到了老百姓的热烈欢迎，如果当地党委、政府积极引导、整合、完善、支持，也许会成为我们“补课式”请回传统文化的一条可行路线。

他评

诅咒，还是祝福

——读《郭文斌精选集》

孔　见

诗以言志，对于众多写作人而言，文字的结构在于抒发自己胸臆间抑郁的情志，把鲠在咽喉间的那根带血的刺吐出来，将内心沉积的痰气清理干净，获得一种酣畅淋漓的快慰。一旦不平之气抒泄完了，写作的精神头只能借助对功名利禄的兴致，否则就难以为继。但有少数写作者并不止步于此，他们希望手中的笔能够撬动一些事物，树立某种东西，使世道人心有所改变；他们希望自己吞吐的文字，能够给这个并不十分美好的世界增补一些景气；他们甚至赋予文学某种扭转乾坤的权能。因此，他们的表达带有鲜明乃至强烈的道德倾向，对现实叙述也有相应的裁剪。郭文斌就是这样的写作者，在当代的空旷里，他们为众不多。

对于任何人，都有一个接受现实的问题。倘若能够接受现实的全部，满心欢喜地拥抱这个世界，那他是一个真正幸福的人。但事实上，我们通常能够接受的只是现实的一部分，甚至是很小很小的部分，即便是自己生老病死的生命。那部分无法吞咽下去的现实，夜深人静时就来折磨我们，跟我们过不去。我们于是也就跟这些过不去的事物较上劲，忘记了我们还有别的事情，忘了来到这个世界的初衷。一旦如此，我们与这个世界的怨恨就可能愈演愈烈，到了某种程度，你就可能而且需要成为一个诗人，因为诗可以怨，愤怒能够出诗人。在文学的世界，聚集着众多难以接受现实的人，事实上他们也不知道如何改变现实，以及改变这种现实需要付出的成本，更不想成为成本的一部分。或许是因为如此，文学有着深厚的批判现实主义传统。在中国，从屈原的《离骚》，到陶渊明的《归去来兮辞》，再到《红楼梦》，愤世嫉俗的思潮演绎到极致，便是绝尘弃世，逃亡虚空。在西洋，批判现实主义一度成为文学的主流，特别是19世纪的法国，它深深影响了中国现当代文学。这种传统在我们的思维里搭起了一种观念：文学的天职是揭露与批判。就像黑熊以腐烂的尸体为食，作家是以社会与人性的溃烂、龌龊为创作源泉。因此，社会腐败与人性堕落的时代，是作家创作的沃土，即所谓"国家不幸诗家幸"是也。作家的笔必须是一把匕首，插入黑暗的心脏；它必须是一道光，直射进地狱阴森可怖的核心。倘若不是这样，就不成其为严肃的文学，就是故作多情的风花雪月。

对社会存在的不合理现状加以揭露、鞭挞，乃至诅咒，体现社会良知的未泯，唤醒人们对丑恶与腐朽现象的愤懑，从而推动社会的变革与进步，成为历史发展的驱动力。马克思和列宁都曾经赞扬过巴尔扎克、果戈理等作家对社会革命的影响。文学批判能够干预并促进现实的迁移，至今似乎仍是文学工作者秉持的信念。黑暗、龌龊、仇恨、愤怒、控诉、抗争、牺牲，成为许多故事推进的基本逻辑。在许多人心眼里，真正的文学应当是悲剧，倘若有人写着写着便唱起了赞歌，就被斥为媚俗与粉饰太平，就成了商女不知亡国恨。然而，任何合理的观念一旦被推向绝对，都会变得荒谬。在一种传统中，当揭露与控诉追加都某种程度时，它的积极意义就可能倒转。想想吧，当天下的乌鸦都一般黑时，谁会徒劳地去去做一只白色的乌鸦？当污浊已经成为世道的常态的时候，同流合污、浑水摸鱼不就成了明智的选择？

并不是任何现实和人心都经得起暴风骤雨的抽打，和雷霆万钧般的诅咒。某些历史阶段，现实脆弱得经不起响亮的鞭策。批判不断追加，愈演愈烈，最终可能成为现实不堪的重负。讳医忌药，杜绝逆言固然可恶，但过于迫切的要求和近乎绝望的斥骂，可能于事无补，甚至恰得其反。更何况，批判也可以成为一种媚俗的方式，让一些人从中渔利。特别是批判不再体现一种健全的理性，而是成为一种作秀姿态的时候，诅咒是比歌颂更加恶心的行径。

想当初，文学并不一上来就破口大骂的，许多民族文学的源头差不多都是一些赞美诗。《诗经》基本上是颂歌，咏叹自然与先人的恩泽，咏叹劳动的颗粒与爱情的芬芳，咏叹窈窕淑女与品质如玉的君子。几千年下来，对自然的赞叹，诗人们一直都不吝啬自己的灵感，但对社会与人性的称扬却变得越来越勉强，越来越虚情假意，言不由衷。或许是受文学之外有形无形的约束，当代文学对社会的批判不见得有多少深刻，但对人性的批判却长驱直入，几乎到了不给人类留情面的程度。在书写人内心的猥琐、阴险、狡诈、歹毒的方面，作家们可谓极尽其能事，表现出非凡的天才。影视界一度流行的宫廷戏和商战片，大都聚焦在人与人之间的如何使坏，用尽人间的韬略与伎俩，将利益关系中的对手往死里掐。即便是那些被认为是严肃文学代表并赢得巨大宠荣的作家作品中，他们刻画得最成功的都不是什么好人。特别是在描绘一些具有传统文化背景的人物时，由于缺乏应有的理解力，也往往将其妖魔化、玄诞化。不能说这些叙事没有一点生活经验的依托，当代社会恶性竞争中暴露出来的人性的狰狞，已经超出了作家们的想象力。但是，这难道就是生活的全部吗？如果将人都描绘成为一种穷凶极恶的物种，不值得信任、爱戴与珍惜的可怕的妖孽，社会也就成了群魔乱舞的阴曹洞府，我们对自身的认同和对同类的慈爱与关怀，便找不到可以安放的地方。事实上，过度渲染世态的炎凉与人心的叵测，对于人性中善良的情感，构成了极大的压抑。一旦这种压抑积累到某种程度而又找不到出路时，我们很容易在精神上上当受骗，成为某种邪教的信徒。

显然，郭文斌的写作，承接的不是这种不断强化的批判现实主义，而是一种源自风、雅、颂的更加古老的传统。他企图从甚嚣尘上的市声中，回退到一种无邪的初心，来体味和赞叹那些美好的事物，守护一些古老的价值。作为一个涉世不浅的成年人，对于社会生活中表现出来的人性的不美好，甚至极其丑陋的现象，文斌并非视而不见，或是熟视无睹，只是他知道寄生在不美好乃至丑陋现象中的人，本身并没有赚到了实际意义的便宜，他们在攫取眼前那点蝇头小利的同时，断送了自己身上最最珍贵与闪光的宝藏，玷污了自己生命源头的水流，其中包括内心的安详与纯真的快乐。在跟自己的良知做斗争的过程，他们对自己的伤害比对社会的伤害甚至更加灾难深重，因为人是无法完全蒙昧住自己良心的，他的一切行为最终都要接受自己良知的审判。良心上的亏损使他们的心性蒙受耻辱，他们失去俯仰无愧疚的光明与骄豪，他们其实是一些无知的受害者，误入歧途的羔羊。作为一个有着深远洞察力和善良情怀的人，犯不着去与他们一般见识，与他们纠缠一起并在溺水中同归于沉沦。我想正是这种清高的姿态，让他在包容了人间的不平之事之后，还有一种由衷的喜悦来祝福那些心向往之的事物。

在文斌的选集中，有相当大的篇幅，用以叙述人与人之间相互给予的温暖与照亮，特别是在艰难的岁月里，对于亲人与他者毫无保留的关怀与奉献。有的篇目读起来催人泪下，极具感化力，近乎于赞美诗。《永远的堡子》里的母亲，《大山行孝记》里的儿子，都是极其平凡的人，所能给予的东西也十分有限，但她们的行止让你领受到感天动地的伟大。时下的阅读里，被崇高与伟大的情怀所感动与激励的情形，实在是久违了。在人道主义的名义下，人性的辉光已经被掩埋得太深。那些庄严与神圣的信念与品行，在戏谑、嘲弄和装神弄鬼的仪式之中也几乎被亵渎与消解殆尽了，而在看到太多该诅咒与吐槽的现象之后，我们希望能够看到给予我们希望与信心的东西，让我们认识人高贵的所在。今天，我们比任何时代都需要出示足够的材料来证明人性的美好，证明人是一种值得尊重与珍惜的事物。有时候在大街上走着，我真想找个人，向他深深地鞠上一躬，但又怕把人家给吓着。

《农历》是全面灌注着文斌先生文学理念的长篇小说，也是他最具创意性的作品，是真正意义上的文化寻根之作。该书通过偏远乡村里一家子人细碎的日常生活，来诠释农历各个节日里蕴含着的温馨寓意。历书一般看来只是时间周而复始的度量衡，中国的农历却不完全是这样，古代先贤在设制一部时序表的时候，并不仅仅局限于对时间进行分割，而是倾注了对自然和人文的深刻理解。尤其是那些节日的设制，其中包含的祝福、追怀、期许与暗示，体现了古德对人天关系与生命本源感而遂通的领悟，其仪轨灌注着强大的正念。文斌认为，“静泊在农历深处的这些‘节’，正是中国人的‘心灯’,也是岁月和大地的‘心灯’”。他希望能够将这些日渐昏暗的灯盏捻亮起来，给孩子们的心智注入些微的光芒。他赋予文学以传薪火、接慧命的使命。小说通过涉世未深的一双姐弟和父亲“大先生”的对话,揭示节日及其相关的民俗礼仪中积淀的人文精神(作者称之为“农历精神”)。许多人看来是腐朽礼教的范畴,在作者灵性充沛的叙事中,还原为生趣盎然生活图景,呈现出中国式的天、地、人、神四维的诗意栖居。从农历里走过来的孩子们,通过一个个节日鲜活记忆,能够感同身受地经验和领会了守、净、蜕、清、稳、感、慈、救、恩、孝、诚、敬、等在古老的价值,作为自己生存的基石,获得精神的滋养。在自由的风越刮越大的时代的坡地上,人更需要信念来作为自己安身立命的屋子筑基。

通过文学来宣扬某种道德,历来都是一件犯忌的事情。郭文斌的写作多少带有冒险性质,在美学上也会遇上一些难以克服的障碍,甚至会显现出某些破绽来,招引怀疑与非议。但对于文斌而言,他“一定要写那种能够唤醒读者内心温暖、善良、崇高的文字”的发心,已经超出了某种狭窄的文学审美范畴。在文学的诸多功能之中,他要彰显的是教化功能。他在自己文字中所倡导的安详理念,正是他勉力践行并且从中受益的,完全不同于庙堂上自欺欺人的说教。他所赞美的事物,特别是具体的人,如果我们深入了解,可能会发现并非尽善尽美,甚至存在值得质疑的地方。包括文斌自己,不见得已经止于至善,也有一个自我磋磨的过程。但这并不影响他对呈现在眼前的闪光事物的称扬,和某种高尚情操的倡导。他相信,比起声嘶力竭的批评，这种肯定和激励的方式更能够扩大人性美好一面的生长。我们经常在不了解某件事情的全部原委之时,就开始牛气冲天地斥责了,我们为什么一定要等到确认一个人是尽善尽美之后才来赞美呢?

文学的利剑是应该去戳穿社会与人性的黑暗的，但在虚伪矫情的赞颂与气急败坏的批判之外,文学也应该有一种真诚的祝福,来平衡凌厉的批判所带来的杀伤力,帮助我们守候或建立内心的田园。而这种祝福,也可以理解为杜鹃一种啼血的呼唤。实际上,对黑暗最有力的诅咒,莫过于放声歌唱我的太阳。

推开众妙之门

——浅读《郭文斌精选集》

阿　舍

收到《郭文斌精选集》时，我正在读日本禅学思想家铃木大拙的书。这样说不是要拿两人的书做什么比较，而是后者作为大家，其书中提示的思维方法确实可以借来，用以观照《郭文斌精选集》这套书籍的思想要义及其背后的生命行动。

《郭文斌精选集》一套八册，内容主要有两部分构成，一为文学创作，一为近年思悟随笔和由此延伸出去的讲座精要。如此一观，这套书籍该是作者人到中年面向世界的一次整体展示，既有纸上的文学，又有生活的实践。生命的分分秒秒都是贵重，更何况交织着数十年风雨悲欢的半生，当化为粒粒文字，自然在贵重之上又多了沉甸甸的郑重。

但凡要在行世的途中给自己找一条相信的路的人，一定是首先有灵魂的自然需要，而后再付诸意志的极度训练，其间去除干扰、丢弃杂念、甩开自身的怠惰，种种阻难数不胜数，甚或有对这条路的完全否定也说不定。倘若极度的训练越过了这一切，那么这条路便一定是有了确确凿凿的形状与长度。那个走在这条路上的人，也就有了真正的自信和满足。

《郭文斌精选集》显现出作者走在自己路上的面容、身影与内心。

《农历》回到天地人的关系中，《〈弟子规〉到底说什么》在人的自身寻找幸福感，《潮湿年代》小心翼翼开掘自己的生命密码，《瑜伽》对人的灵魂进行提醒和提问，《寻找安详》为有病的灵魂开药方，《永远的乡愁》回到传统的光明里,《讲座集萃》是化人的生命实践,《回归喜悦》发现生命的根本快乐。在这些朴素平实的文字里,读者可以直观作者的坚定,因贯穿这些文字的,是一根愈渐清晰的精神之线:人的根本需要是什么?生命的根本价值在哪里?要交出这份答卷,作者一路走来,一路寻找,一路实践,一路辨认,直至勘破谛要,将一把启开生命众妙之门的钥匙握在了手中。

这把钥匙便是:安详与喜悦。

安详与喜悦,是《郭文斌精选集》中的两个关键词,寻其时间脉络,安详在前,喜悦在后。这正好体现了作者向前延伸的思悟进程:安详是核,核里面是喜悦,所以喜悦是对安详的分解、充实和拓展,是生命安详之后的根本收获。

由安详而喜悦,最早起因于一位高人对作者的施救(《寻找安详》引子),之后作者一路对症吃药,终于找见解救自己的钥匙。其间心路体验,作者明言,那是“一杯水,只有我们尝了之后才知道那个味儿”。这意思再明白不过:水在那里,要喝的人自会去取,只有去取,才有自己的体会。所以,作者的文字里,几乎不提自身在勘破谛要过程中的种种生命体验,不提其间的艰苦曲折,因为那都是“我的得失”,是终要去除的“我”,而是将勘破谛要推开众妙之门的钥匙放在了读者手上。

概览《郭文斌精选集》,作者以安详写安详,以喜悦说喜悦。这就要回到文章最初提到的禅学思想家铃木大拙著作中所提供的审视角度:“要使悟成为真正的悟,内心革命一定要是完全的,并使我们真正感觉到自己精神上受到一次热烈的洗礼……只有坚强的心灵才会啜饮无尽的源泉……要有一种突破某种无法克服的障碍的极度意志。”要经过多少内心的焦虑与困扰,才能有真正的安详与喜悦。并且,所有的修炼都不能离开生命的现场,不能离开日常的具体生活。那么,作者近年来不断参加公益讲座的内因便由此得到诠释,因为离开生命的现场,所有的修炼都是虚弱和不堪一击的。

“安详是一种来自生命本身的快乐,一种只有向内求才能得到的快乐,一种反条件的快乐。”

“喜悦是一种无条件的快乐，没有痛苦，没有烦恼。”

在写出和说出对安详与喜悦的领悟时，作者旁引圣贤，博征当下，证自科学，层层屡析，一字一句，凿凿切切，不厌其烦。这样的文字，读得进去的人自然就像口渴取水的人，小口啜的，大口饮的，或快或慢或浅或深，心田都得到了滋润和养护。当然，也有读出疑惑的人。比如：他们会问，难道必须是安详或喜悦吗？难道我可以相信你所说的吗？难道安详与喜悦是这么容易做到的吗？苏东坡自觉修持有得，认为自己“八风吹不动”，但还不是因为金山住持佛印的“放屁”两字，闹出一个“一屁打过江”的笑话（《寻找安详》第48页）。苏东坡如此，更何我辈凡夫？要我说，提出这些疑问的人，正是真正的好读者。一来，他们不轻信，有独立严密的思考；二来，他们由人及已，借助安详与喜悦的启发，正在寻找自己勘破谛要的钥匙。而一册书籍的出现，倘或既能使人顿开茅塞，又能启发思维意识的空间，促发读者持久深入的追问琢磨，其价值也就不言自明了。

点亮回家的灯

——读《郭文斌精选集》

古 耜

如果把现代人比作一匹奔腾不羁的烈马，那么，在我看来，所谓“本来要奔向草原，结果却闯入了马厩”的说法，便是其命运悖论的传神写照。不是吗？近三百年来，自诩为万物之灵长的人类，凭借手中掌握的科技利器，一直在现代化的征途上高歌猛进，所向披靡。然而，就在财源滚滚、奇迹连连之际，他们蓦然回首却发现，自己并没有真正踏上人类发展的康庄大道，反倒是无形中陷入了空前的困局和危局——由疯狂无序的经济开发所导致的生态失衡，环境破败，已经深度危害到人类的生存质量、生命安全，以及社会发展的科学性与可持续性；而商业时代的拜物主义和趋利原则正在泛化，由此派生的人类的浮躁、冷漠、偏执、狂妄、贪婪、自私、虚伪、短视等等，大肆蔓延，几成顽疾，以致从根本上破坏了现代人精神圈层的健康、和谐与澄明。

毫无疑问，面对此情此境，一向担负着人类心灵滋养和精神救赎之使命的文学创作，是不能回避和缺席的。也正是在这样的人文背景之下，植根于中国西部大地的实力作家郭文斌，向世人捧出了一个独具精神价值和艺术神采的文学世界——大抵是 20 世纪八九十年代之交，还在教育学院读书的郭文斌，便以诗歌、散文、随笔、小说等多种形式，开启了自己文学的寻梦之旅。最初一段时间，他笔下的作品多从温馨的乡土记忆或多彩的校园体验出发，去书写民风的淳朴、人性的善良、爱情的纯真、大自然的神奇等等，即在一个比较宽泛的语境里，发掘和光扬生活中固有的美好亮丽的东西。进入新世纪之后，随着社会观察的日益深入和精神认知的不断提升，郭文斌越来越清醒地意识到现代人精神生态所出现的种种病灶和危机，以及对其加以修复与改变的刻不容缓和时不我待。于是，他笔下那些着重表现生活之光和人性之美的文字，便逐渐增添了与现代人对话，为现代人疗伤的品质。反映到创作上，便是推出了一系列旨在唤醒心灵迷失，同时构建正面价值的作品。如先后获“人民文学奖”“小说选刊奖”和“鲁迅文学奖”的短篇小说《吉祥如意》，获“北京文学奖”的短篇小说《冬至》，获第八届“茅盾文学奖”提名的长篇小说《农历》，在文坛内外广泛传播、多有好评的散文集《守岁》，随笔集《寻找安详》《〈弟子规〉到底说什么》，以及作家在担任央视大型纪录片《记住乡愁》《中国年俗》文字统筹时写下的相关文章。前不久，作家从已问世的数百万言的作品中选优拔萃，裒为《郭文斌精选集》一帙七卷，由中华书局郑重推出。这时，一个忧心常在而又智慧充盈的郭文斌，便立体多面地站在了读者面前。

在郭文斌看来，现代人最大的痛苦，“一是无家可归，二是找不到回家的路。”此种苦果之所以酿成，其原因在于：“四种飓风把现代人带离家园。一是泛滥的欲望，二是泛滥的物质，三是泛滥的传媒，四是泛滥的速度。”其中，“泛滥的欲望抢占了人们的灵魂，泛滥的物质抢占了人们的精神，泛滥的传媒抢占了人们的眼睛，泛滥的速度抢占了人们的时间。”（《安详视野中的〈弟子规〉：回“家”》）因此，对于亟待解除心灵痛苦和精神迷惘的现代人来说，探寻一条“回家”之路至关重要，自有纲举目张的意义。而所谓“回家”，按照郭文斌的理解，就是人置身于天地自然之下所进行的反思与检讨，调整与扬弃，是人在摆脱物欲和“心魔”之后的精神还乡，即回到内心原有的朴素、清洁与快乐。从这样的理念出发，郭文斌将“回家”视为与现代人对话的聚焦点和切入点，同时也作为自己创作的基本线索和稳定主题，不仅用议论来直接诠释，而且通过艺术形象加以生动演绎。

应当看到，郭文斌的选择体现了一种难能可贵的警醒与睿智。按照新一代物理学家的说法，整个宇宙都是一个不断膨胀收缩的球形体，它没有直线，只有曲线。这便意味着，人类社会的发展也常常是曲折的、回旋的，而不可能总是一日千里，一往无前。况且事实已经证明，在很多时候，很多情况下，“回家”恰恰就是先行，就是抵达——当一路狂奔的人们，被自己的愚昧和盲目迎头棒喝，不得不做周而复始的运动时，却发现你早已在那里以逸待劳。你的原地不动，也就成了捷足先登。针对现代人的躁动不安，一味求进，韩少功曾做过诚恳的提示：“不断的物质进步与不断的精神回退，是两个并行不悖的过程，可靠的进步也必须同时是回退。这种回退，需要我们经常减除物质欲望，减除对知识、技术的依赖和迷信，需要我们一次次回归到原始的赤子状态，直接面对一座高山或一片森林来理解生命的意义。”（《进步的回退》）我想，韩少功的“回退”和郭文斌的“回家”，堪称同频共振，声应气求，它们都是留给现代人的精神清凉剂。

然而，人生多歧路，何处是归程？对此，郭文斌给出的答案概括说来就是：重返本真，重返自然，回归历史，回归传统。而对于传统，郭文斌又有着属于自己的划分和理解。在他看来：“中华传统文化主要有两部分组成，一部分是经典传统，一部分是民间传统。经典传统固然重要，但民间传统更重要。因为经典只有化在民间，成为气候，成为地力，才能成为营养，也才能保有生命力，否则就只是一些华美的句段，也不牢靠。民间是大地，是土壤，经典是大地上的植物。只要大地在，就会有根在，只要有根在，就会春来草自青。”（《想写一本吉祥之书》）正是基于以上体认，郭文斌在化传统为归程的过程中，切实付出了两方面的艰辛劳动：

第一，坚持回归经典传统，认真研读古代典籍，以随笔和演讲的形式，潜心发掘和阐扬其中的精华妙谛。在这一向度上，作家除了做广泛的涉猎，着重解读了孔子的快乐，老庄的通达，《了凡四训》的明心见性、自救救人，《弟子规》的孝悌仁爱、见贤思齐。其中对《弟子规》的阐释尤其系统深入，其字里行间不仅每见别有会心之点，而且多有正本清源之处，从而为现代人的成材和“回家”提供了久湮不彰的精神滋养。

第二，也是更重要的，就是坚持回归民间传统，注重开掘记忆储存，以小说和散文的形式，形象再现诗意盎然且生机沛然的人生画卷。围绕这一向度，作家充分调动丰厚的生活积累和独特的艺术才情，精心幻化出一个洋溢着东方气派与传统韵致的文学世界。其中长篇小说《农历》透过一年之中所有的传统节日或节气，表现出人在天地自然之间的无比澄明和由衷欢悦。而那一对精灵可爱的山乡儿童——五月和六月，凭借一种童年视角的映照，简直就是天人合一、天地狂欢的化身，令人过目难忘。短篇小说《今夜我只想你》，也许算不上作家的重要作品，但主人公李北烛深怀的对世间一切生命的悲悯与牵念，以及由此决定的爱情取舍，依旧让人怦然心动。还有散文《点灯时分》《永远的堡子》《大山行孝记》等，那一个个浸透了民族风俗或人伦之美的生活场景与人物细节，无不具有动情走心的审美效果。毫无疑问，所有这些都是匆匆赶路的现代人所需要和所想要的。它们是作家为现代人“回家”而热情点亮的一盏盏心灯。

对于中国传统文化，郭文斌以虔敬之心和礼赞之情，实施着认真的梳理、解读和阐发。但所有这些并不是经院式、注疏式和封闭式的，而是以传统文化为基本坐标，同时密切联系现代人的精神语境和生活现实，进行再度思考、重新整合的结果。正因为如此，在郭文斌笔下流淌的传统文化的河流里，出现了若干属于作家自己的精神命题，诸如“寻找安详”“回归喜悦”“文学的祝福性”“正能量阅读观”等。围绕这些命题，作家做出的具体诠释，或许还有不够精确、不甚周严之处，但是，倘若就整体意蕴而言，却显然实践着鲁迅当年提出的“取今复古，别立新宗”的主张。譬如，那“寻找安详”的说法，就一方面闪烁着源于道家文化的静默无为、无用之用的生存智慧，一方面打通了现代西哲倡导的“简单生活”“诗意栖居”的先锋理念。而所谓“回归喜悦”的观点，则既容纳了美国心理学家大卫·霍金斯博士的能量层级理论，又自觉或不自觉地连接着李泽厚有关中华民族拥有乐感文化的说法。至于“文学的祝福性”，更是可以让人联想起包括孔子“温柔敦厚”论在内的诸多中外文学主张，甚至联想到文艺起源于宗教的说法。其实，诚挚表达对人类命运的美好祝愿，从来就是文学的神圣使命之一。

值得特别称道的是，在确立自己的精神命题时，郭文斌没有满足于时下文学界常见的逻辑自洽和坐而论道，而是从知行合一的目标与原则出发，进一步探讨了如何将精神命题落实于人生实践的问题，并提出了相应的措施和路径。譬如，在谈论安详时，作家不仅强调了“享受安详”“向孔子学习安详”，同时还阐明了人通过什么“走进安详”，如何“在生活中应用安详”。同样，作家呼唤“回归喜悦”，也是一边讲述喜悦的真谛和意义，一边探讨走向喜悦的方式和通道。即使是导读《弟子规》一书，作家也是既提炼出“打开《弟子规》的六把钥匙”，又总结了“践行《弟子规》的六条原则”，以求让书中内容有益于读者的世间行为。这样一种追求，显然将文学的教化功能推向了极致。

近代以降，中国大地经历着欧风美雨的一次次冲击，言必称西学，已成为思想文化领域不少人的心理积习与精神偏颇。在这种情况下，郭文斌以逆行者的姿态，努力向中国传统文化提取精神资源，无疑具有补偏救弊乃至取精用弘的积极意义。我们预祝他在这条路上且行且悟，再接再厉，不断取得新成绩。

致力于建构“安详诗学”

——读《郭文斌精选集》

周新民

由中华书局出版的《郭文斌精选集》共七册，包括长篇小说《农历》、小说集《瑜伽》，散文集《永远的乡愁》，文化随笔集《寻找安详》《回归喜悦》《〈弟子规〉到底说什么》，诗集《潮湿年代》，以及郭文斌在全国各地面向不同听众群的讲课视频集，共计八种。这套《郭文斌精选集》拿在手里，感觉格外沉甸甸，也勾起了我和郭文斌交往的情景。因为给《芳草》杂志做“60后”作家系列访谈，2015年秋天在银川和郭文斌相处两天，得以和他深聊。眼前这套《郭文斌精选集》，激发了我的一些思考。

虽然出生于上个世纪60年代，但是，郭文斌和众多“60后”作家相比，有太多不同之处。“60后”作家基本上是从学院走出来的，受过良好的高等教育。然而，郭文斌最初学历仅是中师生，初中毕业后上了四年师范学校即走出校门参加工作。他不仅缺乏系统的高等教育，还缺乏文学启蒙教育，很少有阅读文学书籍的机会，因为家里和学校找不到可读的书，有时往往连课本都领不全。然而正是这样的独特环境，按照他的话说，才避免了被彻底“格式化”，才给西海固大地充盈着天地精神的民间文化“走进”他的心灵留下了一些空间。没有学历教育的束缚，郭文斌可以纵情西海固山水之间，充分吸收西海固大自然的滋养，充分感受人和自然之间亲密无间的情感，让生命在根性层面上和整体性充分交融。一句话，西海固深厚的民间文化滋润了郭文斌的心田。从学历教育的角度来讲，郭文斌是“不幸的”，然而，与活生生的大自然与民间文化亲密接触，对于作家的郭文斌来讲，又是一件多么幸运的事啊。成长于天然的民间文化而不是书本教育之中，因为这种机缘，郭文斌对于中国传统文化有着天然的感情，这是郭文斌与众多作家不一样的地方。在他看来，传统文化和民间文化在根性上是相通的。就在郭文斌天然地接受着西海固的山水之气，天然地浸染着祖上留下的浓厚传统文化时，和他同时代的“60 后”作家们正在接受高等教育正在痴迷地阅读西方文学经典。所谓造化弄人，正是郭文斌的特殊经历，造就了郭文斌不同于众多“60 后”作家的秉性，也是郭文斌独特的文学创作、文学活动的根本原因。

很长一段时间以来，中国当代文学以反映社会生活教育人民群众为基本功能，其后又开始探索叙事形式的“迷宫”，也痴迷于人性的“恶”与“罪”的书写。然而，从根本上讲，上述林林总总的叙述主题，和人的心灵总有隔膜。如何让文学走进内心？郭文斌的文学创作以此为出发点，开始了艰苦的探索。郭文斌认识到，读者首先是生命体。如果一部作品不能给读者提供生命的建设性，那么文学的教育功能、审美功能、认识功能等等又有什么意义呢。经过多年的探寻，郭文斌建构了“安详诗学”，找到了一条贴近人的心灵的重要方式。“安详诗学”的第一要义就是书写人性美。郭文斌的小说也罢，散文随笔也好，总把笔触对准人性美。在郭文斌的笔下，像《农历》，人与人之间，人与自然之间，“天”人之间，洋溢着爱的温情。即使是“事鬼神”的作品，也写得那样温馨。郭文斌所倡导的“安详诗学”让文学回归到心灵的安详，把人从绝望、焦虑、恐怖、孤独中带入到澄明宁静的精神世界。在和我的对话中，郭文斌把偏离心灵安详的文学写作看作危险的文学。在他看来，很多文学作品把负面情绪强化到极致，并且审美化，甚至把死亡审美化，这是极其危险的，因为一切阅读都是心灵暗示，而心理暗示会影响人的行为。抬头看看我们当下这样喧嚣、功利的社会，郭文斌的“安详诗学”不失为一剂良药。因此，在我看来，他的“安详诗学”丰富了中国当代文学的精神谱系。

郭文斌通过《吉祥如意》《农历》等作品着力建构“安详诗学”，诗性地展示着中国传统文化的魅力，开始把弘扬中华优秀传统文化作为文学创作的自觉使命。深受现代化转型的焦虑之困,中国作家的文学创作以“别求新声于异邦”作为创作信条。虽然也有作家深刻地认识到中国传统文化的意义,自觉地把中国传统文化的创造性转化作为创作追求。然而,像郭文斌这样把弘扬中国传统文化作为文学创作使命的作家,还是很少见。不仅如此,郭文斌对于中国传统文化的理解之透彻之深入,在当代作家群体中还是很少见的。近些年,国学热兴起,从官方高层到民间都很重视中国传统文化。传承中国传统文化也被提高到中华民族伟大复兴的历史高度。然而,何为中国传统文化,为何要传承中国传统文化,如何传承中国传统文化等理论命题还展开不够。尤其是百多年来,中国传统文化常常被“妖魔化”被误解,以致在弘扬中国传统文化的实践中常常面临困境。其关键症结在于,何为传统文化。郭文斌说得好,中国传统文化绝不是故纸堆中的文字,而是活跃在人的心灵之中的“灵性”。对于中国传统文化的种种误解,其根本原因是没有把中国传统文化看作是“活着”的文化要素。五四新文化时期“反传统”的传统和今天所要弘扬的中国优秀传统文化的“传统”绝对不是同一所指。限于篇幅所致,在此不展开。但是,我欣喜地看到郭文斌对于中国传统文化的解读,在《寻找安详》《回归喜悦》等书中对于中国传统文化的理解,显然超出当今很多作家的理解。这显示出郭文斌与众多作家的不同之处。近两年,郭又斌又以文字统筹的身份,通过央视百集大型纪录片《记住乡愁》,把他对中国传统文化的理解,转化为音响与画面,更加生动地阐释了中国传统文化之美,深深感染了很多读者。

然而,郭文斌并非仅仅停留在文字层面来宣扬中国传统文化,他还是一名从行动上弘扬中国传统文化的志愿者。这些年来,郭文斌不辞辛劳地奔赴全国各地,在北京大学、清华大学以及众多名校的课堂上,在各个企业家组织的讲堂上,为大学生、社会民众义务宣讲中国传统文化,随之大量捐赠他的著作。如果你观看了郭文斌演讲的视频,就会为这样一位沉醉于宣扬中国传统文化的志愿者而感动。

总体看来,郭文斌的文学创作以及他的文学活动,在今天这个时代显得如此特别。我们应该怎样阐释郭文斌的文学创作以及他为弘扬中国传统文化做的努力。我想,时间是最好的裁判。郭文斌的价值也将会得到更好的阐释。

面向价值的写作

汪政　晓华

也许,对郭文斌的创作可以做阶段性的总结评价了,但怎样的定性式的概括才准确呢?我想起前不久的一次文学研讨会上,一位青年学者说她推崇“建构性”的写作,并且认为中国当代文学中真正的建构性的作家并不多。由于当时论题的限制,她没有就建构性写作做具体的阐述,我想所谓建构性的写作的内涵是非常丰富的,它包含了个性、创新、思想、风格,包含了作家自己文学理想的提出和对这一理想的有效的实践,而且能开一代文风。我特别地认为建构性的写作是一种“正面”的,面对价值的写作。如果我的理解大致不差的话,那么,郭文斌的写作应该是建构性的,因为,他是少有的坚持并且以自己的文学宣示着鲜明的价值立场的作家。

价值是客体与主体需要之间的一种关系,它关系到主客体方方面面许多要素。因为社会在变、人在变,人们的实践活动也在变,所以价值也在变。特别是社会发展迅速的时期,价值的变化也更为剧烈。说到价值的变化与人们价值观的变化,大概没有哪个时代比得上中国这几十年了。价值有许多种,自然价值、经济价值、知识价值、审美价值、道德价值。这几十年,中国创造了多少价值,又激发了多少需求,相对这些需求,又需要创造更多的价值。过去,人们对价值认识很单纯,不管是物质与精神都是如此。思想解放与改革开放将人放到了主体的位置,人的需要与发展被认为是天经地义的,个人的需求也被赋予了从未有过的合法性。在20世纪80年代,人的价值,包括个人价值的实现几乎成为流行的口号。不能不承认它们对社会发展的巨大推动,因为人的价值虽然说与人享用的价值有关,但决定性的意义在于他所创造的价值,尊重人的价值,实际上就是尊重创造价值的自由。所以,为什么说这几十年是中国生产力的大解放,就是这个道理。但是,对这几十年的历史从价值哲学的角度进行反思也不是没有问题,因为不管是从社会还是从个体来说,物质价值的创造与拥有在相当大的程度上压倒了精神价值的创造与实现。功利主义的价值观占据了主流。这必然导致价值与价值观的复杂和混乱,一些社会与个体发展的根本性的价值被悬置了,碎片化了,空心化了。社会的建设、连续与进步被畸形地理解和推进,大大小小不同类型的人类生命与文化共同体面临分化和解体,个体的物质与欲望被开发和放大,而精神与心灵的完善则弃之如敝屣……这些发展中出现的现象与问题正考验着一个民族的道德与伦理智慧。

如此的价值失衡特别是负面价值与伪价值的生成已经近乎一场人文灾难。大概在上世纪 80 年代中期,它开始引起人们的警觉,并且成为许多人文工作者包括作家们工作的逻辑起点。这样的工作有两个向度,一是对现实的否定与批判,一是从历史、现实与理想中寻找与构建正面的价值观念。其实,这两个向度是一枚分币的两面,并不可以分开,但是对于个体来说,却由于环境、心性、认知等方面的原因而有所侧重与选择。在我看来,郭文斌选择的是第二个向度。

我不知道郭文斌这种面向价值的写作的自觉意识起于何时,从他的早期作品来说,虽然题材广泛,视野遍及城乡,但他的触须似乎都伸向生活中那些向善的人与事。像《玉米》《剪刀》《水随天去》(见短篇小说集《瑜伽》,上海文艺出版社 2012 年版)等,在郭文斌的作品中已经算是有些寒冷的作品了。《玉米》中红红的不幸,《剪刀》里无名夫妻生活的艰难,《水随天去》中父亲对平庸和世俗名利生活的厌倦都从不同的角度写出了生活中的杂色,写出了人们物质与精神两方面的困境。但就是这样的作品,郭文斌也是有所保留的,有所控制的,并没有写成不幸的控诉,仇恨的集聚,他寻找的是人们对这些不尽如人意的生活的态度,他在探讨我们还有没有力量去应对，特别是在我们的内心，是不是已经丧失了应对苦难的能力，宽容、善良、忍耐、牺牲等等还在不在。所以，《剪刀》中的女人决绝地以自己的结束为家庭和亲人获得新的开始，而《水随天去》不但用童年的视角化解了形而上的沉重，而且将生活方式的冲突做了诗意的浪漫化的处理。系列短篇《小城故事》（见短篇小说集《大年》，宁夏人民出版社 2005 年版）也是类似的作品，只不过更轻松，甚至有些喜剧的味道。这些作品体现了郭文斌对社会风潮起于青萍之末的敏感。小城虽小，但是同样被社会的变革所冲击，人们的生活方式与精神状态同样在发生变化，许多的社会病也同样侵蚀着人们。从外部讲，体制的变化使作品中不少角色的生活陷入了困顿，社会的矛盾与问题让小城的人们应对失措，举止狼狈，更重要的是内部，是社会的转型搅动了人们的内心，腐败、堕落、纵欲、冷漠、失望，都是渐成风气的精神生态。不过，这只是郭文斌叙述的起点、背景和故事的表层，作者的目的并不止于此，他在寻找，通过一个个小故事在找人们内心的底色，而正是这些底色，人的基本的道德、良心与人伦使得许多人物与故事得以曲中奏雅，竟然能够让郭文斌的叙述也变得轻灵甚至欢快。

这样简单的回顾已经显示，虽然郭文斌与我们面对着同样的社会状况与精神生态，但是他做了不同的选择。这些作品的主题还不统一，作者对正面力量的寻找的方向也是犹疑的，不一致的，而且，郭文斌还没有完全调整好自己的写作目标，但是有一点是明确的，郭文斌显然认为隳败与沉沦不是我们生活的全部，批判、怨怼与绝望也不是我们全部的态度。我们还应该有更为积极的方式，那就是探讨或肯定理想与价值。在我的理解中，郭文斌的写作伦理显然基于这样的思考和判断，人与社会都是自觉的生活主体，他们按照自己设定的目标来设计和规约自己的生活，并且认为只有这样的生活才是有意义和有价值的。所以，人们对生活的权衡，也必定从这意义和价值出发。也正因为此，我们当下生活所出现的问题并不在现象与问题本身，而在于意义与价值出现了偏差，比如什么是幸福，什么是成功等等。当人与社会在意义与价值这些根本性的基准出现偏差以后，个体的生活方式，人与人的关系，人与自然的关系，社会的结构与动作模式，一直到人与社会形而下的技术层面都随之发生变化。所以，不少学者与社会管理者都在呼吁重建社会，不是说社会不存在了，而是说这个社会不是原先的社会，也不是理想的或好的社会。所以，郭文斌的写作方式完全可以转换成社会建设的一个思路，那就是寻找或建设社会的意义与价值。

这样的方式是实际上是基本的和朴素的，也是历史上每个社会动荡与下坠的时候都必然启动的拯救模式。困难不在于启动这一模式，而在于对价值与意义的正面解释的倡导。郭文斌对这个问题的思考和回答经过了相当长的一个时期，从上面早期的作品来看，郭文斌的想法还比较宽泛，但是到后来，他就越来越集中，目光也越来越坚定了。他做的是减法，他主张回到历史、回到经典、回到传统、回到生命的原点，用郭文斌的话说就是“寻找我们本有的”。在他看来，传统就是“本有的光明”，是能够“让每个人点亮那盏永远不灭的，能够照亮他一生的心灯的方法”。所以，在这个问题上，郭文斌后来做减法，价值不是少了，而是多了，人们并不是创造不出价值，而是在无数的“价值”中迷失了。因此应该删繁就简，回到起点，回到那不变的上面去。有时，回撤可能是一种进步，因为存在这样一种可能性，“传统恰恰是最时尚的。当所有人都在兜圈子的时候，你站在原地不动，也许是最好的抵达方式，因为当人们兜了一圈回来，发现你已经早在目的地了。你原地不动，但你却成了最先到达的。……这就是先锋。”只不过人们回不去了，我们“是一群试图还乡者，却总是找不到回家的路”，于是，重新言说和阐释传统价值就有了路标式的意义。这样的想法不是突然的，在他的早期作品也有，比如《大生产》《开花的牙》（见短篇小说集《郭文斌小说精选》，宁夏人民出版社 2008 年版）等等，但是《大年》显然是一个标志，而长篇《农历》（上海文艺出版社 2010 年版）则是一个总结或集大成。

因为是回到传统，在中国，就是回到古典，回到乡村。在郭文斌的价值谱系里，中国的农业文明和乡土文化依然是重中之重。乡村作为一种社会形态它的延续或成长的因素是复杂的，有横向的水平影响，更有垂直的线性伸展。因此，对乡村的传统价值观，郭文斌并不是静态的展示，而是动态地揭示其功能。书写传统与乡村，节令与风俗自然地成为郭文斌作品的叙述内容和叙事线索。汪曾祺说：“风俗，不论是自然形成的，还是包含一定的人为的成分（如自上而下的推行），都反映了一个民族对生活的挚爱，对‘活着’所感到的欢悦。他们把生活中的诗情用一定的外部的形式固定下来，并且相互交流，融为一体。风俗中保留一个民族的常绿的童心，并对这种童心加以圣化。风俗使一个民族永不衰老。风俗是民族感情的重要的组成部分。”风俗的这些内涵与功能在郭文斌小说中都得到了体现，由于风俗是建立在自然、生活、劳动与血缘的基础上的，在规范与调节人与自然、人与人的关系上具有坚实而隐秘的作用，是道德、生活习惯等等的集中体现，它实际上以生活的具体方式参与了乡村价值体系和观念形态的培育、塑造、修复甚至重建。这是乡村地域文化中蕴藏着的教育资源和生活规范。所以，我们不难发现，郭文斌的这些作品都是童年视角，都有一个父母与孩子的对话或教诲结构，都有一个感悟的语义模式。孩子们从中汲取着乡村社会世代相传的生活的方式、禁忌与文化理念。从本质上说，风俗就是一种仪式，是一种文化记忆，是我们集体记忆的重要途径之一，相对于其他形式，仪式的记忆更加经典化。郭文斌笔下的这些日常生活中的仪规、礼俗与程序实际上都是一些特殊的文化文本，积淀了深厚的文化内涵，具有丰富的象征意义，虽然五里不同语，十里不同风，但在一定区域与社群范围内，通行的礼俗作为一种特殊的行为通过外在的符号、工具、程序以及组织者的权威而具有强制性，会营造出特殊的氛围，而使参与者在哀伤、敬畏、狂欢与审美的不同情境中获得行为规范、道德训诫与心灵净化，从而上升为价值哲学。

毫无疑问，长篇小说《农历》在这方面更集中，也更全面。作品中的人物用一年的时间为我们演示了中国农村原汁原味的日常生活，给现代化中的人们讲述他们生命的节奏，生活的原则，感情的寄托，他们的价值和他们的根。

这部长篇从“元宵”开篇，到“上九”结煞，刚好一个轮回。中间既有我们非常熟悉的大年、中秋,但也有我们非常陌生的龙节、中元,有的是农历的节气,有的是农历的节日。农历是中国古人发明的,它是根据太阳和月亮运行的规律总结推衍出来的,因为太阳的运行产生了季节的变化,农事的安排必须适应这种变化,古人据此设置二十四节气以指导农业生产。农历文化实际上是一个非常丰富的话语系统,它不仅仅是一个时间表,而是包含着天文、地理、宗教、习俗、生产、生活等许多方面。在古代,二十四节气对农业生产具有强制性指导意义,而每一次生产行为都包含祭祀、禁忌、庆祝、劝勉以及实际生产行为等许多程序和仪式,每一道程序又都包含着它的起源、沿革、传统等文化增殖。对中国人来说,这是一笔丰厚而宝贵的文化遗产。郭文斌说得很明白,"十五个传统节日,就是十五个不同的意象。它事实上是传统留给后人的十五种精神营养。"

如果郭文斌关于价值的寻找或重建的书写只到这里,那还是传统的狭义的文学层面的,但是,他的脚步并没有停下来,这就有了文化随笔集《寻找安详》(中华书局 2010 年版,2012 年修订)《〈弟子规〉到底说什么》(中华书局 2011 年版)和散文集《守岁》(浙江文艺出版社 2012 年版)。这时,郭文斌的价值观已经很明确了,就是"农历精神"和"安详"。这两者其实在内存是统一的,农历精神就是传统的文化,而传统文化按郭文斌的说法就是安详的宝藏。"安详是一种不需要条件作保障的快乐,这个条件,也包括时间。这种快乐是以一种绵延不绝的整体性为源泉的。因此,安详提供给人们的是一种根本快乐,他区别于那种由对象物带来的短暂快乐。具体来讲,它是一种稳定的现场感,正是这种现场感,让我们不念已往,不思将来,只是安处于当下"。郭文斌虽然将价值的源头认定在传统,实际上他对中外生活、道德、伦理与审美等价值还是作了比较和研究的,上述对安详的描写就既有中国传统哲学,也有西方的古希腊的生活哲学和现代简朴主义与生态思想。当然,我看重的并不是郭文斌有关安详的倡导有多切实而重要,在这个问题上,我以为文学与社会的管理与建设是有区别的,与人文工作者的研究也是有区别的。文学可能免不了书生的坐而论道,但它可以理想,可以唯美,可以超越,甚至可以幻想、天真和不切实际,它的以虚务实，恰恰可以打开思路，提供愿景，营造氛围。因此，我觉得有意义的是郭文斌对自身文学的超越，一种将自己和自己的工作介入当下的强烈的意识。这是难能可贵的需要复兴的文学中的人文主义传统。我们不能不看到，许多年来，一方面是文学自觉地向内转，大踏步地从社会生活的现场撤退或者加入到欲望化的消费狂欢，一方面是社会的转型将包括文学在内的人文主义思想行为边缘化。而郭文斌对价值的宣示，特别是近期对安详的书写，尤其是通过对《弟子规》等传统经典的解读和倡导，极富个性地凸显了一个作家的现实情怀，这是不是文学和作家在现实逼迫下的新的转型？

郭文斌的探索还没有停止，他对现实的解剖越来越深，问题意识也越来越自觉，对价值的理解也越来越明晰和具体。不过，这个领域显然是没有止境的，也不可能是封闭的，真的希望更多的作家进行这样的探索，来寻找和传播价值，这是文学面对人的困境时应有的担当。

重申一种值得珍视的文学感觉

——读郭文斌短篇小说集《瑜伽》之后

牛学智

《瑜伽》出版于 2012 年 11 月,这是 2012 年郭文斌在继随笔集《寻找安详》修订版(2012 年 6 月)和散文集《守岁》(浙江文艺出版社出版 2012 年 6 月)之后的一个新成果,也是上海文艺出版社在 2010 年 10 月重点推出他的长篇小说《农历》之后的又一动作。一年之内,两家南方出版大社分别推出他的最新短篇小说精选集和最新散文精选集,可见作者的读者群在逐渐南扩。

拿起《瑜伽》,照样是先阅览目录,觉得眼熟的暂时放下,依着陌生并且格外吸引人的题目读下去,这是我这些年阅读熟悉作家作品时留下的一个不好的习惯。

这部短篇小说集共收短篇 18 篇,外加作者与姜广平的一个对话,有 20 万字左右。时间和习惯的原因,我依次读了《陪木子李到平凉》《今夜我只想你》《瑜伽》《我们心中的雪》《门》等,其他如《水随天去》《开花的牙》等早年读过,印象还在。

下面我要谈的一些想法,也可能与以上所读小说有紧密关系,也可能是由此而产生的联想。

我为什么一定要谨慎地划定一个基本范围呢?第一,自从郭文斌获鲁迅文学奖,包括《农历》入围茅盾文学奖第七名以来,我的眼力和耳力所及,郭文斌的小说创作,在批评界大致形成了这样一个特点:安详文化。承载这个特点的一批作品可能是《吉祥如意》《农历》《大年》《寻找安详》《〈弟子规〉到底说什么》等等。这期间当然也有作者本人以“安详”“祝福”为主题的许多演讲活动的助推。但不管怎样吧，无论是《农历》中的两个儿童五月和六月，还是短篇小说题旨“吉祥如意”、随笔题旨“寻找安详”，抑或小说主人公的名字“如意”，安详文化便形成了。我不去讨论这个，我只是说，形成这样的一个解释模式或阅读印象，对于郭文斌的其他小说，对于他所面对的世界而言，都并不是准确的判断。第二，有了以上限定，对于郭文斌的有些小说，显然已经处在了屏蔽或遮蔽状态，包括他本人的疏离。而这些小说，经过我的阅读对比，觉得的确是非常优秀的文学感觉，甚至像《我们心中的雪》这样的篇什，即便放到大学、中学教材中去反复讲，深味都不会有丝毫减少。

那么，郭文斌本人及其作品的阐释者为什么会久久沉湎于以上文化氛围呢？恐怕是一个说来话长的话题了，我不在这里讨论。在这里我想重点讨论的是，郭文斌本人及其阐释者似乎已经疏离了的一种相当可贵的文学感觉，而这感觉在我看来并不仅是文学感觉，它就是人学感觉。

简而言之，这种新颖的感觉就是以《我们心中的雪》为代表的一批作品，这些作品单要拉起来恐怕也有一长串了，譬如《门》《陪木子美到平凉》《水随天去》之类。虽然《门》已经十分接近，《陪木子美到平凉》也已经具备所有素质，但都不如这篇小说给我的印象深。原因是，这篇小说无论形式上、审美取向上，还是社会学信息量、叙事把握力方面，体现的是一种成熟的价值观。

这篇小说给“文化共同体”所面临的精神疑难和心灵处境，进行了一次彻底的打捞，它使文化共同体有了一次绵长的、艰难的和苦涩的对他人精神世界的全方位观照。今天多数作家无论怎样也不肯离开的所谓“人性”，在这篇小说中恰好被严正批判。人性的真正提升被推到了每个人的面前。读它，不油然使我想起了雷蒙·卡佛的短篇小说《阿拉斯加有什么》和玛·杜拉斯的长篇小说《塔吉尼亚的小马》。后两者的共同点，是都巧妙地化解了婚姻或爱情已经面临的危机，而郭文斌则是成熟地处理了两性关系在走向纵深之前的微妙而复杂的关系。它的微妙是说一旦处理不当就会立刻发生方向性的变化;复杂是说,即便处理得体,也很有可能属于话语得当叙事却从深处分裂,或者即使叙事圆满话语中可能会埋下崩裂的陷阱。

富有智慧的是,郭文斌以"反高潮"的方式保留下了两性之间弥足珍贵的"爱情"——索性说,是颠覆了"无爱便是恨"的伦理模式,创造并主题化了两性之间日常又绝非"日常"的感情经验,从而深入地撰写了人的现代性困境。现代人的情感处境,一下子形象地呈现在了读者的面前——人非如此不可,但又觉得非如此不可实在不可忍受。因为叙事自觉不自觉地进入了哲学所常常眷顾的话题,从而在类似这一主题的小说中显得特标独高。生长于西方自由民主文化土壤,《阿拉斯加有什么》中杰克、玛丽与卡尔、海伦两对夫妇之间话语之内充满激烈冲突的暗战,最终化解于他们所笃信的赎罪感,"威胁"于是由此浮上水面,结果呈现;《塔吉尼亚的小马》中雅克与莎拉关于未出场的莎拉的情人的暗处较量,读者的体验也基本终结于双方的"坦荡"和坦荡所产生的原罪感。郭文斌这篇小说中的"我"和杏花,他们的完整叙事只停留在童年时代,他的发现在于,同时也完成了成年叙事这个本来缺席的故事,也就是说,反过来,他反倒把缺席的成年叙事构筑得还比童年叙事更可信、可靠。

究其原委,我以为这得益于郭文斌对我们优秀文化传统中成熟的道德伦理话语秩序的深刻领会。小说结束于"我"在毫不知情之中对杏花所送围巾的接受,伦理、道德与美和人性光芒达到了完美汇合,儿时两小无猜的"我"和杏花在雪地里用舌头舔雪花的细节,于是开始合理地重现,"抬起头,正迎上杏花甘甜、满足而又潮湿的目光。心就变成了一个舌头,一个童年伸向天空的舌头,任凭杏花目光的雪花,落下来,落下来"。情窦未出时相知,历经多少年沧桑,而今突然邂逅,优美的伦理叙事是怎么持续的,小说已经无需再强化。那样的一条围巾,和伸向天空舔雪花的舌头,完成了它们的文学史使命——绝对不亚于卡佛笔下嘴里叼着老鼠突然穿过客厅的猫,也不亚于杜拉斯笔下那个本打算与情人"自由地度假"的莎拉,却突然对丈夫雅克说"如果你愿意","我们可以去巴埃斯道姆旅行了"。虽然都是变平凡为神奇的叙事,但是郭文斌因为打通了"文化共同体”深处的道德难题，我们接受起来自然心服口服。

那么，为什么说，郭文斌这一路小说可能被屏蔽或遮蔽了呢？一个基本事实是，“寻找安详”以来，阐释者和作者似乎都更愿意把关注点植入并非精神文化能解决的问题域，而忽略或者忽视了解决精神文化问题首先必须启动复杂社会学程序的难度。

结果显而易见，关于人本身的叙事，和关于人性本身的叙事，只能让位于抽象的描述和宏大的许诺，《瑜伽》（该集中同名小说）之所以产生叙事的中断，原因大概在这里。我所强化的文学感觉，指的就是类似于《我们心中的雪》这样，源于日常伦理却能从日常伦理中转化出高于日常伦理的审美能量、眼光和结构生活现实的能力。在我看来，这是文学更高一级别的人性观照和哲学观照，因此，它是文学对人的现代性困境的深入体谅。

重申这种文学感觉，无他，不过是感觉包括郭文斌在内，多数作家好像并不在乎消费时代人也同时是消费符号这一时代特点——如果再往前走半步，“我”与杏花之间的故事难道还会保持住那样一种饱满而丰沛的审美张力吗？答案是否定的。追究下去，原因不见得就是作家或知识分子没有强悍的主体性，而是我们的人性话语没有产生出一种有力的制衡机制。这问题转换到日常生活，实际上就是“文化共同体”（也叫“价值共同体”）未能彻底建构起来的问题。而唤醒类似于《我们心中的雪》的文学感觉，等于说用感知性主体之间的共鸣，通过输出文学秩序的方式，重新界定消费社会个体的基本人性理念。只有这个才是内在于既有人性却又超越于既有人性的，否则，一切的话语努力都将因缺乏具体语境的支持而说服力大打折扣。

一部真正意义上的文化寻根小说

——读郭文斌长篇小说《农历》

汪守德

文斌的长篇小说《农历》(上海文艺出版社出版),堪称是一部奇特而富于魅力的乡村文化小说。一段时间以来,我们难得看到写得如此干净纯粹而富于诗意、弥漫着浓郁自然和谐气韵的作品。曾生长于宁夏乡村的作者,乡村生活或许曾给过他许多的苦难和快乐,并且留下十分深刻而清晰的影像。当他告别乡村进入城市并经历城市文化的长久浸染之后,是文学的缘由使其情不自禁地以现代目光回视乡村生活,那些对于乡村的生活记忆和文化记忆,便统统复活和发酵,使他一定常常产生背井离乡的游子般激动。每一位从乡间走出的作者,都会在心中将故乡保留成一片圣土,文斌则更是如此,难以释怀的情感促使其以文学的方式,写一部关于乡村的独具风味和价值的作品。作者仿佛是自传式的淡定而又激情的抒写,从普通个体切入乡村文化的根基与血脉,铺展出一部富含情感容量和生活情致的中国乡村文化长卷。

小说以我国传统节日设目的结构方式可谓别出心裁。节日与节气是中国农耕文化的一种重要载体,在民族文化心理中有着谜一样的力量与意义。它不仅仅是具有鲜明民族习俗的特征,更凝结着民族的过往历史、丰富情感和美好期冀。而小说精心选择的节日与节气及其周而复始的循环与轮回,无疑是对民族文化心理和生活过程的一次较为完整的展示和认识,作者所欲在作品中呈现和表达的乡村文化的外在形式和内在蕴含便浑然天成地包含其中了。小说的主人公六月和五月都是乡间自由的风吹拂之下成长的花蕾初绽的少年，自然是所有节日的最热衷者，更是传统文化新的承受者。似乎只有他们才是节日的真正主角，最能天然地感知和享受节日的快乐。在以节日和节气为核心构成的具有隆重仪式意味的乡间时刻，他们无拘无束地敞开自己的心灵和感官，来接触、体验和认识这个世界。小说独具匠心地从少年这个人生最美好的时段切入，使乡间的一切都如露珠般新鲜和灿烂。文化的古老和少年的崭新不仅是一种有意味的对比，更令乡村的生活显示出丰富而鲜活的形态，反映出乡村坚韧沉着而又生机盎然的景象，也给乡村的人生寄予了无限想象和希望的空间。

显然，小说是在一种人生的源头与起点上展开描写的。六月带着与生俱来的无穷疑问开始了自己最初的人生之旅，相对闭合的乡村生活，纷至沓来的种种节日，质朴淳厚的父母、兄姐、朋友与乡邻，几乎就是其少年时光的全部世界。他仿佛就是我们每个人少时的代表和化身，引领我们从往事门前走过，重温少年的美好时光。原初或原始的情感与心理萌动，使六月从认识的混沌中睁开眼睛好奇地打量这个世界，他同这个世界的关系似乎都是由刨根问底式的连串的问号组成，这是属于少年的典型的心理、思维和行为特征。小说刻意把姐姐五月设计为与他交流沟通和相互诘问的对象，因而两人的"对手戏"无处不在地进行着，两颗幼稚或青春心灵对未知事物的对话与探究，也在各种场合和各个层面展开。既是姐弟，也是朋友，又是异性的关系，使两人之间的对话充满了直率与隐含、尖锐与柔和、赞赏与龃龉等多种可能性。在此过程中，作品以极其诗意的笔墨，描写乡村生活怎样以最温暖的形式，亲人们怎样以最具亲情的方式，敞开胸怀拥抱尚在懵懂之中的少时儿女，让他们在一个既是感性的，又是理性的世界里徜徉，自觉不自觉教他们以人生的常识与经验，帮助他们认识和理解日常人伦、生产劳作、生死繁衍乃至世间万物，感受和领悟生活的现实和逻辑及其种种玄妙韵味。

在作者的笔下，乡村的日常生活有着极大的丰富性。乡风民俗、宗教祭祀、传说神话、诗词歌咏，川流不息地从遥远的源头汩汩流转而来，并且围绕接踵而至的节日陀螺般展开，形成乡村文化的深厚积淀与浓郁氛围，并且融入六月的生活的点点滴滴，以润物无声或强烈夸张的形式，浸泡、熏染和撞击着他们的少年之心。他总是以少年的视角来观察生活现象和奥秘，来完成和实现一个少年对生命历程中遭遇的各种问题的随机式的关注和提问。而提问的过程显然就是吸取养分的过程，解疑释惑的过程，因而就是六月成长的过程。伴随着六月心灵的袒露与递进，小说将人物成长的历史与故事写得妙趣横生、耐人寻味。他对这个似知未知、似懂非懂的世界的万事万物，无论是囫囵吞枣，或是细嚼慢咽；无论是茅塞顿开般领悟，或是困顿不解般迷惑，由于他的成长之路始终绵延在亲情的关爱之中，并且有着乡村文化乳汁的充沛浇灌，使少年的生活既像雾一样混沌朦胧，也像春光一样和煦明媚，更像泉水一样欢快清澈。以乡村文化为背景映衬的六月敏感的童心，像一条活泼的溪水在充满激情地流淌，使作者所描绘的这种看似极其平淡的乡村生活，不再仅仅是平淡的日常生活场景，而是在具有强烈生命意识的叩问之中，世界逐渐打开，情感逐渐发育，心智逐渐成熟，想象逐渐丰富，眼前的一切逐渐变得清晰明了起来，少年的心踏着已知的阶梯逐渐抵达彼岸与未来。完成这一过程，事实上也意味着民族文化之根，在年轻的生命个体中得以传承、深植和发展这样一种生动、具体而形象的过程。

《农历》写得既那么简约与单纯，又那么丰赡与饱满，显示出文斌独特的文学品格与追求。作品跨文体的复调式写作，也许是作者缘自这部小说文体需要的一种尝试，使作品本身包容了很丰富的思想与文学含量。小说叙述的松弛与节制，抒发的含蓄与奔放，意蕴的隐匿与显豁，风格的清新与质朴，以及对现实的逼真描绘，遐想的浪漫无羁，人生哲理层面的深入，乡村风俗与风情的细腻呈现，赋予作品某种令人心向往之的强烈美感。特别是作品描写少年以纯净好奇的心灵触摸周遭世界，竟是如此地灵醒细密、婉转曲致、妙趣横生，让读者平生许多会心的微笑与感动。这不止表明作者对于生活细节的精细入微的观察与体悟，也充分反映出作者的卓越想象力，更显示出作者心灵的自由和心地的纯净，使人相信作者似乎有一种佛性藏在胸中，并且是那样的宅心仁厚，有一种渗透到骨髓的优雅和温存从作品中散发出来。“吉祥如意”这样的祈语，并非只是他作品时可闻见的美丽符号，也是他作品氤氲而成的文学气象，还是流淌于他内心的一条情感之河。作品虽然对所表现的生活进行了某种过滤，但乡村韵味的丰盈和生活质地的坚实却是显然易见的。小说的成功创作表明，在纷纭扰攘的现代社会，童心不泯，血脉贯通，文化流传，依然会焕发出巨大的人生魅力。也许，《农历》描绘的只是一处乡村的风景，一种生活的场景，但它讲述的是生命的延续和文化的接力，是一种真正意义上的文化寻根小说，是作者在寻找自己的情感和心灵之根。

《农历》：人在异化之前的存在样式

——评郭文斌长篇小说《农历》

牛学智　尤晓刚

郭文斌在其随笔集《寻找安详》中清楚地表达了自己的文学观："帮助读者擦掉这一层灰尘，一层雾，就是文化的使命，也是文学的使命。"最近，由上海文艺出版社出版的长篇《农历》，就是这样一部小说。郭文斌历时十二年，呕心沥血，试图从农历精神中寻找传统文化之根，重建形而上学的理想国，帮助现代人擦掉心灵里的"灰尘"，挥去生命中不真实的"雾"，从而拯救世道人心。在这部小说中，作者通过"根是花朵的如意"式的意境安放了他的念想，践行了他的文学使命。如水一般的散文化笔调，至真至美至善的心灵之农历，让人感受到了一种美，一种天然的美，一种民俗情感的美，就像山神庙上的那句"古寺无灯明月照，山门不锁白云封"一样的超尘超凡的美感，这种美感就是郭文斌乡土文学叙事话语的个性。

《农历》以田园牧歌式的上庄为地理坐标，以元宵、干节、龙节、清明直至上九等十五个农历节日为写作载体，以两个天真烂漫、善良聪慧的孩子及其具有完美人格的父母为主要人物，通过对传统节日里民俗活动的描写和具有象征意义节日仪式中的人物对话，表现了人在异化之前最原始的存在经验和存在样式，表达了一种最原初意味的素朴情怀式美感，构成了郭文斌乡土小说的叙事话语。在元宵节守灯时六月"第一次体会到了那种'看进去'的美和好，也第一次体会到了那种'守住'的美和妙"；干节里的干梢"就像他每天搂着睡觉的花花，乖得让人心疼"，就连"躲在地坎下避风的感觉真是美极了”；在清明上坟祭奠时，六月“喜欢和爹和五月跪在坟院里的这种感觉，跪在风里的感觉”，他甚至“没有想到，奠茶的过程是如此的过瘾”；过大年时“桌子上的蜂蜡轻轻地响着，像是谁在小声地咳嗽；炕头的炉火哗哗飙着，映红了爹的脸膛……那个美啊！”，一家人坐在土炕上打牌的感觉更是“那个美啊，真能把人美死！”。为什么会有如此美的感受呢？因为在田园牧歌、吉祥如意的意境当中，这种美感的获得是没有任何功利心的，它最纯真、最朴素、最原始、最接近自然状态，虽然没有豪华别墅、车水马龙、灯红酒绿等现代都市的影子，但就如同感觉到“坟院有一种特别的温暖，既像家，又像梦”一样，它接近了人生的本真状态，体悟到了终极价值的关怀。这种原初美感是与自由相关的，是西方文化传统中的逻辑思辨推演不出来的，它无法用“理论理性”去解释，只能借助康德所主张的内蕴道德意志的“实践理性”来通达，依凭中国传统哲学式的心灵顿悟来体会。很明显，这种审美判断所关涉的是主体对于事物纯粹形式的把握，是主观上愉快的美感，这种美是无利害无功利的，只有以“君子盛德”为前提，把符合“至善”作为终极目的，才能感受到“如来境界”的美感。

小说中穿插了大量训蒙片断、民谣、古诗、对联、仪程词和一些剧本，或寄托了人们的某种祈福，或承担着某种文化使命，比如在二月二过龙节围仓时唱的《一把灰》歌：

一把灰，两把灰，龙王龙母你醒来，
一把灰，两把灰，龙王龙母享用来，
一把灰，两把灰，龙子龙孙降雨来，
一把灰，两把灰，五谷丰登跟着来。

再如，上九节唱的《天官赐福》戏文：

……
赐福本是快乐事，积善之家必余庆。

世间本是一福字，只是世人识不得。
福地本是安做土，安心之田谁会耕。
佛说万法心想生，我把道德做籽种。
回首再把人间望，福在大地已生根。

显然，在围仓时唱《一把灰》歌，是为了表达风调雨顺、五谷丰登的美好愿望，寄托着农民最原始、最美好的祈福，表征出一种天人相通的祝福美。上九节唱灯影戏时的剧本《天官赐福》，就像小说中的大先生说的，是“教人为善的剧本，把人带向正大光明的剧本”，表征出一种道德践行的安详美。在此，这些民谣、戏文不仅赋予的是一种文化意义，更彰显出作者乡土小说的叙事艺术中超然的美学特征。在存在主义大师海德格尔看来，人的存在特点就是要超出自己而存在世界上，人的本质就在于“它所包含的存在向来就是它有待去是的那个存在”。《农历》中所呈现的祝福、德行、安详之类的价值观，其实就是让此在向未来的可能性展开，以“领会”的方式超越当下，这种超然美是最本真的状态。

在小说中，各个节日里的民俗风情的描写占了重要篇幅，但这不是郭文斌的目的，他的目的是通过这些风俗习惯的描写，表达各个节日仪式中的象征意义，呈现小说的象征意境，这种象征成为小说独有的修辞性叙事。比如元宵节里点荞麦灯盏，意味着“一个人得有自己的光明”，每个人心里都要有明心灯；干节里燎干时往火里扔头发就象征着去除三千烦恼丝；在龙节剃龙头是提醒人在一生中不要做糊涂事，时刻保持“醒透”的头脑；端午节门框上的柳枝体现的是一种对自然的无涉功利的自由关照的美感，而采艾就是采吉祥如意；中元节唱《目连救母》大戏则是劝人为善；中秋节互送礼物的习俗则象征了六月的爹所说的“贪了要招魔”“共享才有味道”的哲理；腊八节的洗澡要称为“沐浴”，根本在于要洗去心上的垢痂……总之，人们通过节日里的各种民俗活动，能够在农历文化中展现内在的德性，并将这种德性外化为德行去观照自由的灵魂。

小说场景看起来是一些十分普通和似曾相识的民间风俗习惯，这种

“新桃换旧符”的故事,作者却以理解者和洞察者的姿态,赋予了丰富而浓厚的艺术内蕴。无论在元宵节的点灯仪式中,还是在各种祭祀活动中,都赋予的是一种天人合一,一种引领。心无杂念地端详那些摇曳的灯苗,或者在祭祀磕头时额头挨到地面上的那一刹那间,让人得以走进生命的原初,感受大安详、大空灵。在小说所描述的特定情境中,展现出了丰富的意象性,为小说奠定了坚实的文学基础。加缪说:“一个平面是感觉的世界,一个平面是概念的世界。”简单地说,就是用具象来表达出抽象的意思。以象征的方式构成一种美,我们只看到眼前的具体东西,但无法说清它到底象征着什么。奥地利的批评家埃里希·海勒曾指出“象征的困难是由‘现实’及其意义之间的分裂造成的”,这种困难给小说家的创作提出了要求,首先要知道意象的作用,其次要找到用什么象征什么。作者在《农历》中写道:

(六月)灰尘为啥会结垢痂?

(娘)因为时间长了。

(六月)为啥时间长了就结垢痂?

(娘)因为时间就这么个脾性,因此要防着时间。

在这里,作者把防灰尘结垢痂象征为防止人心变恶,所以“做事不能留尾巴”,不能有私心,要“时时勤拂试,莫使染尘埃”,就在这样一问一答中,作者巧妙地解决了现实与意义的关系,一种审美意象的艺术韵味回荡无穷。

这种象征性的乡土文学叙事话语,表征了小说的现实实践性维度和文学审美性。在《农历》文本中,虽然作者没有呈现出乡村中生命无法承受之重,但他并非诗化苦难、落后,而是以宏观历史性境遇为视角,对当下社会主流价值观念的缺失和道德的滑坡给予了深思,用价值理性对抗当下错位的价值观,表达了自己对自然、天然的崇拜之感,对真善美价值观的渴望。郭文斌深信,这种启蒙叙事,能够通过道德、信仰建构一个意义与价值的世界，让读者感受农历文化的超然美感，以期通过轻物欲、重精神的超然态度来感受当下。因此，农历节日也是对现代性的深刻反思，旨在提醒人们不要陷入工具理性和功利主义的控制之中。在郭文斌看来，人类打碎现代文明枷锁的“天然状态”才是最崇高、最理想的社会状态，所以他发出“回归自然”的强烈呼声。这种回归是以道德人格的形成为前提的，基本路向是儒家的“反身而诚”、佛家的由“物”而向“心”，道家的“反者道之动”，由受控于感官物欲的自然之人而朝向受控于能思之主体的道德人格，作者在《寻找安详》中说得好：“从一定意义上讲，要想保持和坚守就得向回走，因为只有向回走才能把‘根’留住。”在这里，作者站在时代的制高点上，让作品富含着深厚的价值底蕴。1936年，矛盾在《关于乡土文学》一文中说的一段话仍然很精辟：“关于乡土文学，我以为单有了特殊的风土人情的描写，只不过像看一幅异域图画，虽能引起我们的惊异，然而给我们的，只是好奇心的餍足。因此在特殊的风土人情而外，应当还有普遍性的与我们共同的对于运命的挣扎。一个只具有游历家的眼光的作者，往往只能给我们以前者；必须是一个具有一定的世界观与人生观的作者方能把后者作为主要的一点而给予了我们。”《农历》中倡导的感恩、忠孝、公道、善念、吉祥如意、天人合一等等素朴观念和人文情怀，正是支撑作者写作的世界观和人生观，也表现出作者厚重的精神担当和超越的精神向度。

作者在附录《望》的最后一句话里写道：“以一种书写的形式温习大年，我没有想到，它会把我的伤心打翻，把我的泪水带出来。”可能任何语言也无法描述作者当时的复杂心情，我猜测，也许作者对那片土地爱得深沉，因为只有那里才是他真正的精神家园，可如今，功利主义搅得现代人价值缺失、心神不宁、焦虑不安，“人们的心里已经没有欢喜”，面对现实与理想之间的矛盾所造成的裂痕，作者的“伤心”被打翻并带出了“泪水”。也许，郭文斌给我们创造出和谐欢乐的上庄和朴拙纯真的六月，就是想让我们与外界的喧嚣保持一定的距离，怀抱那份美好的愿望，找寻回家的路，享受心灵的暖意和安详，从这种意义来讲，读者需要《农历》，现代人需要

“农历精神”。作为一部长篇小说,能在文本中十分自然地内置一种成熟的信仰，这在当下中国长篇竞写潮中，的确还很难找出几部能与之匹敌的来。也许这才是《农历》看起来在做文化传统精神的文章,实则琢磨当下人灵魂问题的原委——因为，要进入后者不止需要读者颇为吻合的心灵准备,更考验一个时代普遍性的生存语境、文化语境。这是《农历》难读的地方,也是真正有价值的地方。

农历不亡，民间传统就不会断

张黎姣

西北一户农家的日常生活，在郭文斌看来就是活在民间的传统。他更进一步相信，这种渗透在中国人生活习惯里的传统，其实是“民族的命根”。

用带着西北味儿的口音谈起他的长篇小说《农历》，这个宁夏男人表示：“作为人，完成孝道是第一功课。我把《农历》的写作视为一次行孝。”

历时十二年创作完成的这部小说，以农历节气为序，集中用其中的十五个节日来讲故事。而他选择用农历节日作为人们生活的节点的原因则是：“农历”是中华民族的根基，而“农历”中的节日，无疑是中华民族的脊椎，也是中华民族的生命力所在。

作为第四届鲁迅文学奖得主，郭文斌想透过《农历》来探究民间传统的重要之处。“我认为，中国文化主要由两部分组成，一部分是经典传统，一部分是民间传统。经典传统固然重要，但民间传统更重要。因为经典只有像水一样化在民间，才能成为大地的营养，否则就只是一些句段。”

郭文斌觉得，经典传统是可以断裂的，但是民间传统不会断裂。焚书坑儒时代，经典传统断裂了，但是民间传统没有断裂；“文革”十年，经典传统断裂了，但是民间传统没有断裂。

因此，郭文斌笔下的“农历”是一个民族的命脉，“农历精神”则是一个人的血脉。他希望借用《农历》这本书，让传统的种子变成庄稼，并自然成长，“看完《农历》，读者就会知道，其中的十五个节日，每个都有一个主题，它是古人为我们开发的十五种生命必不可少的营养素”。

在《农历》中，郭文斌将佛教故事《目连救母》整出戏搬进书里，他有他的考虑。“它太重要了。当初有许多朋友建议我把《中元》这节删掉，但我十分固执地留下了。书出来后，大家都说好。因为这个时代太需要“目连精神”了。”在郭文斌眼中，《目连救母》是一则寓言，它讲尽了我们老祖宗的心量。目连所救的，不单单是自己的母亲，更是大地母亲、人格母亲。郭文斌曾在一篇散文中把它称为中华民族的“救文化”。“救”的背后，是感恩，是敬畏，是大爱，是舍己为人、舍己为公。《目连救母》，作为一出戏，代代传唱，代代完善，却少有作者留下自己的名字，郭文斌认为这样的“作家”才让人崇敬。

郭文斌认为，和先祖相比，现代人的“营养”有点儿不平衡。“体质”很寒，动不动就“感冒”，就“生病”，究其原因，就是接不上“天气”和“地气”了，久而久之，“元气”大伤。

他并不反对外来文化，但他认为当下的问题是，中华文明本有的一些文化精华被湮没，主体营养在沉睡。看着发生在大地上的一桩桩病相，郭文斌作为一个作家，有了以文学的形式，尝试着培植“地气”，承接“天气”，恢复“元气”的心愿，《农历》也逐渐成形。

有评论家说，《农历》有些为乡土文明唱挽歌的意味。对此，郭文斌并不反对，他认为作者要尊重读者的所有解读。但在他心中，《农历》不是挽歌，因为“农历精神”不会死亡。

如此说来，我们还能不能回到“农历时代”？“我们可能无法回去，但是我们完全可以找回‘农历精神’。”郭文斌说，“我奢望着能够写这么一本书：它既是天下父母推荐给孩子读的书，也是天下孩子推荐给父母读的书，它既能给大地增益安详，又能给读者带来吉祥，进入眼帘它是花朵，进入心灵它是根。我不敢说《农历》就是这样一本书，但是我按照这个目标努力了。”

郭文斌把《农历》的写作视为一次对天地、对岁月的深深敬礼。“农历”的本质是天人合一。天人合一这个成语一向被人们讲得很玄，在郭文斌的理解中，其实就是回到母亲的怀抱。 他用一个故事来表达自己的对天人合一的理解:当年曾参在外打柴,心突然疼了一下,心想是母亲出事了,忙跑回家,不想娘没事,是朋友来了。原来母亲为了不让朋友久等,就咬了一下她的手指头,曾参就感觉到了。郭文斌说:“这个故事,人们常常用来讲孝,但在我看来,就是讲天人合一。天人合一本质上是儿子的频道和母亲的同步。”

春节期间,天南海北的人都要不顾一切地回家过年。郭文斌认为,事实上这就是一个人潜意识中的“返乡”情结,“归属”情结。有母亲在的地方就是故乡,有年在的地方就是老家。这个母亲,既是生我养我的母亲,也是“大年”,也是“农历。

中国年:福在大地已生根

柳已青

年是中国人的生活时刻表,千载而下的传统文化基因,是国人安身立命之所,是我们世世代代的期盼与守望。当农历的节气表被历史冷落,公历的日子在时间上一统江湖;当无数的人抛弃了土地,像潮水一样涌进城市;我们发现,我们已经失去了庇护精神的家园,失去了童年过年的快乐。是乡愁,文化的乡愁,缭绕在没有庭院的高楼,促使郭文斌写下《农历》,从元宵节开始,到"上九"结束,正好是一"年"的循环。周而复始,岁月轮回,孩子们看到"福在大地已生根"。

小说以西北一家普通的农户为主人公,一对老夫老妻,守着几亩田,过着平常日子。可这平常日子中国节中,浸润国人生活的文化根基。大儿子分家另过,大闺女也出嫁了,膝下还有一个女孩儿,叫五月,小些的是个男孩儿,叫六月,都在天真的年龄,爱问"爹""为什么",无意中问到人生、世相、天地中的问题,如神来之笔,这些活泼、实在的天然之问,有天意。

乡村生活,那种宁静、安详的日子,在作家的笔下,充溢着浓浓的农历节日的气息。过年,可谓农历诸节日的华彩乐章。郭文斌以小说家的敏锐触觉,在喧嚣的世界,捕捉到"过年"的内涵。那个"过",有点像闲,让你觉得它非常的紧张,是非闲;是静,但你又觉得它非常的热烈,是非静;是温暖,但你又觉得它非常的清凉,是非温暖。那是什么呢?是和祝福同在,那种被称作"年"的东西,让人感到逍遥,让人感到静好,这种静好,大概和神同在有关。"神像一个过滤器一样把平时浮泛在我们心海的那些杂七杂八的东西‘过’掉了，让你的心里的水还原到当初的纯净”。

小说中五月六月姐弟过年，其实是无数代人儿时关于春节的温暖回忆。小说将写对联、剪窗花、上祖坟、穿新衣、放鞭炮、拜大年、迎喜神等过年风俗，写得温情而充满诗意。在孩子的眼中，年是快乐之源泉，希望之开端，六月说，“我就像过年一样甜”。剪窗花，是延续了千百年的年俗：“天上下雪花，我们剪窗花……当剪刀在三色纸上噌噌噌地剪过时，六月突然觉得，年是一朵花，已经在他和五月的手上开放了。”上祖坟，是乡村过年的一种神圣的仪式：“爹在爷爷的脚下跪了。太阳懒懒地照着，让坟院有一种特别的温暖，既像梦，又像家。”五月六月和“爹”关于年节的对话，发生在日常生活中，既有质朴的哲学，又有浪漫的童趣。

郭文斌笔下的年，将读者带回乡村，脚踏实地，而又心生欢喜，那种欢喜，是心理的自得与精神的圆满，窥得了天地人运转的规律，勘破了生生世世的岁月轮回，生发出心灵有所皈依的人生智慧。当然，这智慧是朴素的单纯的，如同大地上的庄稼，好似满地鞭炮的红纸屑，空中微微的火药味。

农历中的年节是农耕文明的标志，传统的文化与伦理的秩序渗透其中，在高速发展的经济社会，在全球一体化的今天，这种对传统节日的诗意发掘，对人类童年的深情回望，《农历》呈现出的田园牧歌式的吉祥与花朵，无疑是一曲挽歌，温婉动人。当郭文斌带着他的有关大年的文字在键盘上行走时，“我没想到，它会把我的伤心打翻，把我的泪水带出来”。我觉得小说中的五月六月，这一对小儿女，像沈从文《边城》中翠翠。翠翠处于一种听天由命的和谐之中，但宁静与平衡已经被打破，凋零的美与爱，像落花流水而去。五月六月在作家构筑的《农历》中，会找到永恒吗？如今生活在城市中的孩子，对乡村过年是隔膜的，在他们的世界，过年是肯德基，是哈利·波特，是网络游戏。养育了一代一代人们的土地，不断地被征收；生活了一代一代人的庭院，不断被拆迁。我读《农历》，返回童年，返回故乡，获得内心纯美的静谧与安宁，可是走出小说，却感到莫名的焦虑。

郭文斌以抢救的姿态，为中国农历节日作传，呈现出中国文化的根基和潜流。中国的节日，关乎土地，关乎天运，关乎心灵，关乎哲学。中国的传统文化是儒释道互相渗透，在节日中也得到体现。我觉得《农历》的文本，收录了西北流传了千年的戏文和唱词，是民俗文化的样本。其实，这样原生态的年俗中，会发现佛教渗透与传播的证据。比如《中元》一章即是现实叙事与传统皮影戏《目连救母》的交叉，《目连救母》几乎是全本，因为它是传统敬畏文化的典型象征，所以很好地解释了六月有关“孝”、天、地、人、地狱、报应、轮回等等许多的疑惑。比如《腊八》一章，“如果佛在我们心里，那我们每个人都是一座庙？一座会走路的庙”。

郭文斌笔下的《农历》正因为有了民间传说、节日风俗、文艺戏曲、方言俚语，“进入眼帘它是花朵，进入心灵它是根”，大地上的事，无非花朵与根基，庄户与土地。《农历》之中，有我们感情的寄托，有我们的文化源泉，触到了根，让我们不再焦虑，让我们安心、欢喜。

《农历》：一本特别的书

杨　扬

我之阅读小说，常常居于两种心态之间，一种是欣赏的，一种是职业的。欣赏的心态是无所用心地读，读着读着，感到欢喜，获得满足为止。职业的心态是用心刻意地读，明知道作品有这样那样的毛病，但为了了解小说写作的现状，还是从头至尾，一页一页地翻阅完毕。郭文斌先生的小说以前看得不多，但他的《吉祥如意》给我留下很好的印象，有西北淳厚高旷的风味，令人向往。此次见到他的长篇新作《农历》，自然而然地生发出一种亲切感。

《农历》很有意思，是按照中国农历旧俗的惯例，将一个一个节庆日子串联起来，其中的主要人物是西北一农户家的姐姐与弟弟，他们的名字是五月和六月。一般读者对于小说的阅读期待是故事，尤其是长篇小说，没有故事情节的推进，一口气要将数万字或数十万字的作品耐心读下来，的确有些难。记得自己年少时躲在县城图书馆的藏书室里，揭开封存的报纸，无意间取出托尔斯泰的《复活》和雨果的《悲惨世界》，那些感人的故事像催人欲望的金苹果，促使你急于知道下一个情节会是什么，因此每每遇到作家的议论抒情，总是一跃而过，无心回味，只有等到故事情节浮出字面，阅读才又恢复常态。

读郭文斌的《农历》，我起初也是怀着寻找故事的心态来拜读的，但翻阅了一章又一章，故事迟迟没有开展，阅读的忍耐度有些难以承受了。作品中没有我想要寻找的有意思的故事，而是一个节庆一个节庆中，西北子民们最日常的起居与生活。五月和六月姐弟俩不停地说话,或是有一些风景穿插,讲话的速度很慢,故事的场景切换也少,犹如电影中的长镜头,一直对着两个人物。这种小说的构造方法与当代小说追求快速经济的表现技法大相径庭,如果是换一个作家的作品,我有可能会终止自己的阅读,但因为是郭文斌的小说,凭着原先对小说作者的信任,我坚持阅读下去。

随后的阅读感受让我觉得作者的确没有辜负期望,《农历》真正属于那种别具一格的小说。说它别具一格,是因为作者在文学表达上有自己的理念。郭文斌生活在西北,他感受着变化了的现代生活对西北原有生活的冲击和改写,但对于他熟悉的乡土而言,他总觉得有一种亲密的乡间情谊难以被现代生活所改变。就像端午、中秋、大年这样的农历节庆,虽然现在在很多地方依然存在,但内容和形式却已起了很大的变化。所以,《农历》中作者像是在怅叹往事一般,追忆着农历节庆时空中那些没有随时光消失的恒常的传统风俗。如五月、六月在中秋节遵照父亲的嘱咐,给村里乡亲送梨。两个青年一方面是舍不得自家辛苦一年收下的果实白白送人,另一方面又觉得如此一家一家地送梨,实在是烦琐。但当姐弟俩将满满一袋鲜梨送完后发现,自己的收获却比先前还要丰富。不仅是各家各户回送了各种糕点果实,更重要的是姐弟俩感觉到回赠的礼物中有一种意想不到的人情和乡亲的收获。同样,在大年写门联的描写中,有一个细节被充分扩展。父亲写错了一个字,但从意思上看似乎也可以过去,五月、六月想节约纸张,就劝父亲将就过去,但父亲不许。六月说那就送给傻子家。父亲就生气了,如果不是五月提醒马上要过年了,不知他该如何批评六月呢。这种身体力行的无言的教导,让沾染上现代生活气息的姐弟俩由最初的不拘小节,到慢慢体会到人情的重要性。

《农历》是以意味见长的长篇小说,它有点类似于萧红的《呼兰河传》,抒情的笔墨胜于故事的演绎,如果以情节来判定作品,那是牛头不对马嘴。而且,读这样的小说,不能单单靠阅读,还需要调动自己的情绪,让自己的情绪进入某种状态,适应了小说的氛围,然后才有可能打开小说的神奇世界。这样的阅读法则,对于作家作品而言,有一种很高的要求,作品的确要耐读,要对得住读者平心静气长久的期待。如果内涵单薄,故弄玄虚,没有实质性的哲理揭示的话,会大大伤害读者的胃口。或许从此以后,读者遇见这一作家的名字就会反胃,再也提不起阅读的兴趣。

另一方面,好小说对于读者而言,也是一种考验。并不是好小说一定会自然而然地激发起读者的阅读欲望,有时好小说是需要体会和交流的。当我们很多的读者被今天的图书市场所左右,满脑子的上榜图书的格调和故事时,是不是应该想一想换换阅读的口味,改变一下小说的视野和文学的风景?我们不熟悉的作家作品,我们疏远的人物和风土,未必就一定没有意义。从这一角度讲,当代文学阅读的范围和趣味依然是一个有待完善的世界。

《农历》是另一种小说,另一种文学。它对于作者的要求,是提供西北生活的真材实料,原汁原味。它对于读者的要求,是恢复到阅读文学作品的文字阅读状态,不要太多地顾及图像和各种现代传媒技术,老老实实凭文字的功力来体会文学的意味。由这样的视角来审视《农历》,人物简单的对话中,蕴藏着很多意味在其中,这种意味不是故事性的,而是诗意的,犹如当年小说家废名在《桃园》等小说中所追求的"魏晋文章晚唐诗"的韵味。这种意在笔先的抒情叙述的小说尝试,对于今天过快过热的都市趣味的小说世界而言,或许是有意义的新尝试。

《农历》:尽享世外的宁静、和谐与安详

郝　雨

在上海这样的喧嚣繁闹、竞争惨烈、生活节奏超快的国际化大都市，读郭文斌刚刚出版的长篇小说《农历》(上海文艺出版社 2010 年版)——这种完全唯美化的文学艺术作品，我边读边一再想象着郭文斌的现实生活状态。难道这个郭文斌就不是生活在当下充满争斗和欺诈的商业社会之中的吗?莫非作家真的可以“跳出三界外,不在五行中”?真的可以独自摆脱尘俗而身处世外桃源?一直读到小说被名为《望》的附录部分,我才明白郭文斌的确还是生活在现实之中的。他有着非常正常的现实的生活、工作、家庭、妻儿……只不过,他的意识深处还牢固地保留着那种最远古的田园牧歌的情境。这不仅使得他在内心中依然独享着一种世外的淳朴与浪漫,更重要的是,他在小说中所表现的其实更多的是他的一种乌托邦式的社会理想,是他对于人生最完美状态的一种图景化构建与诉求。

小说从人物塑造、情节设置到环境描摹,都极其简洁单纯。男女主人公五月、六月是一对涉世未深心地纯真的少年少女。而小说的整体结构，则是由两个小主人公在农历一年中的重要节日里，按照传统习俗进行纪念或者劳作时所发生的故事而组成。这样的结构显然体现了作者对于我国传统文化秩序的留恋和崇尚。而这样的一种完全依照自然时序生成的伦理秩序,又恰恰是他所理想的社会和谐安详的深层结构性基础。

就小说的主体内容而言,首先可以说是一部中国传统节日民俗大全,

或者起码是我国西北一带节日民俗的全景展现。其中严格按照天然时序，从作为旧年刚过，新年之初的元宵节，到作为年尾的大年，总共十五个农历的节日，小说以非常细腻明快的笔法，描写和讲述了这些节日中各种纪念的活动、程序以及步骤。而这些活动又都是以五月、六月这对姐弟的参与过程为线索进行展开，使得整个活动充满人间情趣和俗世风情。

当然，小说对于西北民情风俗的表现，又绝不仅仅是简单的、平面化的以及情景再现式的记叙和演示。其中更主要的还是对于我们民族悠久漫长的传统文化之根之源的追溯与呈现。那些优美温馨的民俗活动就如同是民族文化之树之花；而传统经典文化尤其是其中蕴含的充满智慧和理想精神的思想观念，则是其根。我们的民族生活中之所以能够一直保留着那么程序严密万世坚守的民俗活动，根本就在于我们民族文化的大树一直都是根深叶茂，我们民族文化的精神，一直都在滋养着我们世世代代华夏子孙的心灵。如《清明》一章中写五月、六月在集市买祭祀用纸，二人在选纸时极其用心和认真，因为他们内心有一种声音："祖宗虽远，祭祀不可不诚。"而当姐弟俩把这些传统"家训"和"家规"等等如同诗一样的文字脱口背出的时候，不仅当即得到满场喝彩，而且很多人愿意把纸送给他们，还邀请他们下次再来，传授他们的这些文化知识。这样的情节不仅生动地表现出了我们的传统文化精神后继有人，而且尤其有着极其广泛和深厚的社会群众基础。

在整部作品当中，小主人公以及他们的爹爹，对于许多传统文化中的经典篇目都能倒背如流、出口成章。无论是最通俗的《三字经》《千字文》《弟子规》《朱子家训》；还是比较深奥的《心经》《太上感应篇》，以及《劝世文》《药王品》等等，经常被小说安排成他们在各种场合巧妙地背诵出来。使得小说极其自然地流露出浓厚的文化意味。

小说中，有些节日的民俗活动程序还是比较复杂的，如"上九"时，不仅闹社火要到庙里请神、游庙，还要对诗、唱戏；"七巧"时要唱《牛郎织女》，"中元"时则要唱全本的《目连救母》。而所有这些活动，又往往包含着深厚久远的文化意义。如"干节"中的燎干，把树上的干枝打下来点起火堆，然后燎手、跳火，表面上看并不复杂，但是，为什么会衍生出这么一个“燎干”的风俗？说白了就是播种之前的一个日子，人们聚集起来烧上一堆干树枝又有什么特殊的意义？小说中写道，按照民间的解释：“干梢五行俱全”，因为，树长在土里，所以它含土，树要靠水长，因此又含水，干了能够烧火，所以含火，风一吹火就旺，所以含风……童男子点火后，读的祭火文竟是《心经》，往火中扔的“用物”又包括一撮头发，因为那代表着“三千烦恼丝”。步步都有来历，节节都有内涵。

此外，小说的艺术深度还在于，两个童蒙初开诸事懵懂的小主人公，在他们参与的所有活动以及他们的所见所闻中，总是不断提出或者讨论一些抽象性的、思辨性的，甚至带有终极意义的各种问题。诸如：人是怎么来的？为什么有男人和女人？爱是什么？诚是什么？解放是什么？……很多时候，小主人公对于这些问题的追问和讨论，甚至颇有苏格拉底、柏拉图之风，如：

> 草木为啥不能踩？六月问。
> 因为草木也是命？
> 啥叫命呢？
> 活着的都是命。
> 麦子活着吗？
> 当然活着啊。
> 那它咋不说话？
> 它说呢，只是你听不见。
> 六月就听见了。六月听见麦子在说话呢，六月听见漫山遍野的麦子在说话呢，麦子在说什么呢？

这样的一些问题和回答，从一对乳臭未干的少年男女口中吐出，看上去也许显得十分简单和幼稚，可是，这些问题又是我们哪个人没有疑问过的呢？而如果认真加以琢磨和掂量，这些问题当中，不也的确蕴含着非常值得追索和深入研究的问题吗？其实这也正是小说采用返璞归真的思维和笔法，引领读者对于一些世界和人生的元问题以及本真问题的求索与思考。

作家郭文斌一直在倡导和宣扬一种“安详哲学”，主张“安详”应该是现代人生命的方向；并有一名言，叫作“安详是快乐的方法论”（见《中国青年报》11 月 30 日，阅读周刊）。所以，在《农历》这部长篇小说中，“安详”也是贯穿始终的情绪基调与审美基调。整部小说是靠美的情调感人，而不是像当下的很多市场化小说那样靠刺激性吸引眼球。小说中完全没有那些惊险离奇的甚至是血腥暴力的情节和矛盾冲突，小说的文字的优美，尤其是人情味的浓郁，不仅让你备感充满安详的阅读快乐，而且其各个章节中丰富饱满的人性化的温馨细节，绝对能够让你的灵魂深处得到极致的感染和净化。

如六月深夜醒来听见爹爹“吃”妈妈的细节；六月看见姐姐给小娃娃幸福（小娃娃的名字）喂奶的细节；一家人在清水盆里看月的细节；六月用舌尖和舌根品麻麸馍馍的细节……尤其是这样的一段：“五月转过身，把背靠在他的背上，双手抱了膝盖，六月感动的心里全是君子。只觉得后背哗地一下热了起来，直热到心里去了。不对，是心先哗地一下热了起来，直热到后背去了。不对，是后背哗地一下热了起来，直热到心里去了……”小说中许多类似的看上去不动声色、不事修饰的语言和段落，其实潜含着极为充沛的情绪感染力。

当然，前面也已经谈到，小说的主体故事构成是农历节日的西北民俗，而所有这些民间民俗活动，也同样是为了祈求人们生活的和谐安详。每一个节日中的各种名目的劳作以及祭祀程序，全部主题都是向往生活的美满吉祥。不妨仔细领略一下中秋拜月神之后的一段描写：“六月听见月神说，我们先去六月家吧，众神听令，齐向六月家走来。月神在空中行走的声音悄无声息又惊天动地。不一会儿，院子里就落满了五颜六色的神仙，堆满了他们带来的吉祥和如意、心想和事成、风调和雨顺、五谷和丰登、幸福和平安。”

其实，这些体现着我国老百姓意愿的民俗活动，已经不仅仅是每年都要举行的一种仪式，而且完全是内化为一种意识和观念的生活理想。而这样的理想，也必然会在现实中产生一种坚持必定应验的匹克马利翁效应。

长篇小说《农历》：所有的念想都因了农历

张燕玲

一直怀抱《寻找安详》以使人人《吉祥如意》念想的郭文斌，终于在他的新著长篇《农历》(上海文艺出版社2010年版)中，安放了他的念想。因为在郭文斌看来，对于现代人，尤其是对那些整天处于致命焦虑的芸芸众生来说，以安详作为生命的方向，才是每天疲于奔命的人们尽快摆脱焦虑的救赎之路。于是，虚构了他的理想国——安详欢喜的上庄。初读以为这是一部献给孩子的农事诗，掩卷之余才知道：最应阅读的是我们，因为它只是借助儿童视角来呈示人性的本质与救赎，这是一部关于固守与出走、矛盾与救赎的书。

首先，固守与出走是郭文斌面对现代社会的基本态度。一如阿贝尔·雅卡尔所言："要是我们执意往经济主义道路走，准保回到野蛮的状态，就像赫胥黎在《人之杰》或奥维尔在《1984》中所描写的那样，对这样的人类，我们应当学会说'不'。"人类快节奏地向前赶路，慌乱得连路两边的风景都来不及看，更少有人留意他们遗忘与流失了什么，少有人在现代虚华生活中，理会他们曾经过过的与自然拥有密切关系的生活，曾经有过的在一个个天然节气与节日中翻过的一页页农历，忘却了这些曾经支撑着他们安身立命的传统社会的基石。我不知道郭文斌是否是在一个不能回老家过大年的年夜里，念想曾经有过的所有农历里的节日，念想远去的欢喜，在这份心灵的守望中，开始写《农历》；但是我注意到，在那个"就像新婚之夜没有进洞房”的日子里，当他带着他的有关大年的文字在键盘上行走时，“我没想到，它会把我的伤心打翻，把我的泪水带出来”(《农历·望》)。他要通过对乡村伦理与农耕文明的美善描绘，出走经济社会并说出他的“不”，他要固守他念想中的乡土文明，固守传统社会结构的基石。

于是，上庄在郭文斌笔下是牧歌式的田园，最动人的牧童便是六月了。六月是主人公，是一个嘀咕大问题“‘想’老管不住的人”，他是童真、童心与经典化的民间传统的化身，也是本书的灵魂。郭文斌以纯正、沉静的儿童本位叙事，以孩子的眼睛看万物见心灵，以孩子的本真描述世界的美与善。因此在天真烂漫、聪明早慧的六月和他的姐姐五月眼里，万物有灵，天地有心，人心美善，他们与慈爱的母亲，尤其他们的开蒙老师被村里称为“大先生”的父亲，演绎并串联了一村人的十五个农历节日。背负乡间文明与乡村伦理大任的他们与乡邻们，互助互爱，人人受欢迎，个个生活和美安详。该下地时适时下地，该祭拜时虔敬祭拜，该过节时欢喜过节，一如六月探寻的“火是木的解放”，“水是脸的解放，也就是净的解放，也就是美的解放”，一种身心真正“解放”了的日子。而六月自在的情状与生活，天真烂漫，聪敏自然，妙趣横生，放慢了脚步的乡间生活，飞扬着一种精神的光芒和祥和的气氛，人物为此有了翅膀，飞进读者尤其孩子的心里。郭文斌的弦外余音是他守望的安详大地、修成正果的人心与丰厚的民间传统，并使之扎根读者，欢喜人心。为了守望这份安详，理想人物六月修身养性，快乐成长。端午采艾草时，“五月六月从未有过地感觉到‘大家’的美好，”而且每个人的美好，是一山的人都在采吉祥如意。“五月就把目光开成一束花，送给六月”，而过年了“老天下雪花，五月六月剪窗花。二人手里各是一把小剪刀，按照爹给他们的花样剪。当剪刀在三色纸上噌噌噌地剪过时，六月突然觉得，年是一朵花，已经在他和五月的手上开放了。”这快乐潜入元宵的灯花、潜入干节的打干枝、潜入小满侄儿的生育诗、潜入清明老得不像样子的荒草、潜入中元目连救母的戏文、潜入七巧的牛郎织女、潜入中秋养在碗里的月亮之鱼、潜入重阳的十全十美、潜入腊八冬至水的上善、潜入大年的分年守夜以及改弟的家……随处结祥云，人人皆欢喜。

这快乐充满了如流水般和谐自然的韵律，它令我们明白安详是本书真正的主人公，明白六月一个个的欢喜中隐含着对友谊、忠孝、感恩、同情、自由、公正、劳动等等精神成长关键词的认识，他与五月对民间经典的学习与背诵，显现的聪慧灵性与精神气质，一如黑柳彻子《窗边的小豆豆》(我读的是最早的汉译本《窗边的小姑娘》)、在那山的那边海的那边的那群《蓝精灵》、善于追问的麦兜，当下的《美丽人生》、胡赛尼《追风筝的人》、约翰·伯恩《穿条纹衣服的男孩》等等，都在儿童视角的深处，始终以温暖呈示人性的善与恶，呈示人性的本质与救赎，既显示了儿童文学的经典品格，也显示了现实与理想的文学关系，它会超越着年龄与地域，并能在更大范围内获得认同。这样的阅读不仅快乐，还留下深切的的记忆，而且这份记忆会影响读者许久许久。

这种固守与出走是审美的个性的，也是独具魅力的。从现实出走，回到故乡，以六月过元宵为切口，切入了烂漫与念想，回归了本真与幸福。这种幸福散发着地气，弥漫着大年的喜乐。从《大年》《吉祥如意》《点灯时分》《寻找安详》，乡土一直就是支撑郭文斌创作的根器，而中华文明一直也是扩大他内心世界的精神源泉，悲悯情怀则提升着他作品的精神向度，为此《农历》以乡村十五个传统节日设目，从元宵开始，到“上九”结束，正好是一个四季的循环。作者是以“小说节日史”的方式呈现中国文化的根基和潜流，以此拯救和重建乡土中国的传统文明，他不希望我们在倒脏水时把婴儿也倒掉。我明白了郭文斌近似着魔的热情正是来自这份对经典化民间传统的钟情。在他唯美的散发书卷气的散文化笔下，上庄的年节、西北节日风俗、民间文艺与方言俚语“进入眼帘它是花朵，进入心灵它是根”，显现了作者西北文化生生不息的血脉。同时，复调的大量运用，不时使现实与历史、现实与戏文、现实与梦境交相辉映，相生相应，产生一种互文的效果。慢慢翻阅书页，别样的情绪渐渐涌动，温情而沉静，在六月开蒙的天真烂漫、快乐闲适与温柔敦厚中，自我便幻化出一方心灵的牧歌田园，在此出走现代社会，在此回归本真固守好的传统。郭文斌不仅给了我们一个绵长的念想，同时也唤醒了我们的审美感受力。

其次，矛盾与救赎是郭文斌对正在裂变的乡土文明重建的忧思与努力。面对现代化进程的脚步与乡土文明行将瓦解的矛盾，郭文斌痛心不已，他急于为远去的农耕文明唱挽歌，因而文以载道，因而小小的六月负荷重重，也为此郭文斌故意隐去现代生活与现代文明，隐去时代背景，而六月与五月也年龄模糊，读者只能从“坐车五月要买票，六月不用买票”去判断，如此之下一米左右的六月却可在“上九”做了乡间只有德高望重者的仪程官，并表现出少儿罕见的文胆与口才，令人生疑也生敬意。同时，没有学校生活（只有“大年”里提过爹“让他们每年给小乔老师磕头”），也就没有现代教育的甘与苦。没有苦恼，没有矛盾（有小口角，或是心里闪过些许小气，还没出口，就被仁义过滤了），全村人全年都随着“农历”（这是乡土文明的象征）、依照传统过着一个个节日，大家都生活在“安详”与“欢喜”之中，就是连一无所有，无心过年睡大觉的改弟爹也被六月们的爱与喜感动，而起身糊过年灯笼了。上庄的人们都是无条件地快乐，因为“如果一个人心中全是欢喜，真的全是欢喜，他就不会没饭吃没衣穿，他走到哪儿哪儿就是吉地，他任何时候出行都是吉时，任何人见到他都会心生欢喜”。在悲凉遍地、困境重重的当下乡村，此曲只应天上有了。常回乡村老家的郭文斌，不可能无视现实存在，如此营造安详和欢喜便有了乌托邦的意味，或者童话的质地与理想的信念。当然隐去矛盾的阅读，是愉悦美善的；但掩卷之余矛盾却直击心扉，悲哀不期而至：《农历》的欢喜世界，早已渐行渐远了；描绘安详，是为了救赎；那么沉醉“欢喜”，是否意味着对乡村忧思的忘却与逃避？

也许，作者正是这样让我们在书的世界里暂时远离尘埃，远离经济时代的恐慌，回归传统节日里的欢喜，回归农历，“天然”与“安详”地养殖德行与快乐，在民间化的经典与传统中自我救赎，尤其还孩子们一个自在快乐的童年，人人都像六月那样自由自在、吉祥如意地成长。

在这个意义上，孩子需要六月，成人社会需要这种关怀与审美。

为了不再遗憾的写作

汪 政

也许,这是郭文斌多年的一个心愿,为中国的农历做一个"传"。前几年,他断断续续写出了《大年》《点灯时分》《吉祥如意》《中秋》《端午》等作品,而且,作品中的人物也差不多,一对本分的守着自己几亩地的夫妻,大儿子分出去了,大闺女也嫁出去了,膝下还有俩儿女,大些的是个女孩儿,叫五月,小些的是个男孩儿,叫六月,都在刚记事的天真年纪。现在,这一对夫妻牵着这一双儿女,从那些短篇故事中走进了长篇《农历》,他们要用一年的时间为我们演示中国农村原汁原味的日常生活,给现代化中的人们讲述他们生命的节奏,生活的原则,感情的寄托,他们的价值和他们的根。

这部长篇从"元宵"开篇,到"上九"结煞,刚好一个轮回。中间既有我们非常熟悉的大年、中秋,但也有我们非常陌生的龙节、中元,有的是农历的节气,有的是农历的节日。人们,尤其是都市的人们,现在对农历已经不那么看重了,有多少人还按农历安排自己的生活呢?农历是中国古人发明的,据说最早诞生于夏朝,后来经过了多次修正。它是根据太阳和月亮运行的规律总结推衍出来的,因为太阳的运行产生了季节的变化,农事的安排必须适应这种变化,古人据此设置二十四节气以指导农业生产。农历文化实际上是一个非常丰富的话语系统,它不仅仅是一个时间表,而是包含着天文、地理、宗教、习俗、生产、生活等许多方面。在古代,二十四节气对农业生产具有强制性指导意义,而每一次生产行为都包含祭祀、禁忌、庆祝、劝勉以及实际生产行为等许多程序和仪式,每一道程序又都包含着它的起源、沿革、传统等文化增殖。对中国人来说，这是一笔丰厚而宝贵的文化遗产。

当然，作为文学，作为长篇小说，《农历》并不是一部有关历法的科普读物，或者说，郭文斌要表达的比单一的农历、传统世俗节日要多得多的文化释义与文化情感。他试图以农历为依傍、描绘出一个自满自足的生活环境与人伦关系，来演绎传统文化对生活的意义，塑造较为典型的传统文化人格，叙述个体在这个文化系统中的养成。作品的父亲与母亲显然是传统文化人格的典型，父亲不过是一个农民，但这个农民有着全面而朴素的文化传承，他熟悉农事，勤劳、本分、善良、聪明，受过初步的识字教育，对传统文化的几部启蒙经典如《三字经》《百家性》《千字文》《太上感应篇》《朱子家训》等谙熟于心，大体遵守着儒教的礼教，但同时又对道教、佛教以及其他民间宗教与风俗习惯也十分了解，所以，在作品中，父亲实际上扮演着一个榜样，一个传道、授业、解惑的角色。母亲在作品中的地位和角色与父亲相仿佛，只不过她更典范地显示出中国传统农村女性的文化身份，同时，由于教育的程度与方式的差别，她对下一代的启发更多的是情感，她对孩子的教诲有时也会借助于语文典籍，但这些典籍并不是典型的经典文本，而是传说、民间故事、歌谣以及戏曲等等。也许是为了突出传统乡村中文化传承的方式，郭文斌没有刻意地点明现代学校的存在，这样，我们可以对作品中五月、六月这两个孩子的文化接受与人格养成途径进行梳理。节日是重要的教育契机，因为节日是传统文化的重要载体，传统有时隐藏在生活的背后，隐藏在人们思想的深处，而节日就是人们定时选择的时间，将文化与传统集中地、强烈地表现出来，过节的每一个步骤与细节都有着具体的规定与释义，而节日的气氛则可以使人们沉浸在不同的情感体验中进而受到感化。《农历》以较为典范的传统节日与节气使五月、六月对一年的生活以及如何过这一年的生活有了大致的了解。结构则是父与子的对话，上一辈在传统文化传承中肩负着义不容辞的责任，而晚辈在接受中也责任重大，父亲的示范与讲解，儿女的询问、质疑、接受与思考形成了总体的对话结构，这种结构既体现在家庭中，也体现在家庭以外，从而形成一个统一体，以保证这一结构的同一性，只有具备这种同一性，文化的传承与接受才是畅通的。而内容与材料则是多样的。最重要的是日常生活，中国民俗节日本来就产生于农事，是为人们的生产生活服务的，所以本身就是人们日常生活的一部分，只不过在一个特定的日子，人们的日常生活增加了内容，或原有的内容增加和增强了表现形式，但它并没有终止日常生活的流程，因此，日常生活最能彰显文化的根基，也最能使人从中得到浸染与化育。《农历》说到底是一家人过日子的书，但文化即在其中。除了日常生活，就是各种各样的文化文本与文化符号，除了我们前面提到的经典与民间传说故事外，表演作为一种虚拟的方式在作品中也起着十分重要的作用，比如《中元》一章即是现实叙事与传统皮影戏《目连救母》的交叉，《目连救母》几乎是全本，因为它是传统敬畏文化的典型象征，所以很好地解释了六月有关"孝"、天、地、人、地狱、报应、轮回等等许多的疑惑。

我以为郭文斌的这次传统文化叙事颇费心事，有两个方面值得一提，一是它的形制显然受到了中国古代"变文"文体的影响。当初，在一些短篇写作中还不太看得出来，现在变为长篇，其特点一下子就显现出来了。书中的四个人物既是故事的主要人物，又是叙述人，特别是五月六月，更兼有结构性人物或线索人物的功能，有了这样的人物，再以日常生活作为背景，抽象的文化叙事就一变而为生动的文学叙事了。第二个就是跨文体的组合形成的复调，《农历》的文本是复合式的，以农历时节为线索的叙述是一个文本，它具有不可逆的线性特征，以保证农历节气的完整性。五月一家的生活是另一个文本，它是现象层面与故事层面的，它的意义在于提供传统乡村生活自满自足的画面。典籍、传说、戏文是非连续性的，它镶嵌在上述两层叙事中，形式灵活，可以是植入性的原始文本，也可以是转述，可以是完整的，也可以是片段的，它们代表了传统文化的权威，使农历的时间形式获得内容，使故事的日常性获得升华。这三重文本的呈现方式不同，叙述形态不同，语体风格不同，语义层面也不一致，从而制造了作品的复调，形成了另一种深层次的对话关系。

郭文斌这次写作的意义在哪里？有关传统文化的式微的判断已成定论，有关保护传统民俗节日的呼声也与日俱增，甚至进入了“申遗”的范围，但《农历》并没有多少的悲怆，更没有多少声嘶力竭的呼告；相反，它写得很安静，很平和。确实如此，随着生产方式的变更，建立在农耕文明上的传统民俗节日的瓦解也许是必然的，而随着社会的转型，传统文化的价值观可能也要退出主流，《农历》讲述的是一个看不出明显的时代印记的乡村一年的生活故事，而在现实中，乡村早已破败，自给自足的生活方式早已解体，不管是农历的规定性时序结构，还是代与代之间的文化传承也早已断裂。我们虽然有足够多的理由来阐述传统文化在乡村重建中的作用，从文化多样性的角度来申说乡土文化的地位，但在狂澜既倒之时转换一种方式也许是冷静而现实的，比如完整的呈现与原味的讲述，它使正在逝去的事物能本真地存现在话语中。郭文斌在《冬至》这一章有一情节，父亲说先人们常用“春泉垂春柳春染春美，秋院挂秋柿秋送秋香”的对联推测这一年的雨水的多寡和收成的丰歉，当六月追问如何推测时父亲说他记不太清了，六月顿不觉遗憾：“爹当时应该把它记在本子上才对。我可一定要记牢，到时传给我的儿子，再让我的儿子传给我的孙子，再让我的孙子传给我的重孙，子子孙孙，孙孙子子……我可不愿意让他们遗憾。”

也许，这就是郭文斌的心事。他要写出过去的故事，一幅完整的风俗画，而且要写得美丽、吉祥，为的是让未来不再遗憾，有一份美好的怀想。

安详是快乐的方法论

——评郭文斌《寻找安详》

郝　雨

几年前，我在为著名庄子学家方勇教授的《庄子闲读》一书写的书评中，说到过这样几句话：假如说，一定要让我们只能用一个字来概括一下当代人们的生活状况，我以为最准确的莫过于一个字："忙"。有人曾经比喻，现代生活就像每个人身后都有一条无形的鞭子在驱赶着，让你无时无刻都不能不奔波甚至挣扎在没完没了的匆匆忙忙之中。而这样的忙碌真的是生活所必需的吗？我们能不能取得一点暂时的悠闲和安宁呢？那时我就向人推荐了《庄子闲读》这本书。那么，如果按照这样的思维逻辑再延伸一下：假如也只能用一个字来概括一下当代人们的心理状态，我以为也莫过于一个字："烦"。其实，这当然就是人们在比较专业的文字中常说的："焦虑"！而对于这种焦虑又应该如何加以疗治呢？那就不妨读读著名作家郭文斌近期出版的《寻找安详》（中华书局 2010年版）。

安详，据我所了解，曾经是郭文斌自身经历了一场严重的病痛之后，受人指点而达到的一种彻悟。彻悟后的郭文斌不仅病痛消失，而且生活事业一帆风顺。更重要的是，他的整个心境都感到豁亮起来。于是，屡屡受邀到包括清华北大在内的各个院校传授心得。最近又把这些心得扩展深入，整理成书，就是这本《寻找安详》。

其实，在这本书中，安详，不仅是一种心情、一种心态，而且是一种哲学、一种信念，是人生的一种大境界。

之所以要“寻找安详”，其根本的逻辑起点就是现代人的“致命焦虑”，也就是我用一个字概括的“烦”。所以，本书第一编的总标题就叫作“致命焦虑”。作家从现实当中人们经常会遇到的一些日常琐事谈起，概括出“现代人生活在一种巨大的茫然中，一种没有方向感造成的巨大茫然中。由此，方向感的选择成了现代人的集体焦虑，也是最大的焦虑”。那么，生命的方向问题，自然就成了人生的最为根本的问题，也是最为迫切需要解决的问题。

“生命方向”这样概念的提出，毫不夸张地说，实在应该称得上是一种人生哲学的巨大突破，它提出了人生哲学的一个重要命题。它把问题直接切入到了人生最本根、最核心的部位。人作为一种最高级的生命体，尤其是作为一种有思想有理性的存在物，无疑是需要有一个比较清楚明确的“生命方向”的。

那么，在郭文斌看来，对于现代人来说，尤其是对那些整天处于致命焦虑的芸芸众生来说，这种生命的方向，这种能够使得每天疲于奔命的人们尽快摆脱焦虑的救赎之路，归根结底，就是“寻找安详”。

然而，又究竟何为安详？作家在书中首先带领读者“回归常识”。而所谓“常识”，又其实非“常”。其中从词源的考证出发，最终让我们“知”的是“道”，是大“道”。书中所讲的“戒的常识”“爱的常识”“做的常识”；虽句句是“常识”，可条条都是大“道”。

当我们真正明白了或者甚至悟到了什么是安详，又该如何去寻找安详呢？书中以作家本人的体悟，规划了几条路线：“向内心求安详”“向孔子学习安详”“在大年中感受安详”……

郭文斌告诉我们，回到快乐老家是可能的，回到全然的喜悦是可能的，是和现代社会不矛盾的，只要我们找到那把钥匙。他让我们明白，快乐不在别处，快乐就在我们身上，快乐就是我们自己。生存的成本之所以加大，就是因为人们寻找快乐的成本加大，就是因为人们修筑寻找快乐道路的成本加大，就是因为人们修造寻找快乐车船的成本加大。当一个人能在“这里”“这一刻”“这一个”“这一口”“这一步”“这一声”中找到最大的快乐，那么他就不会耗费大量的燃油千辛万苦地到远方去寻觅。我们自己本身就是快乐的矿藏、幸福的矿藏、财富的矿藏，但是我们却要舍近求远。这个“灯下黑”真是天下再大不过的冤枉。因为这个弥天大冤，一些人可能直到终年，也不知道快乐是什么，也不知道如何回到我们“本身”，回到快乐之源。埋藏在本体的这一份最为宝贵的矿藏就永远成为一个沉睡，天下难道还有比这更遗憾的事情吗？

郭文斌告诉我们，安详不是别的，安详正是快乐的方法论。它让我们从伪快乐回到真实快乐，从寻找快乐回到在现场打开快乐，直接享受快乐；坦然地活着，健康地活着，唯美地活着，低成本甚至是零成本地活着；喜悦着，快乐着，幸福着，满足着；同时又是最高质量地活着。

郭文斌还告诉我们，安详本身就是喜悦。就像月光，无论照在谁家的屋顶上，它的清辉都是皎洁的；就像清泉，你用什么勺子舀出来，用什么杯子去喝，它的味道都是一样的，都是甘醇的。

请问，除过喜悦，我们还要实现什么？

我们追求财富，不就是追求财富带来的喜悦吗？

我们追求爱情，不就是追求爱情带来的喜悦吗？

我们追求荣誉，不就是追求荣誉带来的喜悦吗？

可是，如果我们在当下就能让喜悦充满，我们为什么还要舍近求远？

如果我们和安详错过，就是和喜悦错过，和时间错过，最终和生命错过。生命就成了一个大大的亏损。不管我们绘制多么宏伟的蓝图，从事多么伟大的事业，如果属于喜悦的账面上有出无进，那么我们肯定在和生命错过。我们的两眼应该紧紧盯着喜悦开盘，这样的股才是牛股，这么的市才是牛市，否则，等待我们的肯定是崩盘。

也的确如他所言，现代人的共同体会是离幸福越来越远。却不知从欲望中寻找幸福犹如缘木求鱼，用物质解决心灵疾患犹如拿油灭火。刺激欲望不但不会解决我们的心灵饥渴，反而火上浇油，只有水一般纯净的安详才能真正浇灭燃烧在人们心头的火焰。

一列列车，如果方向正确，速度越快越好；假如相反，越快越糟糕。细节决定成败,方向更加决定成败。生命的绚烂和精彩,快乐和幸福,固然来自细节,更来自一个正确的方向。对于生命来说,安详既是目的,又是方向。

如果一个人向外寻找幸福,生生世世也找不到幸福。现代人犯的一个最大的错误是,本身开着幸福的车子却满世界寻找幸福,最后把车子都开爆了,最终却和幸福擦肩而过。当一个人内心存有安详,仅仅从一餐一饮、半丝半缕中,就可以感受到世界上最大的幸福。否则,即使他拥有世界,也可能和幸福无缘。因此,安详既能给富人提供心灵着陆,又能给穷人提供心灵温暖。中华民族的古传统是向“内”寻找幸福,因为幸福就是我们“本身”,只是我们已经习惯了向“外”看,那束天生的打量幸福的目光已经永久睡眠。正因为这种向“内”寻找幸福的文化,造就了中华民族五千年的辉煌和灿烂,也造就了中华民族五千年基本的社会稳定和安宁。

郭文斌最后告诉读者:安详是一条离家最近的路,又是家本身;安详是全然的喜悦,无条件的快乐;安详既是生命的方向,也是生命的目的。让我们对安详充满向往。

我注意到,《寻找安详》出版后,出版社没有做任何的宣传推介活动,却一季一次重印,我们就可以想象读者是在怎样地口耳相传的。

让我们一同在安详中提升生命的质量,获得生命的尊严和幸福。

重整散失的文化

——郭文斌论

牛玉秋

中国的改革开放已经进行了三十年。市场经济的大潮以不可阻挡之势，在创造经济财富的同时也改变着社会生活的各个方面。绵延数千年的中国传统文化更是受到了前所未有的剧烈冲击，进一步加速了散失的过程。所谓文化的散失，是指原本与政治经济社会一体的文化形态，在新生的强势文化的冲击下，与现实政治经济社会失去了结构上的融合、凝结关系，其结构的稳定性受到重创，被解构为碎片，或散落到边缘地带寻找适合它生存的空间，或在强势文化势力尚未抵达的角落继续存在。在中国现代史上，传统文化因遭受重创而散失主要有三次，第一次是“五四”新文化运动，第二次是新中国成立后对封建文化的批判，第三次就是近三十年市场经济的冲击。文化的散失一方面是社会政治经济变革的必然结果，另一方面就文化自身的相对独立性和传承性而言又是民族和人类精神财富的重大损失。任何一个民族的核心价值体系的建立都离不开对本民族传统文化精华的继承。在社会政治经济发生重大变革时，如果不能清醒理智地辨析民族传统文化，继承精华，剔除糟粕，就很可能在精神文化生活领域产生迷误，造成礼崩乐坏、价值失范的局面。这也正是近年来思想文化界提倡重视继承传统文化，全社会掀起“国学热”的根本原因。郭文斌及其文学创作就是在这样的精神文化背景下结出的文学成果，也只有从重整散失的文化的角度入手，才能真正理解郭文斌及其创作。

为郭文斌带来文学声誉的首先是他那些描写农村风俗生活的篇章，如引起广泛关注的《大年》，获得鲁迅文学奖的《吉祥如意》。风俗一般是指历代相沿积久而成的风尚、礼节、习惯等的总和。我国古代认为，由于自然条件不同而形成的习尚叫“风”，由于社会环境不同而形成的习尚叫“俗”。风俗在本质上是社会纪律的一种形式，它是历史地形成的，普及于社会和集体中的、在一定环境经常重复出现的一种行为方式。《大年》是写春节的，《吉祥如意》是写端午的，《点灯时分》是写元宵节的。郭文斌何以对传统节日有如此浓厚的兴趣呢？一般说来，风俗是传统文化的普及版和浓缩版，而民族节日则是风俗的普及版和浓缩版。比如近年来在中国越来越热的情人节、圣诞节，实际上是表明了一种文化认同，而文化散失最明显的标志往往就是传统节日在实际生活中的退隐。郭文斌在自己的作品中极其详尽细腻地描写民族传统节日中仪式性的过程，就是一种抗争。他以童年回忆的视角，写端午插柳枝、摆供果、祭祀、绑花绳、采艾草、缝香包；写春节写对联：裁纸、研磨、抻纸，蒸馍、送灶、泼散（在大门口掷馍块分送孤魂野鬼）、贴对联、洗尘、祭祖、分年（给孩子们分糖果干货）、贴窗花、点灯笼、守夜、拜年、赶庙会；写元宵节捏灯、点灯、送灯祈福、献月神。有的读者从这些过程中读出了贫穷，认为郭文斌是在美化苦难。其实这一切与贫穷无关，他是在展现一种文化的魅力。在这些仪式过程中充满了对美好生活的祈盼、对周围世界的善意、对生活和生命意义的体味，充满了温情、温暖与温馨。他要唤醒每一个人的童年回忆，让人们在回忆中重温传统文化的美好，最终在现实生活中为如此美好的文化留存一席之地。

文化的作用当然不仅仅只有温情的一面，它还有规范人们价值观念、行为方式的重要作用。正像汪政、晓华在《乡村教育诗与慢的艺术》中所说：“礼俗作为一种特殊的行为，通过外在的符号、工具、程序以及组织者的权威而具有强制性，会营造出特殊的氛围，而使参与者在哀伤、敬畏、狂欢与审美的不同情境中获得行为规范、道德训诫和心灵净化。”如守灯时不能胡思乱想，泼散、分年不能吝啬等。在《三年》《一片荞地》《呼吸》等篇章中，也有礼俗作用于心灵的细致表现。这些与死亡有关的作品无一例外地详尽地描写了死亡的礼俗。如《三年》中的跪迎纸火,点燃黄表、木香、金银斗、花圈、香幡,跪听祭辞;《一片荞地》中的丧仪:正相、凉尸、守丧、做寿木、做献板、写领魂幡、杀引路鸡、吊唁、献馍、烧纸、殓棺、下葬;《呼吸》中给牛“葬骨”:扎纸、垒坟、跪拜、诵唱祭土文。在这一系列的礼俗活动中,体现了生者对死者(包括为人出力报效的牛)的尊重和思念,体现了生者对与死者的情感关系的尊重和清理。

在这一系列作品中,郭文斌还用心良苦地描写了传统文化传承的方式。无论是明明、亮亮,还是五月、六月,都是从爹和娘那里接受传统文化的教育,而爹所说的又是“奶奶的话”、孔老夫子的话。乐善好施、慎终追远,众生畏果、菩萨畏因,积德行善等等等等,就在一辈辈人的口口相传中成为民族文化的重要组成部分。所有这些作品在内容上具有共同的特点:从时间上看是童年,是过去时,从空间上看是偏远的乡村。而这正是散失的文化的存在方式。郭文斌创作这一系列作品的用心就在于让散失的文化在他的作品中获得新生,为重整散失的文化做出努力。

郭文斌那些描写城市生活的篇章呈现出与上述作品迥然不同的风貌。初看上去这些作品是在叩问人性之谜和人性的复杂性。这些作品不像一般小说那样在因果链条上展开一种或两种可能性,而是呈现出多种可能性。如《瑜伽》中的王海牙是一个不忠实的丈夫,在妻子面前显露的都是人性或者男性的丑恶的东西,但是在自己的职责范围内他又是一个尽职尽责忠于职守的警察,在抓捕逃犯时英勇牺牲。如何评价这样一个人物,不免让人有些迷茫。又如《水随天去》以一个儿童成长过程中的眼光去看父亲,父亲在不同的人生阶段的不同表现,他与母亲之间的关系,他最后的去处,都没有明确的答案。不断成长的心理和眼光反衬出成人世界的复杂,也引起读者对多种可能性的思索。这种复杂和迷茫与他乡村作品中的明朗单纯形成了鲜明的对比。在快节奏的城市生活中,人的内心生活被各种各样的外在事物包裹着、遮蔽着,不仅单纯的儿童不明就里,就连成人自己也往往无暇顾及。而郭文斌正是在这样的生存状态中,以剥茧抽丝的耐心去捕捉人们心灵每一次有价值的悸动。在《陪木子李到平凉》中我们就看到了“我”对那玉红的那种没有目的的喜欢,他给那玉红寄贺卡时的心理感受,“在想起要给她寄那张贺卡的时候,在往那张贺卡上写字的时候,在把那张贺卡投向邮筒的时候,有种难以言说的幸福”。人的一生中总会对某个人或某种事物没有任何物质的或目的性的需求,而仅仅是一种精神的需求,实现这种需求的过程是一种极其美好的内心感受。郭文斌准确精到地捕捉到并表现出了这种美好的内心感受。当然,在这个系列中他更多地还是在表现一种缺失,一种精神的缺失、心灵的缺失。而这种缺失往往就表现在追求内心满足过程里所受到的种种阻碍之中,表现在寻觅不到实现内心需求的途径之上。就像他在《清明是一笔债》中所说的:“伫立在城市的夜色中,我不知该怎样收拾自己的心事。”《瑜伽》中被伤害的妻子陈百合想要在练习瑜伽的过程中逃避痛苦、寻找慰藉,而她的朋友谢子长告诉她:“瑜伽不是逃避。当一个人为了逃避进入瑜伽,那他已经和瑜伽无缘。”在《睡在我们怀里的茶》中,徐小帆在生活细节特别是在与茶有关的生活细节中所获得的精神心理满足,得不到周围人的认同;她喜欢家的的感觉,从一个失败的婚姻走出来之后,又进入了另一个婚姻,结果在新婚之夜就发现了新夫和前夫的相同之处。缺失、逃避、妥协,成为城里人精神生活的常态。他们任何精神性的追求都难以独自实现,都会在出其不意时遭遇现实性的打击。徐小帆的妹妹对大海的浪漫情怀就在工作、房租等现实问题面前碰得头破血流。这又与乡村生活的闲适自足形成了鲜明的对照。郭文斌在他的作品中分别展现了乡村和城市两种不同的生活状态、心理状态,归根结底是展现了两种不同的文化形态。而且很显然他是在用乡村文化的完满来映衬城市文化的缺失。

表现郭文斌创作意图最为明显的是他那些直接阐述传统文化经典的篇章。他在《孔子到底离我们有多远》中提出了一个大胆的猜想:“孔圣一生所做的事大概就是教弟子如何找到安详。”他所说的安详就是指心理的平衡、心灵的平静和情绪的平和。在这篇长达两万多字的散文中,他详尽地阐述了他对孔子及其学说的理解。他的理解最鲜明的特点就是密切联系现实生活,准确针对现实生活中在人格修养和精神生活诸方面普遍存在的弊病和偏差，就是希望通过孔子教会人们“怎样收拾自己的心事”。这篇散文的重要性不在于郭文斌怎样理解孔子，而在于他怎样把孔子和现实生活联系在一起，怎样让传统文化在现实生活中发挥作用。他认为，按照圣哲的观点，人的成长过程从一定意义上说是一个不断被污染的过程。他用老子的“反者道之动”来诠释孔子的“克己复礼”，认为“克己复礼”就是克服生命惯性、逐步回归人生初始状态的过程。他把“不迁怒，不贰过”作为指标，把“忠恕”作为标准，把慈悲看作是一条通往光明、通往真理的通道，并据此对快乐、魅力、成功做了与流行观念截然不同的阐释。看他的散文会发现，他几乎不放过任何一个可以传播中国古代文化经典的机会，而且他不偏食，儒道释皆可为我所用。在父母亲情中他体会仁、孝；在儿子的成长中，他体会“宠辱不惊”；在鲁院听课他悟道；给张贤亮写序他写的是“再造之德”“平常心”“三人行”“谦退清俭”“告子书”。可以看出，中国传统文化中的精华已经成为他生命的重要组成部分、价值体系的重要组成部分。

对这样一个郭文斌难免会产生误读。读有关郭文斌的评论时，我常常会想起英国作家威·休·奥登的一段话，他说：“读书就是翻译，因为从来不会有两个人的体验是相同的。一个拙劣的读者就好比一个拙劣的译者：他会在应该意译的时候直译，而需要他直译时他却意译。”读小说尤其如此。有的时候我甚至会怀疑，我自己就是那个拙劣的读者，因为我对郭文斌的解读与很多人都大相径庭。但在参加了第二届中国银川音乐诗歌节之后，我相信我对郭文斌的解读大致不错。这届诗歌节的主题是“唤醒诗教，训蒙养正”，郭文斌是策划人。在开幕式的演出上，有三千多名中小学生朗诵、表演《百家姓》《三字经》《弟子规》等传统经典诗文。策划者希望用中国传统文化的精华校正流行文化中的弊病和偏差的良苦用心十分明显。

重整散失的文化是一项艰巨的思想文化建设任务。一般说来，一种文化形态一经散失就很难重整。因为文化散失的前提是社会经济政治的变革，一种文化形态之所以散失，就是因为它已经失去了原来存在的经济政治基础。比如在今天追求快节奏、高效率、强刺激的社会生活环境中，郭文斌所大力倡导的安详哲学能够成为社会价值主流吗？恐怕很难。但这种哲学却可以抚慰人的心灵，成为主流文化的重要补充。所以整理、挖掘散失文化中的精华，用以比照、纠正、校准现时文化中的弊病和偏差，对于构建社会核心价值体系有着不容忽视的重要作用，也是民族文化传承的必然。这也正是郭文斌及其创作的意义之所在。

诗性而唯美的“经验”

——郭文斌短篇小说论

范晓棠　吴义勤

在20世纪90年代以来的中国文学格局中，西部文学尤其是宁夏青年作家的崛起堪称一道奇特的文学风景。石舒清、陈继明、张学东等等名字都曾无一例外地带给中国文学界以特别的惊喜。而在他们中间，从西海固走来的郭文斌，更是在短篇小说领域取得了令人瞩目的成绩，并以其独特的乡土经验和叙事魅力赢得了文学界的青睐。他用质朴多情的笔调咏叹着清贫却又丰盈的西部乡土；用洁净隽美的笔触轻吟着深沉而又灵动的生命体验；用沉静深刻的哲思追寻着存在的形而上意味。他的短篇力作《吉祥如意》刚刚获得了第四届鲁迅文学奖全国优秀短篇小说奖，评委给了这篇小说这样的评价：“以优美隽永的笔调描述乡村的优美隽永，净化着我们日益浮躁不安的心灵。”对郭文斌来说，他的小说有着对于西部“经验”的执着与坚守，他的小说不是对中国文学从“五四”以来的现代性叙事或启蒙叙事的简单重复，而是试图从乡土的变迁中发掘那些曾经被遮蔽和忽略的永恒的“美丽”，这些美丽可能来自不变的人性、人情，也可能来自民间的、文化的、自然的风俗或“西部的风情”，甚至来自粗糙、质朴的生活本身。但无论源自何处，郭文斌都对其赋予了诗性的情感与唯美的想象，并以一种少有的透彻和练达，不动声色地超越了生活本身，抵达了一个冷静而又充满温情的精神向度。李建军在《升华与照亮：当代文学必须应对的精神考验》一文中说：“西部叙事不能只停留在对西部的外部事象的琐碎、无聊、粗俗甚至下流的叙写上，而应该在超越的意义上观察和把握它，用作家的心灵之光照亮惨淡的现实生活场景。从根本上讲，没有对日常生活的琐屑和无聊的克服，就不会产生真正有价值的作品，作家就不可能赋予自己的写作以丰富的诗意和内在的深度。就此而言，写作即显示高贵与尊严的精神创造活动。它意味着升华，意味着照亮，意味着对庸俗的超越。”[1]从这个意义上看，郭文斌从《大年》到《吉祥如意》的一系列短篇小说，不仅显示了他个人风格的日渐成熟，而且也开创了西部乡土文学的新的感受、体验与审美模式，即用温暖的伤感和“霸道的温柔”一点点贴近人心，让读者去体味和融化“我们心中的雪”。

一

在某种意义上，“西部乡土”可以说是郭文斌小说永远的精神母题。他以一双忧伤而多情的眼睛凝视、感受与体味着“乡土”中的一切。他的小说超越了批判的眼光，他总是以感恩的心和宗教般的虔诚对待“乡土”，因而他笔下的乡土形象是多情的、唯美的、纯净的、感人的。正如一位论者所指出的那样，“郭文斌善以清新细腻、空灵飘逸而又略带伤感的笔调叙写记忆中的多情乡土”[2]，安静地描绘生动鲜活的乡村图景，在淡定的叙述中，所有的贫穷和苦难似乎都被消解了，只有朴拙的人性与大自然自在地融为一体，和谐而纯美。《吉祥如意》用散文化的抒情笔调将端午节采艾这个古朴的民俗叙写得绵密而温润，营造出一片祥和的诗意氛围。“在蒙蒙夜色里，有一种神秘的味道，仿佛真有无数的神仙在他们看不见的地方等着享用这眼前的美味呢。”作家透过五月、六月两个纯洁善良的孩子的眼光，传达着古老的天人合一、乐观通达。人性的美和自然的美交叠辉映，烛照着现代人的精神家园。“六月很快沉浸到另外一种美好中去。那就是采。刃子贴地割过去，艾乖爽地扑倒在他的手里，像是早就等着他似的。六月想起爹说，采艾就是采吉祥如意，就觉得有无数的吉祥如意扑到他怀里，潮水一样。一山的人都在采吉祥如意。多美啊。”作家用独特的审美视角来观照乡土、民俗，将丰厚的审美意蕴融入到这幅“吉祥如意”的乡村画卷中，从而营构出清雅淡远的古典意境。而所谓“境由心生”，这也许是小说创作的别一种境界吧。《大年》同样以儿童的视角切入，用亮亮和明明两个孩子的感受诠释和还原着一个张扬和丰满的“年”，展示着生命之初的动力和喜悦，也展示着人性、人情的美。“明明能够感觉得到，满院的春和福像刚开的锅一样热气腾腾，像白面馒头一样在霭霭的雾气里时隐时现。大家看着满院红彤彤的对联抽烟、说笑，明明和亮亮幸福得简直要爆炸了。”浓郁的年的氛围就在郭文斌诗化的叙述中渐渐变得饱满、美好。小说仿佛一个被遗忘在灵魂皱褶里的华美梦境，那些遗失的美好在作家看似不经意的平铺直叙中被一点点打捞，也打捞起了读者内心深处的情愫。“明明看了看父亲的脸，父亲的脸红彤彤的；看亮亮的脸，亮亮的脸也是红彤彤的。明明想，这也许就是年的颜色吧。”一个鲜活灵动的意境再次凸现出来，而正是这“年的颜色”让人们得以“诗意地安居”，重新发掘出人性的纯真和纯美吧。

对人类情感的书写与发现是文学永恒的母题。在郭文斌的乡土小说中，爱情和亲情仿佛忧伤的花瓣，静静飘零。《剪刀》作为一个“悲伤的意象”，不仅承载着无可奈何的悲凉，也寄寓了作家深深的同情与悲悯。而这种悲悯是内敛和隐忍的，就像落在心中的雪，有着某种不可言说的意味。《剪刀》是一曲爱情与亲情交织的生命悲歌，也是颂歌。小说没有跌宕起伏的情节，通篇几乎由朴素的对话连缀而成。而贫穷和苦难这些“生命中不能承受之重”也只是作为凸显情感的背景。文本彰显的正是一个坚忍的男人和一个坚忍的女人之间的坚忍的爱情和亲情。情感的力量在这里得到了悲剧性的升华，简洁却令人震撼。“女人是在儿子放学之前动手的，用的就是那把剪刀。”所有的情感都为了最后的结局蓄势而发，钝重地直指人心。作家隐忍的悲悯也在这一刻得到释放，与读者一起沉到一种巨大的悲伤里，文本的弹性和张力也不言而喻。《我们心中的雪》则用感伤的笔触静静化解着纠缠的情感，将一个凋零的爱情故事娓娓道来。“我”与杏花两小无猜、青梅竹马，却最终分开。多年以后，当“我”再次回来见到杏花时，“我的心窝子里一下涌上许多东西。伤感而又温暖，亲切而又疼痛。”那些遥远的记忆又回来了，而“我们”只能在回忆中取暖。别具匠心的是，郭文斌将这样一个凄美的爱情故事放置在“文化大革命”这个特殊的话语背景中展开，戏谑中融入了一个时代的荒诞和悲凉。“我的心里是多么地甜啊，铁梅的红灯不左不右，偏偏照在杏花身上。那可是革命的光辉啊，就有无数金光闪闪的五角星鸽子一样在我心里啪啪啪地飞……”然而，爱情最终还是成为了心中永远都不能融化的雪，悄无声息却一直在下。“抬起头，正迎上杏花甘甜、满足而又潮湿的目光。心就变成一个舌头，一个童年伸向天空的舌头，任凭杏花目光的雪花，落下来，落下来。”“亲情”是《开花的牙》《撒谎的骨头》等小说的情感支撑。前者表现了牧牧对爷爷懵懂却又真切的感情，在生与死的跌宕中，在牧牧不解的追问下，“繁复的民俗文化，其实成了血缘亲情的另一种表达”[3]；后者则饱含同情和怜悯，将爷爷和等等之间的亲情刻画得细密入微，充满了心酸的叹息和无奈的伤感，“板胡声铺天盖地而来，呼啦啦地燃烧着，雪花一样落在他心里。泪水就不由落下来。耕地老汉天空中的最后一颗星落了，他的世界中只剩下无边无际的板胡声。”《撒谎的骨头》用一种催人泪下的悲悯让我们看到了一个作家的理解和良知。《呼吸》是一篇感人至深的小说，它让人与动物之间灵性的沟通得以凸现，大黄这一具有灵异色彩的形象被赋予了高尚的人格化特征，而它与郭富水、与水水之间缠绕的亲密情感完全可以被看作是另一种亲情的诠释和体现。大黄是陪伴在郭富水和水水身边不可或缺的家庭一员，他们情感的高度相通构筑了有血有肉的牢固亲情。他们相互理解相互支撑，不离不弃。最终，大黄不惜用自己的生命去拯救水水，这样的牺牲苍凉而震撼人心。“巨大的伤心再次袭来，几乎要将他从地上掠走。继之而来的是无边无际的虚弱。郭富水就在这种虚弱里随着自身的重量落下去，如同一个溺水者。”人与动物，人与自然的和谐也在这样巨大的情感氛围中变得真实而熨帖。

对性的描写是许多小说都会涉及的，然而在郭文斌的小说中，对“性意识”的描绘却呈现出一种“开辟鸿蒙的美”[4]，实在难能可贵，尤其是他对儿童期“性意识”的挖掘和表现更使其文本具有不可多得的价值。评论家熊修雨在《如何看待郭文斌小说中的性》一文中对郭文斌小说里关涉性的描写给予了充分的肯定，认为他对性的肯定和呼唤是对成长和生命的鼓励和高扬[5]。“性”在郭文斌笔下是干净而明亮的，是一个欲说还休的美好秘密。《快乐的指头与幸福的纸》用轻盈生动的语言将昕昕和改改两个孩子在不自觉中萌发的性意识传达得隐晦而到位，让读者生出无限美好的遐想。小说开头写昕昕的一个梦境，在梦里他急切地寻找改改。“昕昕没有见过那么漂亮的牡丹。牡丹开起来开起来，把昕昕的眼睛都开痛了。”他找啊找，然而，“昕昕一时有些伤心。怎么这么多好东西一睁眼就没有了呢？”小说中“指头”与“纸”都是对“性”的象征，“但昕昕管不住自己的手。轻轻地把手搭上去，顶，顶，顶，指头就进去了。……往进顶的那一刻，昕昕第一次体会到了一种插入的快感。那种美好的感觉鼓励昕昕再来一次。”在他们童真的对话中，是两个儿童对成人世界“性”的最初发现，“我流一辈子咋了，总比晚上还要干活好……”最后，昕昕快乐地重复着那个动作，“一种要穿过什么的感觉又从昕昕的心里升起，最后落实在指头上。”然而，当他“第一百次向马蜂窝冲刺时，屁股上啪的一下”，于是，“昕昕一边摸着发烫的屁股，一边委屈地想，捅烂有什么不好呢？”这样的疑问生出了一片开放的空间，也给读者留下了意味深长的思索。《门》里如意在发现了父亲的“秘密”后，羞怯地对杏花说：“我想在你的奶上暖一下手。”而《玉米》则给出了这样的描述：“东东去厨房里把娘给他在碗底扣着的一块莜面饼饼拿出来，掰成两半儿，和小红分了。莜面饼饼很薄，像铁皮那么薄，每人巴掌那么大的一块，两人就沿着边儿转着吃。小红说咱们吃个东西来。东东说吃啥呢？小红说你想吃啥就吃啥。东东就吃成了一个“回”，小红就吃成了一个“凸”。两个人一看，都笑了。小红说咱们换了耍。东东想了想，就换了。小红拿了东东的说，现在我能打过你。东东说我能打过你。小红说我能打过你。东东说你拿啥打呢？小红说我的能把你的装进去。东东说我的“子弹袋里”还有两颗子弹呢，早把你打倒了。小红说啥子弹，两个大豌豆，还没有扳机……” 性意识的萌发融汇在生命意识蔓延的长河中，伴随着成长，让一个个青涩的少年逐渐长大成人。而《雨水》中的“性”与“情”则更多的是“错过”的无奈和忧伤。

二

米兰·昆德拉在《小说的艺术》中坚持了布洛赫的观点，他这样说：“小说之存在的唯一理由在于发现那些只能为小说所发现的东西，有关生存的点滴，将生活世界置于不灭的光照之下。”文学的某些意蕴应该是超越时间和空间的，是永恒的，某种意义上说应该是超越生活、超越经验的。这种超越蕴含着对生命的发现和理解，以及对生命本原的哲学意义上的追诘。

郭文斌的小说是拥有这样的超越追求的。他始终坚持着对生命、对人生的追问，以及对生与死的形而上思索。他的作品里渗透着深厚的宗教意味，佛学的智慧之光闪耀在字里行间，这使他的哲理小说以一种“禅宗”的感悟洞彻灵魂的内里，包蕴着浓郁丰厚的精神意蕴。就像郭文斌自己在《大年》的序言《以笔为渡》中提到的，苏东坡与佛印和尚一同打坐，打坐完后，苏东坡问佛印说你现在看我是什么状态，佛印说我看你就像一尊佛，佛印问东坡你看我呢，苏东坡说我看你就像一堆大粪。苏东坡很得意，觉得自己赢了，他回去跟妹妹苏小妹一说，妹妹说你输了，佛印看你是一尊佛，那是因为他心中有佛，他看一切都是佛，那么你看他是一堆大粪，说明你是什么人，不用说了。“心中有佛”也许就是郭文斌一直追求的生活境界吧。“青青翠竹尽是法身，郁郁黄花无非般若。”获取般若的过程，充满着沧桑蜕变，精进乃至禅定的修为。郭文斌用一个智者的通达和对禅宗的领悟诠释着生命和人生——“生活就是禅。更多的时候，禅在制造矛盾，难道这是一个错误吗？恰恰相反，这正是禅家的伟大之处。他就是要通过矛盾来摧毁人们前生今世习惯并板结的意识沉积岩，让人的意识永远保持在‘鲜’的程度，保持在一种激越状态，最终回到意识的原初形态。”[6]，这正是禅学思想的精髓所在。于是，在郭文斌的小说中，生命中的每一朵涟漪，生活中的每一道波澜，都得以意味深长地挖掘和阐释，折射出哲思的光芒，获得了一种生命之初的从容自若与豁然开朗。

《水随天去》里只有平淡的叙述，却呈现出一种波澜诡谲的深奥哲思。

仓皇中，读者豁然而感慨，不得不面对内心深处那片苍茫的云天。小说没有很强的故事性，只是将父亲水上行一系列让人费解的生活细节串连起来，以此推动情节的发展。“现在，我终于可以认定，事情恰恰是从那时开始的，尽管当时看来，那是一个不错的兆头。”开头简洁明了却设置了一个悬念。接下来，从父亲扫地时的念念有词：“灵鬼摆尾，扫其行迹，行迹虽扫，又落扫迹。”到父亲对咸菜的态度，对苍蝇的态度，再到古怪的午睡习惯，一个特立独行的父亲形象鲜明起来。这些看似荒诞不经的行为最后都升华在父亲那不厌其烦的追问中：“知道你在吃饭吗？知道你正在睡觉吗？知道你正在打电话吗？……”的确，日日被包围在熙熙攘攘中的我们究竟知不知道自己在干什么呢？于是，“今天，我突然发现父亲问的还是有点道理，我们真的是不知道自己正在写作业，正在看风景，正在睡觉，正在吃饭，正在撒尿，正在做爱，甚至正在死亡。一点都不知道。这实在是一个危险的事情。”而带着这样的追问，父亲终于选择了离开，选择了放逐。离开意味着追寻，放逐当下才能寻找和进入生命的本真，这也许是对生命，对存在最好的追问方式。正如李兴阳在《生命真意和人间真情》中所说：“同作者其他的小说相比较，《水随天去》显露出了作者试图超越自己进行新的精神探索及其相应的艺术探索的意向。当作者以‘离家出走’的方式放逐了自己的‘父亲’之后，何以弥合生命真意与人间真情之间的抵牾，其最佳的途径在哪里？这是作者没有解决也不可能解决的问题，也是每一个生命的清醒者应当继续追问的而不可能有唯一答案的问题。单是提醒在尘世中熙来攘往的人们不要忘记这一永恒话题，《水随天去》就有行世的意义。”[7]

《陪木子李到平凉》也是一个颇让人玩味的短篇，让我想起格非的《青黄》，两者都写了一个找寻的过程，且都具有神秘的哲学色彩。在《陪木子李到平凉》正文的前面有两个思考题：“那玉红于我有意义吗？如果有，那意义何在？如果没有，上帝又为什么让我在那个胡同口看到她？”“那玉红于木子李有意义吗？如果有，那意义何在？如果没有，上帝又为什么让他从我口里听到她？”“人类一思考，上帝就发笑。”这两个幽玄的问题似乎最终指向虚无，其实却是作家对生命对存在的形而上思索和不懈的追问，折射出作家不渝的勘探意识。就像昆德拉所提到的:“作家应该肩负起勘探这种存在的艰难使命。”我遇见那玉红究竟是偶然还是必然?木子李知道那玉红又是偶然还是必然呢?生命中的偶然和必然都是宿命的结果吗?那么生与死、此岸与彼岸又当做怎样的解释呢?“我们被一条河拦住,河水汤汤,车子不敢贸然开下去,我和北隐下河,脱鞋,试水深浅……站在此岸,用青草擦鞋时,我突然看到,河水以一种少见的从容向远方流去……”文本最后为读者生成了一个无限开放的思索空间,在每个人的心上留下了一条从容流淌的生命之河。

《上岛》这个以城市情感为支撑构筑起来的短篇小说同样浸染着作家深刻的佛学思想和禅宗意识,在程荷锄和李小鸥似带玄机的精妙对话中,渗透着作家对爱情、对人生的领悟和超越世俗的理解,缥缈空寂的哲学色彩可见一斑。程荷锄无疑也是一个行者。当听到李小鸥说要带他去新开的素菜馆时,他“激动地说,太好了”。“等待上菜时,李小鸥说,你要出家了?程荷锄笑笑说,我本无家,何以出家?”“空手把锄头,步行骑水牛”。面对这样的程荷锄,李小鸥感到“好像被什么魔怔了”。目中无人地从人群中飘过的程荷锄和《水随天去》中的水上行一样,也经历着一种精进修行的过程。这正是一种内心入定,远离纷扰的禅家境界。程荷锄说,“爱不是这辈子的事,爱是你的前世,也是你的来世”,“过去心不可得,未来心不可得,现在心不可得”。所谓“前世、现世、来世”的生死轮回也正是佛家对人生超度的诠释。小说最后,程荷锄的一曲《心经》让李小鸥泪流满面,而程荷锄却发现自己“走神了”。程荷锄的“走神”和水上行的离家出走其实都意味着他们遁入空寂和对佛教禅宗的领悟。

如果说水上行的“出走”和程荷锄的“走神”说明他们还在追求的途中,还是现世的行者,那么《寻找丢失的眼睛》则给我们展示了一个彻底摆脱了世俗纷扰,让灵魂进入真正云游的行者形象——谢具善,用他三次完全不同的表现完成了一种对人生的“禅”意参悟和佛教至高境界的理解。谢具善那种“巨大的收敛”和他的“罗汉烩”;去捡被人吃剩的馒头作为早餐和挣脱李小红后“充满歉意的愤怒”,都显示出他对现世的超脱。最后,

“李小红打量着他的睡相，被一种空前的感觉魔怔。她承认，那是至今她见到的最为美丽的睡相，既具体又抽象，既安详又生动。像是一个婴儿，又像是一个老人；初看是男子汉，再看成女儿态；一会儿是谢具善本人，一会儿是整个宇宙。”这也许就是天人合一的高度和谐吧。至此，谢具善完成了他的精进修行，彻底入定到“禅”的空寂境界，一个真正的“禅修者”的形象也变得清晰明朗。

某种意义上，郭文斌的小说热衷的并不是对于一种生活或经验表象的触摸，更不是对于经验的“奇观”化的呈现与展示。他的小说的写作过程，更近似于读者对他的小说的阅读过程。他对于“生活”的“阅读”，是一种精神与情感的穿透，是一种深刻的“领悟”与品味。因此，我们会看到，其实郭文斌并不特别在意小说的故事情节与叙事节奏，仿佛一个高僧，他在领悟和挖掘的是生活背后、经验背后的那种“意味”和“内涵”，而不是“生活”和“经验”本身。从这个角度来说，郭文斌的小说味道是隐藏其所营构的“禅味”与“禅境”中的。正如贺绍俊所指出的：“郭文斌是一个悟透了生活的人。郭文斌的小说让我感动。他提供给我们的是一种纯净的境界，是一种最直接地触及文学核心、文学本质问题的小说。”[8]他小说中的人物，无论是老人还是儿童，都充满“智性”，都没有失去对生活的“好奇”与探究的热情，都能够从生活中“领悟”和“参透”着什么。《大年》《吉祥如意》等小说虽也涉及了“苦难”与生活的疼痛，但是在表层的故事与人生背后，郭文斌把握到了诗性的“核心”，“他以自己通达而智慧的心，打量世界，所发现的，往往是别人所难以发现的自得和优美”，“他写了忧伤，但不绝望；他写了苦难，但不自苦；他写了小地方人的情怀，但不狭窄；他写了美好的真情，但不做作。他的短篇，真的是一刀切下去，一切就清晰地显示出来了”[9]。

三

郭文斌执着地挖掘着西海固那片热土的醇美和期待，同时也将他敏感的灵魂触角伸向了喧嚣熙攘的城市，用他通透深邃的目光穿越城市中孤单浮躁的人群。作为一个矜持而内敛的作家，郭文斌的作品常常散发着清新淡泊的气息,这也使得他的城市小说同样弥漫着一种清远的宁静,在当下众多的都市题材创作中显得卓尔不群。

被物质裹挟着快速奔跑的城市里,一辆辆欲望街车呼啸而过。所有的真情都在被欲望的泡沫稀释和消弭着。于是,现代城市人生活的困顿和情感的虚伪成为许多都市小说关注的焦点。然而,郭文斌的匠心显然不在于此。他依然保持着自己一贯的清雅和豁达,超脱于物外,在高远的云端俯瞰着当下的城市生活,用他充满哲思的锐利笔尖寻找着“睡在我们怀里的茶”和精神上的“瑜伽”。《瑜伽》《睡在我们怀里的茶》《上岛》《寻找丢失的眼睛》等城市小说让我们一点点参悟人生、参悟爱情,弥漫着形而上的哲学意味。《瑜伽》讲述了谢子长和陈百合在圣陶沙茶楼喝茶的过程。陈百合向谢子长倾诉了自己离婚的原因和经过:丈夫的外遇、丈夫情人的挑衅,直到她发现原来丈夫的情人竟然是自己的同事。陈百合最后选择了离婚,并告诉谢子长她准备学习瑜伽。而谢子长对瑜伽的解释让陈百合感到“意外和激赏”,他说,瑜伽的本意“是和上帝同在”。“当你一旦进入了瑜伽状态,你就会觉得你生命中发生的许多在别人眼里十分重大的事情一下子微不足道了,就像王海牙。对于大海来说,失去一朵浪花算得了什么?和大海的快乐比起来,一朵浪花的快乐肯定显得短暂而且轻浮。对于世俗人来说,他们判断问题的标准是得失观,看自己在这件事里盈利多少。但对于一个非世俗者来说,他不是这样,他是看在每一件事情中生命获得了哪些成长。对于我们来说,所有的错误都是柴火,生命这壶水就是靠这些柴火烧开的。”谢子长给了陈百合生命的意味和生活的答案,也给了读者一次精神上的瑜伽。于是,“谢子长看见陈百合的开心像怀里的茶一样舒展。”小说的结尾意味深长。就在那天晚上,就在谢子长和陈百合刚刚离去的圣陶沙,陈百合的丈夫王海牙在与逃犯搏斗中不幸牺牲。这是巧合还是宿命?或者,对于“非世俗”的谢子长和陈百合来说,这样的世俗就是能够被他们错过。就像贺绍俊所评价的那样:“他们也在茶馆里聊天,恰恰是在他们走以后才发生那样一种打斗,他们并不是有意的,他们就是能够错肩而过,和这一切东西。”《睡在我们怀里的茶》中的徐小帆淡定而从容,读者在她身上看不到欲望的痕迹。和丈夫的虚荣,妹妹的功利不同,她只是执着于那些单纯幸福的小细节。她对妹妹说,只要你心里有海,就能在任何地方看到海。生活也是海啊。而在经历了褪色的爱情和失败的婚姻后,面对蒋方舟,她要求"不领结婚证,不办婚礼,不请客"。也许,这些世俗的东西于她已经失去了意义,她只是觉得"熟睡在自己怀里的蒋方舟,就是一泡茶。"读罢《瑜伽》《睡在我们怀里的茶》《寻找丢失的眼睛》等作品,读者不难发现"茶"作为郭文斌小说中频繁出现的意象,显然寄寓了深厚的哲学意蕴,对茶的描述其实是作家对一种人生态度的提炼和升华。

《忧伤的钥匙》同样有着哲理的渗透,就像荻最后的出走,留下满屋子的头发和一句"茶凉了,不喝就倒了吧"的话;同时也更多地体现了作家对爱情的感伤和诘问。小说以第三人称的旁观视角切入,为读者呈现了一个凄美感人的爱情故事。语文老师荻和他的学生莉惺惺相惜,产生了一种扎根于灵魂深处的爱情。他们的爱情纯洁美好,然而却无从实现。莉因为对荻的爱,耽误了学业;荻为了保证莉的前途,仓皇中毅然和一个护士订了婚。于是,误会是必然的,错过也是必然的。而这样的错过也必然深深地伤害了彼此。当莉读了大学,荻也进了一家大公司,他们拥有了重新在一起的可能时,却因为荻的一篇小说《钥匙》再一次带来了误解。莉始终不能原谅荻,他们最终痛苦地走向分离。面对这样的爱情,荻选择了离开,选择了出走,只留下了满屋的头发。文本讲述的只是朴素的爱情,似乎无关其他,这样单纯的叙事资源在当下的都市小说中是很少见的,然而,郭文斌却用他那种内敛的悲悯和理解征服了读者,从而产生了深刻的悲剧意味。

与上述几个城市小说相比,郭文斌的系列短篇小说《小城故事》和《爱情故事》则多了些许人间烟火的味道。这些小说多将视角定位在琐细的现实中,带有浓厚的生活气息。作家用轻快机敏的语言和简洁明了的叙述将一个个纠结复杂的生活故事讲述得跌宕生姿,少了一些清雅,但冷静贯穿始终。

《小城故事》把城市中典型的小人物作为挖掘的对象,勾勒着他们戏谑而又不无悲凉的生命线条。这些故事又常常与各种敏感的社会问题联系在一起，工人下岗、抢劫凶杀等社会元素带着某种出人意料的机缘巧合走进人物的生活，使文本具备了意想不到的开放效果。《证据》里的行政工作人员小李、小黄和小赵因为打赌到医院摸收款小姐的手，而被公安误认为小偷带走了；《春首》中的何立伟津津有味地讲述着大学校园里各色各样的花边趣闻，将一段俗气的爱情故事讲得淡然而充满了“喜剧色彩”；《我们的生活充满阳光》则围绕“酒”展开，把暧昧的同事关系、家庭危机以及下岗等因素杂糅在一起，用《我们的生活充满阳光》这首歌的歌名作为小说的题目，本身就具有一种黑色幽默的味道；《触雪的感觉》《深红色》和《邻居》都涉及爱情和友情纠结的复杂情感。《触雪的感觉》带着一种玩笑般的调侃，《深红色》是冷漠和阴沉的，当秦少游笑着把鲜血淋淋的匕首给李重光时，整篇小说都呈现出深红色的血的钝重，而《邻居》对两个朋友、两队夫妇之间的感情则处理得暧昧而模糊，多了一点感伤；《忧伤的风衣》同样关涉爱情和友情，但又略显不同。唐小玉和妻子南小菊之间的隔阂最终导致了他们婚姻的破裂，因为“心中的一个什么东西碎了”，再也无法粘连起来，只有那件忧伤的风衣是他们曾经爱过的证据。既然婚姻如此的脆弱和不堪一击，那么爱情呢？而心中那个碎了的东西又是什么呢？在这里，郭文斌将情感深处的微妙拿捏得恰到好处又发人深思。

《爱情故事》由四个短篇组成，分别呈现了四种不一样的爱情。《特定时候的水果刀》淋漓尽致地展示了婚姻中的各种矛盾，爱情已被消解；《一个情人和大概几十个蚊字》里的朱佩弦带着当年写的情诗与大学时期的情人柳玉婷约会，完成了生命中弥足珍贵的一次浪漫，最后却因为蚊虫的叮咬致死；《秘密》描写了女学生王雨雨对教官萌生的一段青涩情愫，教官的离开成全了这个爱情秘密；《甜根》则记叙了教师陈子旭和学生王雨薇之间一段尴尬的情感纠葛，而结尾在“是什么消除了她心中的仇恨？”这样的疑问中为文本开创了一定的阐释空间。

由三个短篇构成的《雪迹》风格独特，虽然有着郭文斌惯常的冷静和简洁，也表现出浓重的超验色彩。不管是“从来没有过眼睛的觊”（《未曾失明的盲者》）还是“站着睡觉的原”（《原的生日和忌日》）都有力地冲击着读者的期待视野。文本具有极强的实验性，带有一种《等待戈多》般的荒诞。尤其是《未曾失明的盲者》中，与弋做爱后失明的觊产生了一系列的幻觉，而最后终于发现连记忆也变得不可靠，这让我想起格非的名篇《褐色鸟群》。小说最后，一直隐藏在文本背后的叙述者“我”突然走出文本，直面读者，并给出了一个惊人的结论：“这让我觉得很遗憾。后来的一天，我蓦然发现：原来觊从来就没有过眼睛。”从而完成了对前面叙述的颠覆和解构。

四

雷达曾感叹地说：“读完郭文斌的小说让我大吃一惊。没想到还有这么美的短篇小说。没想到还有这么美、这么纯粹、这么含蓄、这么隽永、这么润物细无声的小说。他的小说你要做理论上的概括可能不容易，但是你可以被陶醉。郭文斌的小说感动得我掉泪。郭文斌的作品提供的美学价值，那种罕见的美，尤其是值得我们珍视的。”[10]雷达的“感叹”既是对于郭文斌小说审美气质的肯定，也隐含着对于当前文学现状的某种不满与批评。确实，郭文斌的创作既以其丰蕴的内涵开启了一片广阔的精神空间，同时也在小说的叙事技巧、审美追求等方面也表现出了自成一格的独特气质。他对于当代小说艺术的启示价值值得认真总结。

儿童视角的运用是郭文斌小说叙事的一个鲜明特色，在其乡土小说中尤为突出。《大年》中通过明明和亮亮两个孩子的目光观照成人世界，让一个普通的“年”透过孩子单纯童稚的内心变得无比盛大、无比欢悦，这与成人眼中的“年”是有质的不同的，它一方面流露出了作家对童年时光的怀念和留恋，另一方面也唤醒了读者心中沉睡已久的童年情愫。《开花的牙》透过碎小子牧牧的眼睛，在生与死的碰撞间把一系列的习俗民情展露开来，也给生与死做出了另一种诠释。《雨水》《三年》《玉米》《学习》等也同样把视角定位在懵懂的孩童身上，然后做出更为直接和简明的探照。郭文斌还自觉借鉴意识流等西方现代主义的叙事手法，使小说的叙事具有了电影蒙太奇般的画面转换效果。《吉祥如意》中借用意识流的自然联想，运用白描的手法巧妙地展现了五月、六月的直觉和心理图景。《我们心中的雪》场景的转换和叙事的衔接紧随着人物意识的流动，凸现出明显的蒙太奇特点。“一进院子，我的目光就脱兔似的搜寻起来……前些年她回来还把上面收拾一下，住几天，今年却没那个心劲了。再说，也漏雨了。就有滴答滴答的雨一声声落在我的心里。……雨滴答滴答地在房顶上落着，我和杏花趴在热炕上写作业，身子挨着身子，脚丫碰着脚丫，多好啊。……”场景自然切换到了童年时代，节奏舒缓而温馨。在其城市小说中，郭文斌则以冷静通达的叙述，精巧完美的构思见长，结尾处常常出人意料。《瑜伽》《小城故事》等小说都具有这样的特点。

郭文斌有着特别的语言自觉，他说：“作为一个作家，需要时刻检点自己的文字，收敛我们放纵的习气，卖弄的习气。要使自己手中的笔具足方便之德。”[11]这种自觉落实到小说的实践中，我们就看到他的小说语言轻灵飘逸，清透而充满智性，呈现出明显的散文化和诗化的特征，同时又十分洁净、凝练，富有跳跃性。这样的语言风格使他的小说文本能够在有限的空间里生出无限的意味，具有丰厚的话语蕴藉。郭文斌的小说语言本身就呈现出特殊的审美价值，或清新甘醇，行云流水，如：“五月和六月跑到巷道尽头，又飞快地跑回。长长的巷道里，散发着柳枝的清香味，还散发着一种让他们说不清的东西。雾很大，站在巷子的这头，可以勉强看到那头。来回跑的时候，六月觉得有无数的秘密和自己擦肩而过，嚓嚓响。等他们停下来，他又分明看到那秘密就在交错的柳枝间大摇大摆。”“六月觉得这个主意好，就动手摇。不想又把六月的心摇凉了。这一摇，让六月看见了一个个美的死去原来是这样简单的一件事。他第一次感到了这美的不牢靠。而让这些美死去的，却是他的一只手。”（《吉祥如意》）“下雪了，我们并排站在院里，比赛着伸出长长的舌头，屏着呼吸，耐着性子，等待着天上的雪花一片一片落下来，落下来。然后用心体会雪花留在舌头上的轻浅的脚步。”（《我们心中的雪》）或感伤温润，清澈通达，“她的心里，也是一个将黄未黄的杏子。那杏子像一味烛光一样亮在她的心里，让她完全忽略了沉沉落下的暮色，悄悄升起的弯月。”（《雨水》）或冷静简洁，深沉幽玄，“谢子长说这些话的时候，语气特别柔美，仿佛他不是在说话，而是有一朵花在他的舌尖上一点点一点点盛开，或者是一尾木舟在轻风中徐徐从湖面上划过。有点吐气若兰的味道，有点行云流水的味道。"(《瑜伽》)"李小鸥说，那就要台湾香榭吧，我喜欢那种甜中微苦的味道，还有它的颜色，像是悼词。程荷锄说，好，我也喜欢悼词。""程荷锄从李小鸥的眼睛里看到了一个水乡，或者说她的眼睛就是水乡。""程荷锄说，一个人背着行囊，行走在苍茫的大地上。""李小鸥说，如果真有来世，我来这里等我要等的人，如果等不到，我会伤心死的。"(《上岛》)郭文斌用丰富的语言为他的小说营构出一个个空灵精美的诗的意境，凸显出朦胧的古典韵味，在传统与现代之间找到了一个完美的契合点。

郭文斌带着一颗赤诚的文学之心从西部走来，坚守着他纯净的文学理想，多情地歌吟西部、执着地追问生命、不渝地捕捉真情，用他脱俗的气质传达着一种穿越永恒的文学精神。他已经给我们呈现了一个美丽而温暖的"世界"，我们期待着这个"世界"在作家笔下不断延伸、拓展，变得更加丰富、更加广阔、更加深邃，并给我们带来更多的惊喜。

注释：

[1]李建军：《升华与照亮：当代文学必须应对的精神考验》，《小说评论》2005年第5期。

[2][3]李兴阳：《西部生命的多情歌者》，《文艺报》2005年2月1日。

[4]《大年》短篇小说集编辑花絮。

[5]熊修雨：《如何看待郭文斌小说中的性》，《小说评论》2005年第1期。

[6]郭文斌：《回家的路：我的文字》，《大年〈跋〉》。

[7]李兴阳：《生命真意和人间真情》，《作品与争鸣》2005年第11期。

[8][10]见郭文斌：《点灯时分·编后》，宁夏人民出版社2006年版。

[9]谢有顺：《世界是人心的镜像》，见《2006中国小说排行榜》，山东大学出版社2007年出版社。

[11]郭文斌：《点灯时分·跋：如莲的心事》，宁夏人民出版社2006年版。

乡村教育诗与慢的艺术

——郭文斌创作谈

汪政　晓华

郭文斌的短篇小说《吉祥如意》获第四届鲁迅文学奖短篇小说奖。我们不妨就从这篇作品说起。在对这届获奖作品进行综述时,我对《吉祥如意》说过如下一段话:"郭文斌的作品最大的特色就是朴素、美丽、温情。他自《大年》以后创作了一系列短篇,从日常生活的民俗入手,尽可能地展示西北农村的民情、民风,展示底层蕴藏着的亲情、温馨与美好。《吉祥如意》是写端午的,从早上'往上房门框上插柳枝'开始,然后摆供果、祭祀、绑花绳,一直写到五月、六月这姐弟俩上山采艾草,在这一过程中,小说还穿插了其他如采香料、缝香包等民俗描写。郭文斌是将它作为诗来做的,语言抒情、考究,叙述一唱三叹,恍若仙境的自然景色,其乐融融的家庭生活,清澈见底的童趣天地,与图案一样的节庆风俗,一起构成了一幅至纯至美的图画,它展示出至今仍珍藏于民间的人们对美好生活的向往,以及由这种向往所支撑的日常生活中的人性之美,人性之善,这种近乎唯美的书写显示出郭文斌近期创作中的一种精神气质, 即以宗教般的态度去礼赞美好的生活,这种写作方式确乎久违了,因为长期以来我们似乎已经习惯了以审丑的方式来对待我们的世界。"现在看来,当时匆忙中写下的印象式的文字依然符合我的判断。

在《吉祥如意》之前,郭文斌给读者留下深刻印象的是《大年》。小说写的是过年,也是童年视角,从写对联起笔。明明与亮亮小兄弟俩给父亲打下手，裁纸、添墨、抻纸，比赛着背诵那些传统的吉祥的对子，然后是蒸馍、送灶、泼散（在大门口掷馍块分送孤魂野鬼）、贴对联、洗尘、祭祖、分年（给孩子们分糖果干货）、贴窗花、点灯笼、守夜、拜年、赶庙会……如果不是郭文斌如此娓娓地道来，我们真的恐怕不会再把童年的年味如此这般完全地回忆出来。再比如《点灯时分》，是写正月十五的。现在的正月十五，似乎都已移到了广场上，好像忘了元宵首先是在家里的。有谁还像郭文斌一样清晰地记得故乡的风俗，并如数家珍地将每一个细节认真地一一写出来？从他的笔下，我们知道那里是要用荞面来捏灯盏的，而且要给家里的每一个人捏，活着的和死去的，每人要捏两个，一个是大家都一样的，而另一个则要捏成各人的属相生肖，而且，不仅是人，家畜、农具、庭院、院子里的梨树，都要给它们点上一盏灯。灯是用藏在高处的麦秸做灯捻，舀上胡麻油，如守岁时看着灯笼一样看着自己的那盏灯，点亮，熄灭。如果村里去年哪家死了人，乡邻们都要给那家送灯祈福。除了捏灯点灯，这就是吃完荞麦长面后的最隆重的献月神了。许多风俗恐怕已经失传，比如《呼吸》，它的主体是写水的，但是小说中对牛的描写让人揪心，在乡村，牛与人是怎样的关系？牛死了，也是要下葬的，叫"葬骨"，要扎纸、垒坟、跪拜、诵唱祭土文……

郭文斌的这些作品显然承继了京派小说的一些传统，从废名、沈从文一直到汪曾祺，这是一个在20世纪文学中虽不占主流却是绵延不断的文脉。沈从文自称是乡下人，他对中国农村特别是湘西的民风民俗了然于心。郭文斌是不是受到沈从文的启发？"边城所在一年中最热闹的日子，是端午、中秋和过年。三个节日过去三五十年前如何兴奋了这地方人，直到现在，还毫无什么变化，仍能成为那地方居民最有意义的几个日子。"（《边城》）《边城》为读者展示了这些节日民众图画，小说通过翠翠的眼睛看到了狮子龙灯、火筒粉火，一种近乎狂欢的大红大绿的场景。在废名的笔下，风俗节庆也得到细腻的描写，清明节上坟，河岸边"打杨柳"，三月三望鬼火，夜间挑灯赏桃花，隔岸观火"送路灯"，等等，都给人年画般的清晰的乡村文化图景。至于汪曾祺，就整个是一位风俗画家，他说："我对风俗有兴趣,是因为我觉得它们美。”(《谈谈风俗画》)这不仅是夫子自道,也说出了风俗画小说的共通之点,几乎所有的风俗画作品都有些唯美的风格。这种美首先是风俗本身带来的:

写成的对联房地上放不下了,房墙上挂不下了,明明就放到院里。不多时,就是一院的红。明明能够感觉得到,满院的春和福像刚开的锅一样热气腾腾,像白面馒头一样在霭霭雾气里时隐时现。大家看着满院红彤彤的对联抽烟,说笑,明明和亮亮幸福得简直要爆炸了。(《大年》)

一方面则是置身于民众活动中人们的感受与想象:

五月说磕头吧,二人就磕。天上的嫦娥就笑了,六月听见嫦娥在说,你看那个院子里有两个会磕头的灯盏。月神说我早看见了,他们一个叫吉祥,一个叫如意,说着,从她身边的篮子里抓了一把桂花撒下来,只见那桂花在空中呼地一下变成五彩花雨,飘飘洒洒,落在他们头上、身上、屁股上,直给屋子、院子、村子苫了一个花被面儿。接着,吴刚又把他手中的酒坛倾了一下,又有无数酒香的彩注从天而降,直把他和姐的小身子浇透了,也把整个世界浇透了。(《点灯时分》)

不过,知性地与艺术性地描绘民俗风情并不是文学的最终目的。汪曾祺将风俗看作是一个民族集体创作的生活的抒情诗。他还说:“风俗,不论是自然形成的,还是包含一定的人为的成分(如自上而下的推行),都反映了一个民族对生活的挚爱,对‘活着’所感到的欢悦。他们把生活中的诗情用一定的外部的形式固定下来,并且相互交流,融为一体。风俗中保留一个民族的常绿的童心,并对这种童心加以圣化。风俗使一个民族永不衰老。风俗是民族感情的重要的组成部分。”(《谈谈风俗画》)我们看到风俗的这些内涵与功能在郭文斌小说中都得到了体现,从社会学的角度看,风俗实际上属于"小传统",它虽然不像国家与社会制度那样具有外在的强制力,但是,由于它是建立在自然、生活、劳动与血缘的基础上的,在规范与调节人与自然、人与人的关系上具有坚实而隐秘的作用,是道德、生活习惯等等的集中体现,它实际上以生活的具体方式参与了乡村价值体系和观念形态的培育、塑造、修复甚至重建。所以,我们不难发现,郭文斌的这些作品都是童年视角,都有一个父母与孩子的对话或教诲结构,都有一个感悟的语义模式。它告诉我们这样一个基本的事实,儿童对风俗以及风俗的由来都有着好奇、神秘与想象,他们从中汲取着乡村社会世代相传的生活的方式、禁忌与文化理念,后者是他们成长的重要资源。郭文斌小说中的孩子们每逢乡村大节总是期盼与兴奋的,充满了探求的渴望。端午节为什么门框上要插柳枝呢?《吉祥如意》中的六月跑在家家插满柳枝的巷子里,"觉得有无数的秘密和自己擦肩而过,嚓嚓响。等他们停下来,他又分明看到那秘密就在交错的柳枝间大摇大摆"。对于孩子们来说,这样的秘密太多了。再比如,《三年》里的烧纸,为什么是三年呢?不仅是为什么要给死去的人连烧三年的纸钱,对孩子们来说,这里面有太多的东西无法弄明白,他们不懂什么是生,更不知道什么是死,不明白自己生活的这个世界何以称为阳世,更不明白那看不见的世界又为什么叫阴世,不知道这拓出来的冥钞以及那花花绿绿的"纸火"到底哪个是真实的,更不明白那看不见的亡灵如何歆享这一切,甚至,当看到活人庄严地为一个死人忙碌三年时,那死亡也便不再是可怕的了。他们总是问个不停,于是,父母就担当了文化传承人的职责,且看《点灯时分》里的一个情节:

母亲让五月和六月给卯子家送六个灯盏,六月问为啥要给卯子家送灯盏。娘说因为卯子家今年有孝。六月问啥叫孝。娘说,有孝就是家里死了人还没有过一年。六月问没有过一年为啥就不能做灯盏。娘说老古时留下的规程,有孝的人不但在一年内不能做灯盏,还不能嫁女儿,不能娶媳妇,不能贴红对联,不能唱戏。如果是大孝还不能吃肉，不能杀生；如是更大的孝子还要每天做一件好事，一直做三年。六月说是不是我爹写的那句话："慎终须尽三年孝，追远常怀一片心？"娘说这个娘不懂，你去问你爹。六月就去后院问爹，爹一边扫牛圈一边说，"慎终追远"是孔老夫子的话，意思是一个人要想不做坏事，就要从心里不起做坏事的念头，用你奶奶的话说就是众生畏果，菩萨畏因。这副对联的意思是告诫后人常念先人养育之恩，行孝期间，发大愿心，做大善事，好感动老天爷给过世的先人加分儿，让他投生到好处。

我之所以不惮繁冗相对完整地征引这一情节，在于它形象地再现了乡土礼俗教育的全过程，在这一过程中父母因社会地位和知识结构而形成的不同分工，以及乡土礼俗的众多秘密。娘是从生活说起的，而父亲则从儒家礼教加以深化。在中国乡村，风俗礼仪中的道德建构，一方面是历史的选择与积累（"老古时留下的规程"），一方面则是重要的儒家学说与实践的参与。父亲不但对儒家经典话语进行了阐释，而且提到了孔老夫子。郭文斌其实已经在暗示读者：孔子的孝的言行在乡村道德中具有深远的影响力。再一方面，我们还可以看出，中国的乡村礼俗是开放与包容的，众多可能冲突的学说都可以参与其间，比如佛教、道教，以及乡村文化对它们的世俗化阐释，使它们得以成为功利化的训诫。这样的教育是行之有效的。当五月、六月到了卯子家，看到乡邻的善举让卯子娘感激得悲喜交集的场景时，"心里升起一股莫名的感动，一下子觉得他们的此行有了无比重大的意义"。不仅是教诲，更重要的是让孩子们参与到实践中。当然，还可以通过游戏的方式来获得，比如在《玉米》中，婚俗就是在小红、红红与东东之间的模仿成人结婚的过家家中呈现出来的。"双双核桃双双枣 / 双双儿女满地跑 / 坐下一板凳 / 站下一大阵"。随着一首首儿歌，孩子们完成了自己未来岁月里的终身大事。孩子们在这样的活动中会时时领悟些什么，虽然不一定明晰，虽然歧义丛生，但正如六月所感觉到的，"心里有一个自己的'懂'发生"。在《三年》中，明明与阳阳似乎一直没有搞清楚那每年如约而至的祭奠大礼，但他们知道了纸、烧纸、纸火，知道了祭奠的礼仪，跪迎纸火，点燃黄表、木香、金银斗、花圈、香幡，他们跟着上坟的长长的队伍，在坟院跪下，听着听不懂的“尚飨”祭辞。也许，这就够了，这里面的名词与动词，这里的实物与动作、符号与虚拟会在他们童年的心里留下烙印，留下生与死的界限，留下后人对前辈的尊敬缅怀，留下对彼岸世界的神秘和对亡灵去到另一个更好地方的美好祝愿。

从本质上说，风俗就是一种仪式，是一种文化记忆，是我们集体记忆的重要途径之一，相对于其他形式，仪式的记忆更加经典化。郭文斌笔下的这些日常生活中的仪规、礼俗与程序实际上都是一些特殊的文化文本，积淀了深厚的文化内涵，具有丰富的象征意义，虽然五里不同语，十里不同风，但在一定区域与社群范围内，通行的礼俗作为一种特殊的行为通过外在的符号、工具、程序以及组织者的权威而具有强制性，会营造出特殊的氛围，而使参与者在哀伤、敬畏、狂欢与审美的不同情境中获得行为规范、道德训诫与心灵净化。所以，在《点灯时分》中，我们既可以看到乡村礼俗威严的一面：

六月看见，姐姐已经把第二轮油添满。按照爹的说法，第一轮油是添给神的，第二轮是自己的。爹还说今晚的灯要自己守着自己的，不能说话，不能走动，不能对着灯哈气，不能想乱七八糟的事情。六月问能想发财吗？爹说不能。六月问能想当官吗？爹说不能……

也有焕发出人内心的光华臻于澄明的纯美之境：

眼前的姐姐极像一盏灯，或者就是一盏灯，在一个他难以明确的地方有那么一碗油，有那么一个灯捻，有那么一个灯花儿。……六月的心里荡漾了一下，他突然发现，这时的姐姐比任何时间都漂亮，都好看。

当仪式与参与者进入到这种程度时就有一种准宗教的意味了。郭文斌的创作有一种宗教感,说得具体一点,是有慧根与佛性的,他这样理解美:“非常喜欢我们老祖先的一个词‘种智’。它可以做动词,即种下智慧。也可以做名词,即智慧的种子,或者说是智慧的根本,智慧如此,我想美也同样。”他这样理解文字:“古人说,量彼来处,计功多少,忖己功德,全缺应供。这几年,每当我喝一口水、吃一粒米的时候,都要在心里默诵这句古训。它的意思是,想想我们用的这些东西,其中包含着多少造化的慈悲和人的辛苦。再想想我们的德行,配用这些慈悲和辛苦吗?对于文字,我想也同样。”(《如莲的心事》)对于作家来说,这些都不仅是一种知识与信仰,更关键的是一种心境,一种思维的方式和对事物的感悟与发现。所以,郭文斌便能于乡土风俗仪式的静默中,体悟到人心的涵咏与心智的修炼,发现它对人精神世界的最终的升华。在《大年》中,有许多细节形象地揭明了这一点,比如亮亮说将没写好的对联送给“瓜(傻)子”家,便受到父亲的批评;再比如,贫穷的忙生来家时亮亮又总吝啬那几个馒头,而娘的大方与仁慈又让他心有所动。过年的过程让亮亮觉得仿佛长辈们在反复拿着橡皮在他心里擦,“把他本来的一些想法给更正了”。橡皮更正的比喻在《吉祥如意》里被娘换成了蛇,它类似于禅宗里常见的设譬公案,上山采艾时,手上缠上五花绳就不怕蛇咬了,其实,“娘说了,蛇是灵物,只要你不要伤它,它是不会咬人的。娘说,真正的毒蛇在人的心里。……娘还说,人的心里有无数的毒蛇呢,它们一个个都懂障眼法,连自己都发现不了呢。”只有积德行善,毒蛇才不得近身。如果说,这些有点类似渐修的话,那么五月在正月十五元宵的守灯则是渐悟和顿悟兼有。在散文《点灯时分》里,郭文斌描写了自己在元宵时的亲身感受与理解,它也许可以帮助我们理解小说中这一仪式的佛教意味,理解五月的心得:

用老人的说法,这正月十五的灯盏,很有一点神的味道。一旦点燃,则需真心守护,不得轻慢。就默默地守着,看一盏灯苗在静静地赶它的路。看一星灯花渐渐地结在灯捻上,心如平湖,神如止水,整个生命沉浸在一种无言的福中、喜悦中、感动中。渐渐地觉得自己就要像一朵花一样轻轻地绽开。我想佛家所说的定境中的喜悦也不过如此吧。现在想来，当时守着的其实就是自己，就是自己生命的最深处。那种铺天盖地的喜悦正是因为离自己最近的缘故，那种纯粹的爱正是因为看到了那个本来。

当一个作家的笔进入了乡村的风土人情的时候，可以说他已经进入到了乡村的内部，与乡村一体了，他也就不可避免地被乡村的节奏所同化和规约。这是一种相对缓慢的节奏，而他的文字也就成了慢的艺术。从比较的角度看，是不是可以这么认为，农业文明本身就是一种慢的文明，而具有悠久传统的乡村风俗因为是建立在这种文明的基础上的，因而也就是一种慢的仪式、慢的程序。事实上，乡村风俗基本上是建立在自然节候上的，与生老病死、婚丧嫁娶相配伍的一系列风俗都是由生命的诞生、成长和消失来决定的。而节庆等则是建立在四季轮回、日月行天与草木荣枯上的，一切都是围绕着它们缓慢地进行。郭文斌有一短篇《一片荞地》不但让人们知道了慢的制约，而且让人们感受到了慢的疼痛和慢的残忍。小说叙述了母亲的死亡以及围绕死亡所举行的乡村丧仪。儿子当然不希望母亲离开人世，但当病痛折磨着母亲而又束手无策时，儿子变得两难了："我既希望我的娘多在几天，不愿让娘的音容成为怀想和追忆，但又不忍心让她继续经受痛苦。""一如一盏燃尽了油的灯，娘又转入沉沉昏睡。当一种动态的痛苦一旦转入静态其实更让人受不了。"但母亲就在这静的痛苦中挣扎，无望却又不能离去，"人生最大的痛苦莫过于绝望，而绝望莫过于等死。"以至于"庄里人不忍目睹娘停留在阴阳交界的样子，一个远房重孙大声地喊，太太，有啥说的你说，说了去！"。与母亲缓慢死亡一起进行的是村人为她准备的丧仪。这丧仪可以说从母亲卧床不起时就已经开始，给她做好寿衣、绣花鞋，弥留之际给她穿戴整齐，死后正相、凉尸、守丧、做寿木、做献饭，阴阳先生写着领魂幡，香佬杀着引路鸡……随着她的去世，是络绎不绝前来吊唁的乡邻，献馍，烧纸，兄弟俩不停地在娘的心口用荞面圈成的圈里换着酒。再接着就是殓棺、下葬。每个过程都有规定的程序与细节，直到“入土为安”。这是一个认真而缓慢的过程，有对死者生前的追怀，有对生与死的感悟，也有对一个从“有”到“无”的残酷现实的艰难接受。这一缓慢仪式的功能设计意图是明显的，它必须再现生命与生活的秩序，它不仅是对死者的凭吊，更是对生者灵魂的净化。毫无疑问，乡村风俗礼仪时间的长度与它所承载的教化功能的大小是成正比的，越慢的仪式必然包含更多的内容，也被认为具有相对重要的意义。

一个对乡村文化心怀敬畏的写作者必须放缓自己的脚步，使他的书写转而为一种慢的艺术。这种慢首先意味着重新调整叙述与描写的关系。叙述是对一个事件接着一个事件的陈述，它具有明显的时间痕迹，并且具备相当的速度，而描写则是小说家对人物、事件和环境所做的具体描绘和刻画，在小说中，它是对叙述的中止，它截断了故事的发展，使它在某一个时间点上停滞不前，转为空间上的铺陈，正是描写在不断减慢小说行进的速度，简而言之，慢的艺术也就是描写的艺术。而这好像就是郭文斌小说的风格，他的作品几乎谈不上故事性，叙述似乎可以用一句话概而括之，《吉祥如意》就是姐弟俩上山采艾草，《大年》就是写一家子过年，人物的活动没有超出这些简单的叙述框架，更谈不上有什么戏剧冲突，但是，就在这有限的时间里，郭文斌做足了文章。这文章只能由描写来承担，只能将这个时间里的每一个场景、每一个细节加以“放大”。经过放大，原先细而不察的东西进入了视野，而原先进入视野的事物则见出了更细微的面貌。也许有人会说，这样的小说太繁冗太沉闷，见不出叙述的技巧。叙述当然重要，特别是新时期文学以来人们在叙述上确实搭建了一个又一个目色迷离的迷宫，叙述被空前关注。实验小说之后，对叙述的形式建构逐渐减弱，但为了适应社会整体的快节奏与轻阅读的需要，叙述仍然是小说的主要手段，虽然变得简单甚至简陋。在这个时段的文学进程中，总体说来，描写不是被故事搁置，就是被遗忘，作为小说艺术经典的技艺似乎正在失传。相当多的小说作品未能或无法展开描写，故事框架虽不错，但通篇就只是筋筋络络，而无细部的展开，这样，小说的环境、事件、人物便显得苍白干枯，毫无韵致，更谈不上形象生动。看来，应该认真地定位小说的速度了。不可否认，工业文明与信息文明提升了生活的节奏与速度，以它们为支撑的许多艺术形式如影视也具有天然的速率优势，而作为同构，人们的审美心理与审美期待也逐渐建立了对速度的需求。但是以文字为媒介形成的一系列艺术是不是也要为速度而奔波甚至牺牲自己基因级别的美学特质？更重要的是，我以为艺术的本质并不是快而是慢，不管在什么时代，艺术都是相对于生活的慢，它与生活的节奏永远不可能同步而且不需要同步，它让人们从功利转入审美，从物质转入精神，从外部转入心灵，从浮躁转入沉静，从行动转入沉思，从运动转入静止，回望、观照、沉潜、含咏，在缓慢中整理人生，在缓慢中神游八极，在缓慢中净化心灵。艺术之慢使人们重新观察世界，让一切飞跃而过、让瞬息新生与死亡的事物重新回到我们的眼底心中，使之得以复现、品味与珍藏。而对文学来说，这种慢的功能唯有描写能够实现。

慢是细节的艺术，是精雕细刻的艺术，是让人们在文字上驻足不前，流连忘返的艺术。这里的一个关键是你是否真正做到了这一点，是否能够留得住读者。说郭文斌的写作是一种几近纯美的劳动，就是因为它不但是一种描写的小说修辞学，而且是一种焕发出文字的全部潜能的小说修辞学，它使小说成为散文，成为诗，成为东方文字诗学的体现。约略说一说。

一是郭文斌重视文字的声音，他的许多小说都使用第一人称，即使不使用一人称，其叙事人的声音也明显可闻。同时，他的叙述与描写是通过对话来推进的，这都使郭文斌小说充满了声音。而且，这声音是有个性的，有的是童声："六月问娘，捏灯盏为啥单单用荞面？"有的则是拟童声："六月属蛇，娘就捏一个蛇；五月属兔，姐就捏一个兔；爹属虎，娘就捏一个虎；娘属鸡，姐就捏一个鸡……"而不管是哪种声音，它们都是乡音。郭文斌的语言有着突出的方言色彩，与他的乡土风情写作可以说是天作之合。其实，如果说到风俗风情，最根深蒂固同时也是最后的存在实际上就在方言中，在语言中。如果方言不存在了，不要说民俗，连地域文化也失去了存在的母体。郭文斌的故乡氤氲在他的语言里，它是他的乡音：

母亲坐在窗前，就着窗台上的煤油灯给他的棉袄上扣子。棉袄当然是三面新的，面子是青缎子的，里子是大红洋布的，棉花也是当年下来的。看着母亲手中的棉袄，如意心里一阵热。父亲今年早早地就准备着给他扯新棉袄了。父亲说，我就这么一个老孙胎，可不能让他受罪。(《门》)

第二，郭文斌非常注重文字的书写性，注重由文字所构建的视觉效果与画面感。在他的作品中，充满了大量的情景交融的画面，在人物情感、想象与通感的作用下，平常的场景成为优美的意境：

点完香，明明和亮亮一齐找母亲要新衣服。穿戴一毕，两个竟不知道接下来要干什么，就从东屋到西屋，从西屋到东屋地跑。天色暗下来，院里像泊着一层水。新衣服发出的光在院里留下一道道弧线，就像鱼从水里划过，明明能够听到鱼从水里划过时哗哗的响声。(《大年》)

这几乎是乡村年俗的风情音画了。除了这种整体的意境营造，郭文斌对细部的推敲也毫不马虎。弟弟抢着了香包，拼命地闻，姐姐仿佛看见"香气成群结队"地往弟弟鼻孔里钻；姐姐抢着香包了，弟弟又心疼地看见香气"像蜜蜂一样"在姐姐鼻孔里"嗡嗡地飞"(《吉祥如意》)。红木香炉里木香的青烟"宛若从天上挂下来的一条小溪"；看着节日里欢天喜地的孩子，做父亲的是"一脸的年"；年夜是那么温馨，"在灯笼蛋黄色的光晕里，明明发现，整个院子也活起来，有一种淡淡的娘的味道"(《大年》)。催促别人时可以说："你现在就说嘛，把人牙都等长了。"(《点灯时分》)他这样写"守灯"：

守着守着，六月就听到灯的声音，像是心跳，又像是脚步。这一发现让他大吃一惊，他同样想问爹是怎么回事，但爹的脸上是一个巨大的静。看娘，娘的脸上还是一个巨大的静。看姐，姐的目光纯粹蝴蝶一样坐在灯花上。

现在已经很少有人像郭文斌这样如同一个工匠对待手里的活计一样对待语言了，也很少有人像他这样，守着一盏灯如入无人之境地冥想，当然，更没有人耐心地去从童年的记忆中打捞乡村风俗的流年碎影。是啊，现在有多少人能从世道人心着眼，从人文传承着眼去吟唱遥远的歌谣，舍得把脚步与心事一起放缓，让缓慢的文字流淌成乡村教育的诗篇呢？